Inge Britt

...und bleib ein deutsches Mädel

KAPITEL 1

Wie im Western: Erst wenn sie dich bis zum äußersten Rand getrieben haben, siehst du, wie tief der Abgrund ist, und welch einen aussichtslosen Aufprall es dort unten geben wird. So gerate ich im November 89' in die Berliner Fernsehnacht mit dem aufquellenden Brandenburger Tor.

Ein paar Monate später: Ich stehe am Bahnhof Suhl in Thüringen, gebe schließlich auf, weil sich nirgendwo ein Fahrer blicken ließ, gehe vom Bahnhofsvorplatz mit den vier einsamen Taxen zur HO-Gaststätte auf der anderen Straßenseite. Dann eben dort solange warten, bis nachher der Linienbus fährt.

Am Nebentisch drei Männer, immer aufgeregter werdend um ihren Arbeitsplätze. Die - Kopfrucken gen Westen - die haben all die Jahre gelebt wie die Maden im Speck. Jetzt sind wir dran. Wir sind ein Volk. Mein Großvater war ein guter Büchsenmacher, mein Vater auch. Ich komme zu meinem Teil. Und wenn ich´s mir holen gehe.

Erst später höre ich davon, daß Suhl für seine Handfeuerwaffen weltweit bekannt ist. F.J. Strauß soll hier trotz aller Mauern und Hindernisse zu seinen Jagdgewehren gekommen sein.

Die Männer reden immer noch, haben sich zum blinden Zorn gesteigert, mit dem sie wohl auch ihre vorzüglichen Gewehre abfeuern würden.

Die drei, vier anderen, die vorhin mit mir gewartet hatten, sind derweilen auch längst verschwunden. Die leeren Taxen vor dem Bahnhof wie Museumsstücke. Man ist nicht sonderlich darauf erpicht, sich die begehrte D-Mark zu verdienen.

Die durchs Brandenburger Tor Quellenden formieren sich fürs Begrüßungsgeld zu langen Warteschlangen. Viele kaufen Bananen, andere nehmen Prospekte von Beate Uhse mit.

Ob irgendwo in der Welt irgend jemand am roten Telefon ins riskante Grübeln gekommen ist. Aber bestimmt keiner, der darüber grübelt, was jetzt mit mir vor sich geht. Wie soll ich es durchstehen, daß sich unvermutet alles Einstige vor mir aufbaut: Kindheit, Schule, Berlin, Potsdam in S-Bahn-Entfernung, Hitler, Juden, Nazis, Scham, Schuldgefühle, Entsetzen, Ratlosigkeit. Nun mit einmal all die vielen Jahre seither wie wegge-

3

pustet. Und darunter nichts weiter als eine kahle, harte Fläche. In Jahrzehnten hat sich keine Spur von Humusschicht gebildet, sonst müßte da doch so etwas wie ein Zuhausegefühl sein. Aber da bleibt nichts weiter übrig als die Erkenntnis: Ich habe mein Leben auf fremdem Grund und Boden zugebracht.

War das damals der Abschied von der Heimat, als sich die Chance bot, gerade noch eben aus dem Todeskessel fortzukommen? Ehe sich das letzte Kriegsgemetzel um Berlin endgültig zusammenzog, hatte es mich anderswohin verschlagen. Dort war es mir von niemandem verübelt worden, als später auch ich zusah, in dieser flächendeckenden Trümmerwüste Fuß zu fassen, allmählich wieder zu Lohn und Brot zu kommen, nach und nach auch zu manch einem angenehmen Mehr: Den ersten eigenen Möbeln, auch Urlaub und sogar ein Job der Freude machte.

Ich war noch zweimal zurückgefahren, sah das zerstörte Potsdamer Stadtschloß, die verkohlten Mauern mit einem riesigen Lenin-Stalin-Tuch unerträglich dekoriert. Und das endgültige Aus war da, als beim Grenzübergang DDR-Patrouillen mit Schäferhunden den Zug abschritten. Nach all dem, was wir angerichtet hatten, war es unangebracht, nun über solche Konsequenzen zu jammern. Nachdem wir Abermillionen von Menschen Leben und Heimat zerstört hatten, stand es uns nicht mehr zu, auf dem ungerechten Verlust unserer Heimat zu beharren. Heimat - das war für mich ein Fremdwort geworden, ein Tabu, das ich sofort wegschob, damit es mir ja nicht wieder quälend verdeutlichte, auch eine von diesem Volk zu sein, das solche unfaßbaren, ungeheuerlichen Verbrechen begangen hatte.

Doch mit der Wende gelingt auch dieses Vorbeimogeln nicht mehr. Habe oder hatte ich Heimat? Und vor allem: Wo denn jetzt, seit es durchs Brandenburger Tor hin- und herwabert.

Wie war das alles damals?

Schon ehe von den Nazis alles bis ins Letzte reglementiert war, hatte sich Irmchen voll ins Zeug gelegt. Eines Tages hatte sie mich einbestellt, um Hitlerjugend-Beitrag nachzuzahlen. Ach ja, diese Häuschen mit dem sparsamen, ausbaufähigen Spitzgiebel. Die schnurgeraden Beete, die Pfade dazwischen exakt auf zwei Fußbreiten abgemessen, um nur ja keine Handvoll Radieschenland zu vergeuden. Gleich neben der Terrasse die rostsicher verzinkten Wäschepfähle, der Weg dorthin so kurz wie nur möglich, um nur ja alle erdenkliche Zeit fürs regelmäßige Bohnern den selbstgebackenen Kuchen jeden Sonntag zu nutzen. Solch eine Welt bleibt nur heil mit pausenloser Emsigkeit.

Im Wohnzimmer eine ovale Schale, am Boden noch das Goldetikett "Echt Bleikristall". Die Bananen vermutlich auch regelmäßig staubgewischt. Bananen, Apfelsinen, Ananas, damals auch noch behaftet mit einem Hauch nach etwas Exotisch-Besonderen. Deshalb auch die Beschriftung über den einstigen Tante-Emma-Läden: "Lebensmittel und Kolonialwaren". Unter der Südfrüchte-Kristallschale bei Irmchen eine Filetdecke mit langen Fransen, handgeknüpft. Wären all die mörderisch-verbrecherischen Vorhaben der Nazis Wirklichkeit geworden, dann wäre der gesamte, dem deutschen Herrenvolk zustehende Lebensraum vom Ural bis zum Atlantik mit solchen Decken versehen. Hier und da trifft man auf dem Flohmarkt noch auf diese Weiber-Beinkleider, Knöpfe auf beiden Seiten zum raschen Klappe runterlassen. Aber diesen tausendjährigen Filetdecken bin ich nie wieder begegnet. Alles zu Schutt und Asche geworden.

Um meine Beitragszahlung ordnungsgemäß abzuwickeln, machte sich Irmchen an einer überquellenden Schublade zu schaffen, legte diesen und jenen Stapel auf der Filetdecke ab; Anwesenheitslisten, Blankoausweise, Beitragsmarken in einem ordentlichen Pappedeckel. Soviel Papierkram sammelt sich nicht von heut auf morgen an. Auch ein Bündel Liederbücher taucht auf, mit einer Zusammenstellung der Weisen, die für des Führers Jugend geeignet waren. Manches davon hat sich bis heute erhalten, und dann heißt es eben, diese Lieder hätte es schon bei früheren Jugendbewegungen gegeben, der Blauen Blume oder dem Wandervogel. Doch bei mir ist immer nur sofort der stramme Gleichschritt da, nachdem wir Mädels damals bei Hitler traben mußten. Eines Tages werde ich eingeladen, an einer Weihnachtsfeier hochbetagter Damen teilzunehmen. Neben jedem adventsgeschmückten Kaffeegedeck ein Liederheftchen mit dem deutschen Tannenbaum. Aber nicht nur Besinnliches zum Christfest, sondern da taucht auch noch die erste Strophe unserer Nationalhymne auf, "Deutschland, Deutschland über alles", die seinerzeit ausdrücklich untersagt worden war, weil dieser Text so penetrant der Nazi-Weltanschauung entsprach. Und genauso gibt es da noch dieses eigens in der Nazizeit komponierte Weihnachtslied "Hohe Nacht der klaren Sterne", das darauf abzielte, das christliche Betlehem durch die germanische Wintersonnenwende abzulösen. Braune Spuren noch immer in solchen Liederheftchen.

Aber zurück zu Irmchen. Ihr Vater hatte sich rasch hochbegeistert zum Ortsgruppenleiter. Zwar konnte er nicht mehr mithalten mit den auf Hochglanz gewienerten Schaftstiefeln seiner SA-ler, und Mama hielt für ihn stets die korrekt gebügelten Hosenfalten bereit, diese klassischen Beinkleider in diesem NS-muckefuckbraunen Uniformtuch, weil auch der Reithosenschnitt der SA-ler für ihn mit seiner Beinprothese aus dem Ersten Weltkrieg nicht mehr in Frage kam.

Doch Kummer und Leid um diese Kriegsverletzung zählten nun kaum noch, seit Hitler die Dinge ins rechte Licht gerückt hatte. Denn wieder und wieder erklärte er den deutschen Männern, daß sie den Ersten Weltkrieg ja gar nicht verloren hätten. Deutsche Soldaten wären die besten der Welt, und mit ihrem Heldenmut und ihrer Opferbereitschaft fürs Vaterland von niemandem zu schlagen. Und sie wären ja auch nicht den gegnerischen Truppen im fairen Kampf erlegen, sondern von hinterhältigen Vaterlandsverrätern in der Heimat reingelegt worden. Auf eine fiese Tour, deren sie selber moralisch überhaupt nicht fähig gewesen wären. Da hätten sie gar keinen Grund, sich als "loser" zu fühlen. Vielmehr sollten sie mit Stolz bekunden, daß sie bewiesen hätten, fürs Vaterland Leben und Unversehrtheit dranzugeben. Und so konnte Irmchens Vater seinen SA-lern erhobenen Hauptes entgegentreten, als Vorbild dafür, daß einst auch sie stolz und tapfer an den Stammtisch zurückkehren würden, egal durch welch eine Höllenschlucht mit Unmengen an Blut, Leichen und Verstümmelten dieser Führer noch führen mochte. Und so tat es ihm Irmchen mit dem gleichen Eifer nach. Noch ehe die Hitlerjugend voll durchorganisiert war, ehe man das Mindestalter auf zehn festgesetzt hatte, fing sie an, die Mädchen um sich zu scharen. Einmal pro Woche gab es einen Heimatabend, der zwar diese Bezeichnung bekommen hatte, aber so, wie sich's gehört, am Nachmittag stattfand. Und ich, erst acht, war auch sofort dabei. Denn so brauchte ich als Einzelkind doch nicht erst auf die Suche nach Spielgefährten zu gehen. Und das ganze lief ja auch erst einmal als Kinderkram an. Völkerball, Pfänderspiele, fröhliche Lieder: "Lustig ist das Zigeunerleben", und wie hätten wir ahnen sollen, daß dem lustigen Leben von Cinti und Roma solch ein mörderisches Ende bereitet werden würde.

Zu unserer zu klein gewordenen Dorfschule war ein Neubau mit zwei übereinandergestapelten Klassenräumen errichtet worden, und im Erdgeschoß gab es, anders als auf dem alten Schulhof mit dem Plumpsklo, auch schon eine Toilette mit Wasserspülung. Irmchen hatte die Erlaubnis bekommen, daß wir uns für die Zusammenkünfte im oberen Raum treffen konnten, und wir durften sogar die noch kaum mit Tintenklecksen verschmierten Pulte zusammenrücken, die nachher auch wieder akkurat zurückgestellt wurden. Damit das alles ordnungsgemäß ablief, gab es als Aufsicht den Lehrer, der uns von seiner gegenüberliegenden Wohnung aus unter Kontrolle behalten konnte. Und er mutete uns ohnehin an wie ein Auge des Gesetzes, dieser Blick aus diesem einen Auge, das andere mit einer schwarzen Klappe abgedeckt. Auch er hatte diese Verwundung im Ersten Weltkrieg davon getragen. Einmal erlebten wir es, daß diese Klappe verrutschte und für einen Moment diese schauerlich zusammengeflickte Narbe sichtbar werden ließ. Wir empfanden ihn immer als wortkarg und verbittert, aber von da an hatte er etwas Unheimlich-Bedrohliches für uns. Eines Tages kam uns Irmchen mit der Idee, eine Fahrradtour zu machen. Das war ja nun ein tolles Abenteuer. Übers Wochenende unterwegs zu sein, irgendwo fern von zuhause zu übernachten. Aber zunächst waren meine Eltern von diesem Plan gar nicht angetan. Irmchen reagierte pikiert, ob sie etwa Zweifel daran hätten, daß ich bei des Führers Jugend nicht gut und sicher aufgehoben sei? Und so willigten meine Eltern schließlich doch ein, und ich durfte mitmachen.

Als es losging, erschien Irmchen zusätzlich zu ihrem Rucksack mit einem gewaltigen Kochtopf. Wir machten uns auf über Stock und Stein, und es dauerte gar nicht lange, bis ich unangenehm auffiel. Ich war in ein Schlagloch geraten und mein Rad hatte etwas abbekommen. Da stand ich nun, wußte nicht, was tun, weil mir sonst Vater immer weitergeholfen hatte. Die ganze Gruppe war zum Stillstand gekommen, Ärger und Geschimpfe. Dann machten sich andere mit Rat und Tat daran, zwei Mädels aus einer größeren Geschwisterschar, die sich gleich weiterzuhelfen wußten, und sie brachten es zustande, mich rasch wieder flott zu bekommen. Aber es blieb ein Haar in der Suppe. Ich als verwöhntes Einzelkind hatte Ungelegenheiten bereitet und gehörte schon ein wenig weniger dazu.

Dann gelangten wir zum Übernachten an eine Jugendherberge. Diese Häuser damals noch völlig spartanisch, nicht annähernd das, was sie heute sind. Geschäftiges Tun und Treiben ging los, um die Schlafplätze zu richten. Ein Feuerchen im Freien, Irmchens gewaltiger Kochtopf wurde bereitgestellt. Ich war mit zum Brote schmieren eingeteilt worden. Neben mir wurde mit einem dramatisch scharfen Messer an einem Brotlaib herumgewetzt, nach mir Streichkäse und Wurst. Von beiden Seiten war gut im Blick zu behalten, was ich da mit der Margarine veranstaltete. Ich klatschte das Fett auf die Brotscheiben, wie's denn gerade so kam, und schon gab's wieder Ärger, weil ich nicht genau bis an die Kruste verstrichen hatte. Große Entrüstung über den von mir angerichteten Schmierkram. Von da an war ich kaum noch ein Wort wert, ich machte bloß Ärger, also war ich zum Outsider geworden.

So, wie sich diese Mädels an mir störten, konnte umgekehrt ich ebenso wenig mit ihnen anfangen. Diese steinhart geflochtenen Zöpfe, die mit meiner Propeller-Haarschleife nicht auf einen Nenner zu bringen waren. Die stets schaufensterreif geputzten Fahrräder, sämtliche Schulbücher eingehüllt in nachtblaues Umschlagpapier, schon fürs Zuschneiden millimetergenau abgemessen, und dann mit dem lotrecht aufgeklebten Etikett versehen. Am Anfang waren es gerade die Mädels aus diesen pingeligen Elternhäusern, die sich scharenweise bei den NS-Jugendgruppen einfanden. Da sie schon von Haus aus zu Zucht und Ordnung angehalten wurden, waren sie den Nazis nur recht, und andererseits waren die Eltern zufrieden, daß sie mit ihrem Erziehungsstil Unterstützung fanden. Dagegen hielten sich die Töchter aus den gehobeneren Elternhäusern erst einmal zurück. Aber mit der zunehmenden Reglementierung erschienen sie dann auch, und etliche von ihnen legten sich ins Zeug, um nun rasch zu einer Führerinnen-Karriere durchzustarten. Jedenfalls brachte mich nach dieser Fahrradtour niemand mehr dazu, nochmals an solch einer Ausfahrt teilzunehmen. Und auch für die nachmittäglichen Heimatabende konnte ich mich nicht mehr begeistern. Ich sah zu, mich so oft wie möglich zu drücken. Und wenn ich von einer der Führerinnen angesprochen wurde, ließ ich mich mal sehen, damit dann wieder für einige Zeit Ruhe war. Aber auch mit dieser Drückebergerei wurde es immer schwieriger. Denn schließlich gab es bei uns sogar Appelle mit namentlichem Aufruf, und dazu fanden sich vor Angst auch diejenigen ein, die sonst für diese staatlich angeordneten Jugend-Aktivitäten auch nichts übrig hatten.

Als das Mindestalter auf zehn Jahre festgesetzt wurde, gab es dann auch das genau vorgeschriebene Uniform-Reglement. Es war schon recht seltsam, daß sich diese Kluft für uns Mädels doch recht martialisch ausnahm. Mit der sanften, zurückhaltenden Weiblichkeit, die die Nazis von der deutschen Frau erwarteten, hatte diese Ausstaffierung herzlich wenig zu tun. Dieses strenge Blusenhemd mit den gestanzten Knöpfen, das düstere schwarze Halstuch, von einem derben Lederknoten zusammengehalten, der gerade Rock aus deftiger Scheuertuch-Qualität. Diesem spartanischen Einheitslook konnte meine Mutter so gar nichts abgewinnen, und so machte sie sich völlig unbekümmert daran, diesen harschen Dress mit ein paar hübschen Varianten aufzulockern. Ich bekam kein Uniformhemd, ich bekam ein niedliches weißes Blüschen mit Spitzen und Rüschen. Dazu kaufte sie einen Rundum-Faltenrock, da sie nicht dazu bereit war, sich auf den vorgeschriebenen Uniformschnitt einzulassen. Der sah vor, den Rockbund über die Bluse zu knöpfen. Und Mutter erkannte sofort, daß die Knöpfe bei jeder Bewegung ausreißen und ihr das ewige Knöpfe-Annähen bescheren würden. Und da ihr jegliche Art von Hausarbeit ein Greuel war, kam für sie eine solche Zumutung überhaupt nicht in Frage.

Auch der Uniformjacke konnte sie nichts abgewinnen. Das Material war so eine Art Wildlederersatz und hatte vielleicht deshalb die Bezeichnung Affenhaut bekommen. Was ja nun längst nicht heißen sollte, daß wir Mädchen nach Lust und Laune herumtoben konnten oder gar auf die Bäume hätten klettern dürfen. Mädchen sollten sich stets sittsam und unauffällig benehmen. Der Schnitt ähnelte eher einer Militärjacke. Aber für Mutter war vor allem der Farbton ein Greuel. Dieses Nazi-Beige-Braun, wie eingetrockneter Mostrich. Was sollte schon sein, wenn sie mir diese Jacke in einer anderen Farbe kaufte? Also machte sie sich mit mir auf die Tour durch zig Berliner Geschäfte. Längst hatten wir unsere gewohnte Einkaufsgegend abgeklappert und trabten nun durch ganz andere Stadtviertel. Und tatsächlich fanden wir doch ein kleines Geschäft mit diesem Tante-Emma-Textilmief. Die Chefin verstand uns sofort und verschwand mit selbstbewußt hochgerecktem Kopf ins hintere Gemach, um dann mit einer Jacke in einem wunderschönen Schokoladenbraun zurückzukehren. Also toll! , Ja, genau das war es. Aber natürlich kam ich mit all diesen modischen Abweichungen nicht durch, und man erklärte mir energisch, ich hätte bitteschön in der vorgeschriebenen Uniform zu erscheinen. Doch Mutter lernte durch diesen Flop nichts hinzu. Ein paar Jahre später kam sie wieder mit Aufmüpfigkeit. Inzwischen hatten wir uns ins mannbare Alter gemausert, und obwohl mit Kriegsbeginn jegliche Art von Tanzerei als leichtfertiges Treiben untersagt worden war, gab es eine neue NS-Aktion. Wir Jugendlichen durften uns zu Volkstanzgruppen zusammentun. Und wir fanden es schon verlockend, wenigstens dieses folkloristische Amüsement zu haben. Bei Polka und Reigen durften wir schreiten und uns wiegen, solange das alles im treudeutschen Rahmen blieb. Und für diese Volkstanzerei gab es dann auch wieder eine einheitliche Ausstattung: Das fing an mit einem Kleid aus ungebleichtem Nessel. Darüber dann ein Laibchen aus Gminder Linnen, und wir mußten uns wohl als des Führers Jugend gut gemacht haben, denn die Farbauswahl dieses Laibchens war uns freigestellt. Mutter fand, daß diese derben Baumwollkleider keinen Piff hatten. Die Tanzerei würde sich in einem fließenden Material doch sehr viel anmutiger ausnehmen. Ich weiß es nicht mehr, wie es ihr gelang, weiße Kunstseide aufzutreiben. Zwar hielt sich die Hausschneiderin strikt an den vorgeschriebenen Schnitt, aber es kam doch ein völlig anderes Resultat dabei heraus. All die ungebleichten Nesselkleider um mich herum nahmen sich gegen mein strahlendes Weiß unansehnlich und fast unappetitlich aus. Vor allem aber ließ die fließende Kunstseide jede meiner Bewegungen geradezu unschicklich aufreizend erscheinen. Die Gruppe nahm das mit einem Blick zur Kenntnis, und man reagierte sofort: Die Jungens ließen mich einfach sitzen. Aus der Reihe tanzen gab's nicht. Und so wurde ich eben zum Mauerblümchen der Volkstanzgruppe.

KAPITEL 2

V on all den Frauen damals in unserer Vorortstraße ist mir keine in Erinnerung geblieben, die der NS-Frauenschaft beigetreten war. Nach der Machtübernahme hatten die Nazis sämtliche Verbände, Vereine und Gruppierungen in NS-Organisationen umgewandelt, und gegen diese unzähligen NS-Männerbünde spielte die NS-Frauenschaft immer nur eine sehr bescheidene Rolle. Vielleicht aber auch deshalb, weil damals die allermeisten Frauen ohnehin mit Politik noch nichts im Sinn hatten. "Politik ist Männersache".

Natürlich gab es auch für die NS-Frauenschaft ein Uniform-kleid in Nazi-Beige, ein wollendes Baumwollgewand, das erst gar keinen Gedanken an weibliche Reize aufkommen ließ.

Die Nazis stellten immer wieder heraus, daß es für sie nur die Frau in ihrer traditionellen Rolle gab, als Hüterin von Heim, Herd und Kinderschar. Und das deckte sich seinerzeit ja weitgehend mit der allgemeinen Anschauung. Die überwiegende Mehrheit der Frauen sahen auch selber die Fürsorge für die Familie als ihre ausschließliche Lebensaufgabe an.

Um diese Auffassung noch stärker zu betonen, ließen sich die Nazis das Mutterkreuz einfallen. Ein zynisches Dekor, denn nach dem damaligen Familienrecht war die regelmäßige Erfüllung der ehelichen Pflichten zweimal pro Woche gesetzlich festgeschrieben. Und weil es noch keine verläßlichen Verhütungsmittel gab, war es den Frauen nicht möglich, für eine sichere Familienplanung zu sorgen. Sie mußten ständig darum bangen, ungewollt schwanger zu werden. Da aber auch der Schwangerschaftsabbruch mit härtester Bestrafung belegt war, sowohl für die Frauen wie für die Ärzte, lief es darauf hinaus, daß die Frauen in den Nazi-Jahren unter Gebärzwang standen. Es war geradezu eine Verhöhnung ihres Leidensdruckes, wenn dieser Mutterorden von vier Kindern an aufwärts verliehen wurde. Mit dem Kindersegen sollten die Frauen ihren bevölkerungspolitischen Beitrag zu den Machtgelüsten Hitlers leisten, der immer wieder davon sprach, daß das deutsche Herrenvolk nicht genug Lebensraum habe. Und je mehr die Bevölkerung anwuchs, desto mehr mußte doch sein expansives Vorgehen als gerechtfertigt akzeptiert werden.

In unserer Nachbarschaft gab es ein paar dieser von den Nazis so geschätzten biederen Mutti-Typen. Aber mir sind sehr viel stärker die anderen Frauen in Erinnerung geblieben, die still-schweigend ihren gewohnten Lebensstil fortsetzten und gar nicht daran dachten, sich dem gewünschten Frauenbild anzu-passen. In einer Diktatur reicht es ja schon völlig aus, sich nicht aufs Mitmachen einzulassen, um als verdächtig angesehen zu werden. Wer nicht für uns ist, der ist gegen uns.

Da war beispielsweise diese femme fatale, von der durchsicker-te, daß sie ihren um zig Jahre älteren Mann der ersten Ehefrau ausgespannt hatte. Sie wußte nur zu gut, wie rasch verheiratete Männer in Versuchung geraten konnten, und war voll darauf konzentriert, sich für ihren Mann so attraktiv wie möglich zu halten. Von all den anderen Frauen setzte sie sich allein schon dadurch ab, daß sie sich niemals in einer tuschigen Kittelschür-ze sehen ließ, sondern alles Wischen und Waschen in einem neckischen Operetten-Tändelschürzchen erledigte. Sie hatte es geradezu genial heraus, aus ihrem so gar nicht attraktiven Äu-ßeren das Allerbeste zu machen.

Trotz schlimmster 0-Beine zeigte sie sich nur in extravagantem, zierlichen Schuhwerk mit atemberaubend hohen Absätzen. Der Blick war gefesselt von diesen kapriziösen Gebilden und nie-mand kam auf die Idee, hoch zuwandern bis zu den Halbkreis-Waden. Einen Zinken an Nase, den gewaltig breiten Mund ließ sie unter breitrandigen geschwungenen Hüten verschwinden, um dafür desto mehr ihr Dekollete darzubieten, für das die Hausschneiderin mit Stoffen in leuchtenden Farben und auffal-lenden Mustern immer wieder neue Umrahmungen erdenken mußte.

Das genaue Gegenteil die Malerin, diese Wandervogel-Type, in allen Jahreszeiten einheitlich im griesen Lodenmantel und mit gewaltigen ausgelatschten Männerschuhen. Sie hatte sich in sich selbst zurückgezogen, seit ihre Bilder zu entarteter Kunst erklärt worden waren, und die Galerie in der Prachtstraße Unter den Linden, ein paar Schritte hinter dem Brandenburger Tor, ihre Gemälde nicht mehr annahm. Wie es hieß, arbeitete sie weiter an ihrer Staffelei, aber was konnte sie mit dem vereinsamten Gesicht überhaupt noch für ihre Malerei aufnehmen? Eine andere die betagte Pastorenwitwe, deren gewaltiger Busen vor Erregung bebte, wenn sie sich auf offener Straße über die Deutschen Christen ausließ, dem Teil der evangelischen Kirche, der sich unter einem Reichsbischof mit den Nazis arrangiert hatte. Aber genauso ungeniert und lautstark kam sie auf die Bekennende Kirche zu sprechen, diesem anderen evangelischen Flügel, der sich um Martin Niemöller geschart hatte. Zu ihm standen andere Geistliche, aber auch Laien, die sich mehr und mehr von den Nationalsozialisten distanzierten. Und Martin Niemöller landete für seinen Widerstand dann schließlich im Konzentrationslager Dachau. Jedenfalls war das Thema Bekennende Kirche durchaus nicht dazu angetan, in der Öffentlichkeit erörtert zu werden.

Außenseiterin war auch die geschiedene Frau, die mit ihren beiden Töchtern erst später zuzog. Natürlich entsprach auch sie nicht dem gewünschten Frauenbild. Denn nach Nazi-Version hatten Frauen alles hinzunehmen, egal was geschah, und eine solche Unterordnung zu erbringen, daß es eben überhaupt nicht zur Ehescheidung kam. Es lief sich ein, daß diese Geschiedene in Mutter eine interessierte Zuhörerin fand und immer häufiger tränenablassend bei uns saß. Vater betrachtete das mit Unmut, und wenn der ständige Ehekrieg höher aufflammte, kam er mit dem erbosten Vorhalt, Mutter habe sich doch bloß wieder von dieser Frau aufhetzen lassen.

Eine pflegeleichte Frau war Mutter sowieso nicht. Sie hatte wohl kaum das Wort Emanzipation gehört, aber sie legte unbekümmert ein Verhalten an den Tag, das auf die Umwelt einigermaßen schockierend gewirkt haben muß.

Wenn sie sich beispielsweise schon Anfang der zwanziger Jahre die lange Haarpracht abschneiden ließ und sich der ostpreußischen Kleinstadt mit einem kessen Pagenschnitt präsentierte. Was für ein merkwürdiges Hochzeitsbild: Ein Pulk von Frauen um sie herum, alle mit der Lockenschere auf eine festliche Einheitshaartracht gestylt. Mutter mit dem Brautschleier-Gewoge, das ihr bis auf die Augenbrauen reichte, ergänzt nur um zwei dünne Pola-Negri-Ohrenkringel.

Für Mutter war jegliche Art von Hausarbeit ein Greuel, und wenn irgend möglich, sah sie zu, sich diese Dinge fernzuhalten. Sie erkannte sehr rasch, daß ihr einige von den Nazis gestartete Aktionen nützlich sein konnten. Damals gab es die NS-Volkswohlfahrt, eine Art staatlicher Wohlfahrtsorganisation, für die Kleidersammlungen durchgeführt wurden. Mutter ergriff die Chance, ihre Garderobe auszulichten, um Vater beweisen zu können, daß sie unbedingt etwas Neues zum Anziehen haben müßte. Auch die Müllbeseitigung wurde angenehmer. Denn nun sollten alle verwertbaren Abfälle für die Schweinemast gesammelt und an der Haustür bereitgestellt werden. So brauchte Mutter nicht mehr mit dem Eimer bis hinten ans Gartenende zu traben, aber es kamen auch keine Abfälle mehr für den Komposthaufen dazu, den Vater extra eingerichtet hatte.

Vor allem aber war der Eintopfsonntag so ganz nach ihrem Sinn. Einmal im Monat sollten die Deutschen auf ihren Braten verzichten und das eingesparte Geld spenden. Für Mutter erübrigte sich damit das aufwendige Sonntagskochen. Denn der Eintopf ließ sich ja schon vorher zubereiten und war dann nur noch zu wärmen. Allerdings machte Vater das nicht lange mit. Spenden konnten ja sein. Aber am Sonntag erwartete er das gewohnte Sonntagsgericht.

KAPITEL 3

Berlin war durch die Reichsgründung zur Hauptstadt des deutschen Staates geworden und hatte damit den Anstoß zu einem rasanten wirtschaftlichen- und industriellen Aufschwung bekommen. Und nachdem die Existenzgründer ihr Glück gemacht hatten, zog es auch die Intellektuellen nach Berlin, Wissenschaftler, Journalisten, Künstler, von denen etliche hier ihren entscheidenden Erfolg hatten. Berlin war Heimat für Max Liebermann, Bert Brecht, für Carl v. Ossietzki wie Kurt Tucholski. Oder auch Max Reinhard, der die deutsche Theaterkultur entscheidend prägte. Noch heute berichten betagte Schauspieler davon, daß sie die Chance bekamen, von Max Reinhard ausgebildet zu werden, und schon dies war ein Gütesiegel. Andere sprechen davon, daß sie in der Provinz begonnen hätten, dann aber nach Berlin überwechselten, weil eben dort die Maßstäbe gesetzt wurden, und sich so der Durchbruch zur großen Karriere einstellte.

Während Berlin in den wilden zwanziger Jahren kulturell boomte, herrschte andererseits große wirtschaftliche Not. Mit der Inflation hatten viele ihr Vermögen verloren und waren aus einem abgesicherten Lebensstandard in Verarmung abgestürzt. Als es dann 1929 in New York zu dem großen Börsencrash kam, geriet die gesamte Weltwirtschaft in eine tiefe Krise. Als Folge gab es eine große Arbeitslosigkeit, aber damals war die soziale Absicherung noch so karg, daß das Stempelgeld nicht einmal einen bescheidenen Lebensunterhalt abdeckte, und Millionen Menschen in die totale Verelendung gerieten.

Hitler, der schon ein paar Jahre zuvor von München nach Berlin übergewechselt war, gewann mit ganz legalen Wahlen immer weiter an Boden, seine NSDAP erhielt immer mehr Stimmen, bis sie zur stärksten Partei geworden war. Ich hörte die Erwachsenen davon reden, daß der Reichstag mit seinen mehr als 30 Parteien, und darunter diversen Splittergruppen, ja gar nicht mehr handlungsfähig sei. Daß es mit der hohen Kriminalität und den Abermillionen von Arbeitslosen doch nicht mehr so weitergehen könne, und daß Hitler die Dinge nun wieder in die Reihe bringen würde. Als Kind konnte ich mir unter der

Machtergreifung noch nichts vorstellen, und ebenso wenig hätte ich begreifen können, was es mit der Bücherverbrennung auf sich hatte, mit der unerwünschte Autoren das Signal bekamen, in Zukunft nichts mehr veröffentlichen zu können. So waren all diejenigen mundtot gemacht, die schon zuvor Bedenken gegen die Nationalsozialisten hatten. Wie hätte ich als Kind die Tragweite des Ermächtigungsgesetzes erfassen sollen, mit dem alle anderen Parteien verboten wurden. Damit hatte ja auch jegliche politische Opposition ihr Ende gefunden.

Aber mir sind die langen müden Schlangen der Arbeitslosen in Erinnerung geblieben, die immer größer werdende Unsicherheit in den Berliner Straßen. Wenn sich Mutter mit mir auf den Einkaufsbummel machte, und wenn mit einmal Laster angerast kamen, beflaggt, mit Parolen beschriftet, vollgestopft mit Gewaltbereiten, Roten wie Braunen. Im Nu konnten Schüsse fallen, die Passanten stoben davon, um Zuflucht in den nächsten Hauseingängen zu finden. In beiden Lagern, Rechten wie Linken, gab es Tote. Die politischen Auseinandersetzungen wurden ausgetragen bei Straßenkämpfen oder auch bei Saalschlachten. Es irritierte mich, daß Mutter in einem Berliner Warenhaus im Handumdrehen um ihr Portemonnaie bestohlen wurde. Und wenn die Erwachsenen auch davon redeten, daß die Nationalsozialisten Lager für Kriminelle und Arbeitsscheue einrichteten, dann war das wohl in Ordnung.

Mitte der zwanziger Jahre war mein Vater von Ostpreußen nach Berlin übergesiedelt, um noch weiterzustudieren. Dann holte er Mutter und mich nach, und erst einmal landeten wir, so wie es auch anderen Neu-Berlinern erging, im Zille-Milieu, einer dusteren Stube in einem Ost-Berliner Hinterhof. Vater mußte sich durch die Semester darben, und war froh, dann eine bescheidene Anstellung zu finden. Nach und nach ging es in kleinen Schritten voran, zunächst in zwei Leerzimmer, dann in eine kleine Neubauwohnung, und die schon im Berliner Westen. Für alle Fälle sah Vater zu, noch einen Notgroschen auf die hohe Kante zu legen. Als der Absturz der New Yorker Börse kam, bangte er darum, die paar mühselig zusammengekratzten Spargroschen wieder zu verlieren.

Zu der Zeit entwickelte sich der Trend, die Hektik der Millionenstadt zu verlassen und sich ins grüne Randgebiet abzusetzen.

Als Mutter mit mir von einem Sommerurlaub bei den ostpreußischen Verwandten zurückkam, erklärte Vater: "Übermorgen ziehen wir um."

"Übermorgen?!"

"In ein eigenes Haus."

Vater hatte es zustande gebracht, sein Erspartes, das nicht annähernd die geforderte Anzahlung abdeckte, für den Erwerb eines Eigenheimes anzulegen.

Zwei gegenüberliegende Häuserzeilen, südlich vom Stadtrand Potsdams, einfach mitten in den Kiefernwald gesetzt. Um von dieser umwaldeten Neubauzeile zur parallel verlaufenden Landstraße zu gelangen, tapsten wir eben die bei den Bauarbeiten entstandene Waldschneise entlang, durch Sand oder Matsch, und im Winter über die riskant gefrorenen tiefen Furchen.

Die Männer, in Berlin berufstätig, hatten gemeinsam quer durch die Kiefern einen Trampelpfad zum Vorortbahnhof zustande gebracht. Zwei Stationen bis Wannsee, dem von Conny Froboes besungenen Strandbad, auch der Beginn der Avus, dieser berühmten Autorennstrecke. Ein Stück nach Westen das Studiogelände der Ufa, die so erfolgreiche Filme produzierte, daß man sich über Jahre mit den Traumfabriken Hollywoods einen Konkurrenzkampf um Platz eins in der Welt lieferte. Dort hatten sich auf prächtigen Havelsee-Grundstücken einige Filmstars niedergelassen, und mit feudalen Häusern auch andere entsprechend betuchte Berliner. Aber dort auch jene Wannsee-Villa, in der führende Nazis die Massenvernichtung der Juden bis ins letzte grauenhafte Detail abgesprochen und protokolliert hatte.

Auch in unserer Vorortecke gab es hier und da Häuser von Ufa-Chargenschauspielern, deren Gage für ein nobles Seegrundstück nicht reichte. Ihre Namen und Gesichter waren uns so vertraut wie die der großen Stars, und so umschlichen wir die Gärten, weil wir sie doch gar zu gern auch einmal life gesehen hätten. Schon der Anblick eines zweiflügeligen kunstgeschmiedeten Gartentors war atemberaubend. Und auch der ebenerdige

Bungalowstil galt damals noch als ein Beweis für respektablen Wohlstand. Doch die in der zweiten Reihe agierenden Schauspieler hielten sich für Neugierige ebenso bedeckt wie die berühmten Kollegen. Dabei wagten wir es ja gar nicht, bis an den Zaun zu schleichen. Wenn wir denn wer weiß wie lange hinter Büschen gekauert hatten, gaben wir dann schließlich wieder einmal auf.

Nach einiger Zeit hatte es sich eingelaufen, daß zu den Nazi-Feiertagen auch alle Privathäuser beflaggt wurden. Da hingen die Fahnentücher entlang unserer gegenüberliegenden Häuserzeilen, einheitlich das Hakenkreuzemblem, aber bei genauerem Hinsehen ergaben sich doch Unterschiede, die Rückschlüsse zuließen.

Da war schon einmal die Größe des Fahnentuches, und einige wenige hatten sogar eine Fahnenstange mit Goldknauf. Es war unverkennbar, daß die noble Ausführung der Fahne mit der Begeisterung für Hitler und auch mit dem entsprechenden beruflichen Vorankommen übereinstimmte.

Ein einziges Haus blieb all die Jahre unbeflaggt. Fräulein Eichfeld, eine hochbetagte Lehrerin, hatte keine Meinung, sich in ihrem Alter noch mit der Anpassung an die Nazis abzumühen. Sie setzte ihren Lebenswandel fort, als wäre nichts geschehen. Heute wäre sie wohl eine exportierte Grüne gewesen. Den Garten hatte sie naturbelassen, nur ein Stückelchen war hergerichtet und dort wucherten diverse Sorten uns völlig unbekannter Kräuter. Sobald der Frühling nur zu ahnen war, startete sie wieder in aller Herrgottsfrühe zu ihren ausgedehnten Waldspaziergängen, fröhlich vor sich hinträllernd, wobei ihr nicht in den Sinn kam, inwieweit die Nachbarn mit längerem Morgenschlaf davon angetan waren. Sie wußte sehr geschickt mit ihrem nachlassenden Gehör zu taktieren. Wenn ihr andere beim nachbarlichen Plausch mit Lobsprüchen auf die Nazis kamen, zuckte sie ratlos mit den Schultern. Sie war eben nicht mehr dazu imstande, solche Ausführungen aufzunehmen. Umgekehrt mußte man darauf gefaßt sein, daß von ihr auf offener Straße schnöde, riskante Aussagen zu den Braunen kamen. Sofort wandte sie sich ab, demonstrierend, daß bei ihrer Taubheit irgendwelche Erwiderungen völlig vergeblich wären.

Noch ein anderes Haus ohne Hakenkreuz. Der greise General mit dem vertrauten Namen aus altem preußischen Adel blieb dabei, mit der Stahlhelmfahne Flagge zu zeigen. Zu ihm gehörte eine über vierzig Jahre jüngere Frau. Wie war er denn bloß an die gekommen? Das dürfte bei der Eheschließung einen Skandal gegeben haben. Denn das Auftreten der Generalsgattin war alles andere als standesgemäß, wenn sie einem mit ordinärem Gekeife kam, daß diese Nazis doch alle Proletenpack wären.

Vater hatte für uns ein recht bescheidenes Fahnentuch besorgt, und dies um einen Rest übriggebliebener Heimwerkerleiste genagelt. Das Machwerk unterschied sich schon sehr von den anderen Fahnen. Aber darüber machten sich die Nachbarn keine Gedanken, denn sie hatten sich längst daran gewöhnt, in Vater einen Sonderling zu sehen. Wie hätte man auch sonst damit zurechtkommen sollen, wenn Vater am Sonntagmorgen mit einem selbstgebastelten Fahrradanhänger loszog ins Büdnerdorf, um frischen Kuhdung ranzuschaffen. Für die Umgebung war der Mistgestank keine angenehme Sonntagszugabe.

Aber für Vater mit seiner ostpreußischen Bodenständigkeit stand es eben fest, daß ein Garten Gemüse und Obst bringen mußte. Also ging er daran, sein Stück Wald urbar zu machen. Schon bald nach dem Einzug begann das Roden, das nur eine riesige Fichte überstand, und die beiden Birken, die für meine Schaukel vorgesehen waren. Es brauchte seine Zeit, bis er all die geschlagenen Bäume einigermaßen sortiert hatte, den Stapel an Stämmen, die zu Brennholz werden sollten, und den Wust an Kronen. An einem Herbstabend klingelte es, vor uns stand ein Mann, der schräg gegenüber wohnte, aber er sah nicht aus, als käme er als Nachbar. Seine stramme Haltung sprach für etwas Amtliches. Und tatsächlich war er als Rentner-Polizist vom Dorfgendarm dazu beauftragt worden, meinen Vater auf den Kahlschlag anzusprechen. Es muß damals ja wohl schon Verordnungen in diese Richtung gegeben haben, solche Aktionen zu begrenzen. Die Männer machten sich mit Taschenlampen auf eine halsbrecherische Tour durch den Garten, aber es war nur festzustellen, daß hier jede Vorschrift zu spät kam. Letzten Endes bot sich der Polizist mit dem weißen Zwirbelbart an, Vater dabei zu helfen, um überhaupt Raum zu schaffen für ein paar Beete.

Im Frühjahr begann Vater damit, die freie Fläche mit etlichen Obstbäumen und Beerensträuchern aufzuforsten. Aber auch mit Kuhdung gab es auf dem kargen Kiefernboden kein Blühen und Ernten.

Für die meisten Nachbarn galt auch damals schon der Vorgarten als Visitenkarte. Sobald der Winter dem Ende zuging, wurde körbeweise bunt Blühendes gesetzt. Nun hatten sie vor Augen, was sich in unserem Vorgarten tat. Denn Vater hielt nichts von solch einer Bepflanzung, die ja nur über die Saison reichte. Er versuchte es noch einmal mit etwas Dauerhaftem. Nach der Enttäuschung mit der Gartenerschließung wandte er sich nun dem zu, was in den Wäldern heimisch war. Beim ersten Versuch holte er aus dem Wald Heidepflanzen heran. Aber die kamen mit dem Standortwechsel nicht zurecht. Vor unserer Haustür trauerte reihenweise verdorrtes Gestrüpp vor sich hin.

Als die Zeit der Pilze kam, zog er los und hob mächtige Ballen aus, um diese Soden mit Steinpilzen und Pilzgeflecht in den Vorgarten umzuquartieren. Aber auch die Pilze konnten nicht Fuß fassen und verwandelten sich in einen stinkenden Matsch.

Während auf der einen Seite die Straße direkt bis an den Kiefernwald reichte, stellte sich am anderen Ende das Gehöft von Bauer Kruse quer. Er hatte Sorgen, die ihm wichtiger waren als das Flaggen. Es gab genug darüber zu grübeln, wie er für eine seiner vier Töchter an einen Schwiegersohn kam, der den Hof würde weiterführen können.

Gleich an das stattliche Haus schloß sich ein riesiges Spargelfeld an. Wie oft wurde ich losgeschickt, um die Kruse-Frauen dazu zu bewegen, für unsere Berliner Sonntagsgäste noch einmal die Reihen auf Nachgewachsenes abzugehen.

Im Keller wurde all das Knackfrische untergebracht, das für uns Städter damals schon so verlockend war: Eier, Butter, Schlagsahne, manchmal glückte es auch, ein Stück selbstgebackenes Brot abzubekommen. Die einstigen Berliner Bolle-Kunden hatten den Kruses einen recht erfreulichen Zugewinn eingebracht.

Ich traf die Kruse-Frauen immer nur in diesem mausgraubeigedunkellilabraunen Arbeitszeug an, auch am Sonntag, wenn sie in der Küche im Erdgeschoß auf die Zeit fürs abendliche Melken warteten. Wie hätten sie sich im Sonntagsstaat auf den Melkschemel hocken sollen, und wie anders als in Holzpantinen und in selbstgestrickten rattengrauen Strümpfen den Hof mit dem jauchedurchweichten Kopfsteinpflaster überqueren.

Eines Tages war die Rede davon, daß sich eine der Töchter verheiraten würde. Keiner hatte gemerkt, daß sie mit "jemandem ging". Ich wurde losgeschickt mit Karte und Kristallvase, und man führte mich in die gute Stube mit einer endlos festlich gedeckten Tafel. Ich war niemals darauf gekommen, daß es außer Küche und Keller noch andere Räume im Haus der Kruses geben könnte.

Ich ging unter in einem einzigen Gedrängele von Frauensleuten. Die Dorffriseuse zwängte sich resolut mit der Brennschere durch, allenthalben letzte Löckchen und Wellen zu richten. Aber mich machte die Fülle an bodenlangen Festkleidern völlig perplex: Marzipan-Rosa, F.D.F.-Blau, TV-Rasengrün. Solide Qualität, und alles in einem tugendhaften, diverse Modetrends überdauernden Schnitt, um sorgsam verpackt ein Leben lang vorzuhalten für Kindstaufen und Hochzeiten.

In der Nacht dröhnte der Festtrubel zu uns herüber. Am nächsten Morgen verschwanden all die bunten Papiergirlanden. Eine der Töchter huschte im Morgengrauen wie gewohnt unsere beiden Häuserzeilen entlang, um die bereitgestellten Kannen mit frischer Milch zu füllen. Bauer Kruse stand abends wieder beim Hoftor, um Ausschau zu halten nach dem Wetter für den nächsten Tag. Was hatte er schon groß mit Hitler zu tun? Solche kamen und gingen, wie andere zuvor und danach.

KAPITEL 4

Und dann gab es da noch die Familie Sonnenberg, die etwas später zuzog und deshalb erst einmal in der Außenseiterposition blieb. Aber auch die Sonnenbergs selber signalisierten zunächst Zurückhaltung. Frau Sonnenberg unternahm nichts, um Anschluß an eine der Kaffeeklatschrunden zu finden. Herr Sonnenberg lief jeden Morgen mit eingezogenem Kopf zur Vorortbahn, aber mit keinem der Nachbarmänner kam er in Kontakt. Und dann zeigte es sich nach und nach, daß Sonnenbergs eine völlig andere und befremdende Lebensart hatten. Schon die seltsamen Düfte aus dem Küchenfenster. Frau Sonnenberg mußte an etwas brutzeln, was mit deutscher Kost nichts zu tun hatte. Noch mehr Irritation kam auf, als man beobachtete, daß ein katholischer Geistlicher regelmäßig seine Hausbesuche machte, und das mitten unter uns ausnahmslos Evangelischen. "Jeder kann nach seiner Facon selig werden", so der größte preußische König. Aber die Vorurteile bei den Untertanen saßen fest. "Alle Katholiken sind falsch", so der Kommentar meiner Mutter zu den Sonnenbergs. Und beim Austausch übern Gartenzaun sahen es sämtliche Nachbarsfrauen genauso.

Dann erlebte man mit, daß die Sonnenbergs untereinander in einer fremden Sprache redeten. Und es fand sich jemand, der meinte, das müßte Polnisch sein. Die Sonnenbergs waren also aus Polen gekommen. Und das machte es nun vollends schlimm. Nach dem Verlust des Ersten Weltkrieges war mit dem Versailler Vertrag die Abtretung Westpreußens festgeschrieben worden, um Polen damit einen Zugang zur Ostsee zu verschaffen. Auch damals schon hatten die Deutschen den Polen gegenüber eine borniert, diskriminierende Voreingenommenheit. Die weit verbreitete Meinung war, daß das einstige Westpreußen unter polnischer Regie sehr bald verkommen würde. Damals gab es die allen geläufige Redewendung, jegliche Art von Unordnung oder Vernachlässigung verallgemeinernd als polnische Wirtschaft zu bezeichnen und borniert von Pollaken zu sprechen.

Wenn sich Mutter mit mir zum Sommerbesuch bei den ostpreußischen Verwandten auf den Weg machte, kam das große Un-
behagen auf, sobald sich der Zug der Grenze näherte. Für die
Fahrt durch den polnischen Korridor wurden die Waggons abgeschlossen, auf den Grenzbahnhöfen durften die Fenster nicht
geöffnet werden. Das polnische Kontrollpersonal feindselig
wortkarg, die Patrouillen auf den Bahnsteigen unheimlich bedrohlich. Das alles genauso unbehaglich wie später zu DDR-
Zeiten bei der Bahnfahrt nach West-Berlin.
Die Sonnenbergs waren also aus Polen gekommen, aber sie
sprachen auch fließend Deutsch. Ob sie, weil sie konvertiert
waren, früher als Volksdeutsche gegolten hatten? Nach und
nach freundete ich mich mit Tochter Renatchen an. Und wenn
ich zu ihr spielen ging, gab mir die Mutter von merkwürdigen
Speisen zu kosten, mit deren Geschmacksrichtung ich so gar
nichts anzufangen wußte. Mutter Sonnenberg hatte ihr Kraus-
haar in einen gewaltigen Dutt zusammengezurrt, und nach einiger Zeit zeigte sich immer wieder dunkler Nachwuchs. Eines
Tages schickte sie mich los, um vom Drogisten Wasserstoffsuperoxyd zu holen. Freundin Renatchen blieb durchgängig
blond, vielleicht weil die Mutter bei ihr noch genauer darauf
achtete, daß das Wasserstoffsuperoxyd niemals ausging. Jedenfalls war Renatchen mit ihren blauen Augen und den blonden
Zöpfchen sehr niedlich und hatte das perfekte Aussehen der
von den Nazis favorisierten nordischen Rasse. Sie machte auch
mit bei den Jungmädels, und ein Foto zeigte uns beide Seite an
Seite, in der Uniform der BdM-Mädels.
Die Sonnenbergs taten stets mit beim Flaggen der Hakenkreuz-
fahne. Aber Vater Chaim Sonnenberg mit seiner stark jüdischen
Physiognomie hatte keinerlei Chance, sich etwas deutscher herzurichten. Also kam er nach und nach bei den Männern immer
stärker ins Gerede. Wieso hatte er in Berlin einen Job bekommen? Denn längst war das Berufsverbot für Juden erlassen
worden. Und wie hatte er sich einen Ariernachweis beschafft,
den jeder beibringen mußte? Schließlich erörterten die Männer,
ob sie nicht dem Ortsgruppenleiter einen Wink geben müßten,
eben um nicht selber in Schwierigkeiten zu geraten. Aber dann
hieß es, Chaim Sonnenberg wäre im Weltkrieg Frontkämpfer

auf deutscher Seite gewesen, und das gab den Ausschlag dafür, die Sache auf sich beruhen zu lassen.

Auch meine erste Schulfreundin, blond und blauäugig, kam aus einer indischen Familie. Manchmal durfte mich Marie-Louise nach der Schule mit nach Hause nehmen, und ich als Einzelkind fand es dann immer toll, wenn sich die Mutter mit allen acht Kindern zum Mittagessen an den riesigen Tisch setzte. Schon sehr bald nach der Machtergreifung zog die Familie um in die Schweiz, und für uns Kinder hieß es, der Vater wäre eben beruflich versetzt worden.

Auch bei zwei, drei anderen Kindern aus meiner Klasse hieß es, daß sie Juden in der Familie hätten. Ein Junge gehörte dazu, dessen Vater eine gehobene Position in der Verwaltung der evangelischen Kirche hatte. Die gesamte Familie, ebenfalls mit großer Kinderschar, erschien Sonntag für Sonntag zum Gottesdienst in der kleinen Dorfkirche. Auch die statiöse Großmutter war immer dabei, ganz unverkennbar jüdisch aussehend, aber völlig unbekümmert mit ihrem plärrenden Choralgesinge sämtliche genervten Blicke auf sich ziehend.

Erst nach dem Krieg kam zur Sprache, daß in unserem Vorort einige Juden aus Berlin bei Verwandten oder Freunden Unterschlupf gefunden und all die Jahre eine Anne-Frank-Existenz geführt hatten.

KAPITEL 5

Das Dorf mit der Schule lag ein ganzes Stück entfernt, die Landstraße führte über eine weite Feldmark, und bei Wind und Wetter war der Schulweg schon recht ungemütlich. Zu zweit saßen wir in diesen matriarchalischen Pulten aus derbem Holz, dazu Tisch und Bank noch stabil miteinander verbunden. Der Zwischenraum so eng, daß man zusehen mußte, sich da irgendwie reinzuschieben. Die Kompaktpulte mit Eisenschienen auf dem robusten Dielenboden festgeschraubt. Diese ganze Konstruktion zwang uns unausweichlich zum sittsamen Stillsitzen.

Ich war zusammengepfercht mit Roswitha. Während der vier Grundschuljahre lieferten wir zwei uns einen ständigen Konkurrenzkampf um die Plätze Eins und Zwei der Leistungsrangfolge, und wechselten immer wieder mal die Plätze. Roswithas Familie lag völlig auf der Nazi-Linie. Der Vater in der NSDAP und stellvertretender Ortsgruppenleiter, die Mutter zuständig für die NS-Frauenschaftsgruppe. Roswitha hatte von den gewünschten nordischen Rassenmerkmalen - blond und blauäugig - mit ihrem dunklen krausen Haar so gar nichts vorzuweisen. Aber sie machte eifrig mit beim Bund Deutscher Mädel und bemühte sich zielstrebig ums Vorankommen, bis sie dann in der Hitlerjugend eine hohe Funktion erreicht hatte. Beim Einmarsch der Russen fand man die Familie vor, alle drei hatten sich gemeinsam das Leben genommen. Auch das Ortsgruppenehepaar mit Tochter Irmchen war in den Selbstmord gegangen.

Zur Klasse gehörten einige Kinder von Berliner Zugezogenen. Dann gab es zwei, drei von soliden Bauerngehöften, so wie auch Gerda mit ihrem runden, wohlgenährten Gesicht. Ihr Vater der Dorfbauernführer, der mit seiner statiösen Figur schon recht stramm in der braunen Uniformjacke steckte. Er trat immer zum Erntedankfest in Aktion, wenn man sich im Saal des Dorfkrugs einzufinden hatte, um gemeinsam der Radioübertragung des Reichsbauernfestes in Bückeburg mit der Hitler-Rede zu lauschen. Etwas später tauchte dann auch in der Kino-Wochenschau der Filmbericht auf über die Abertausende von

Bauern mit ihren unzähligen Volkstanzgruppen und Trachten-
kapellen.

Aber die Mehrzahl der Kinder kamen aus ärmlichen Büdnerfa-
milien. Der Verdienst des Vaters reichte nicht aus für die große
Kinderschar, die Mutter völlig ausgelaugt von den vielen
Schwangerschaften, und da mußten die Kinder überall mit zu-
fassen, beim Geschwisterhüten, bei der Hausarbeit, im Obst-
und Gemüsegarten.

Tag für Tag hatten wir in der Schule diese Kinder in all ihrer
Armseligkeit vor Augen, in zerlumpter Kleidung und mit diesen
elenden Gesichtern, wie sie ohne Hausaufgaben dahockten,
keinerlei Antrieb zum Lernen. No future und nicht die geringste
Aussicht, für sich selber aus dieser Misere rauszukommen. Ihre
lethargische Teilnahmslosigkeit ließ die Lehrerin verbittern und
verzweifeln, und ließ sie schließlich auch zum Rohrstock greifen. Aber selbst solche Haue erreichte nichts. Frieda, die stumm
vor sich hinhockte, Hauaufgaben keine, und ebenso wenig die
am Vortag aufgedonnerte zusätzliche Strafarbeit. Von Frieda
kam nichts, weder Erläuterung noch Schwindelei, und allemal
schon gar nicht irgendeine rotzig-dreiste Entgegnung. Frieda
hockte die Schuljahre ab, ein für alle Mal in der vordersten
Reihe placiert, genau gegenüber vom Lehrerpult, um auf dem
kürzesten Weg für die Hiebe erreichbar zu sein.

Dafür lümmelte Willy in der hintersten Bank in der Außenecke
herum, damit seine Faxen und seine Zwischenbrüllereien nicht
allzu sehr den Unterricht störten. Aber schon sein Sprachfehler
reichte aus, um uns immer wieder abzulenken. Fürs ABC und
fürs Einmaleins hatte Willy nichts übrig. Dafür setzte er all seine Aktivität mit Knuffen und Pöbeln in den Pausen ein, wobei
er genau im Auge behielt, wenn sich ein Mädel auf den Weg
zum Plumpsklo machte. Dann flitzte er hinterher, rüttelte an der
Verriegelung der Holztür, um wenigstens durch einen Spalt
mitzukriegen, was sich da in der Stinkkabine tat. Vielleicht waren ihm diese Erkenntnisse fürs spätere Leben sogar nützlicher
als alle Buchweisheit.

Schon das Schreibenlernen lief für die meisten Dorfkinder auf
eine Überforderung hinaus. Denn in diesen ersten Jahren wurden uns gleich drei Schriftarten beigebracht. Es begann mit der
Blockschrift, dann ging es weiter mit Sütterlin, dieser alten

deutschen Schrift, die heutzutage kaum noch ein Mensch entziffern kann. Es war ein solches Kunststück, die Buchstaben mit den langen Schleifen und den winzigen Ösen hinzubekommen, daß es noch eigene Unterrichtsstunden in Schönschrift gab, in denen wir dann Reihe um Reihe mit nur einem Buchstaben einüben mußten. Und im vierten Jahr kam dann noch die lateinische Schrift dazu. Fräulein Lamprecht, unsere Lehrerin, war sehr tüchtig, und sicherlich sah sie es als enttäuschend an, daß sie bei den Dorfkindern so wenig ausrichten konnte. Mag sein, daß sie es als einen Ausgleich empfand, dafür uns Kinder, die wir die Schule wechseln würden, so gut wie nur irgend möglich vorzubereiten. Eines Tages stand an der Schiefertafel, daß wir zusätzlich ein kleines Heft mitbringen sollten, um darin die lateinischen Namen für die Grammatikbegriffe einzutragen und sie auswendig zu lernen. Für uns war das nützlich, und später stellte es sich heraus, daß wir damit den Potsdamer Mädels voraus waren. Aber all die Dorfkinder hatten nichts davon, sich auch noch mit Subjekt, Objekt und Prädikat abzumühen.

Fräulein Lamprecht hatte schon so ein wenig von einem späten Mädchen an sich. So wie sich's gehört, wohnte sie zusammen mit ihrer Mutter. Ich sehe sie vor mir, abwechselnd in zwei strengen geraden Röcken, dazu selbstgestrickte Pullover aus praktisch meliertem Garn. Schon von dieser Garderobe ging keinerlei Signal an Verführbarkeit aus.

Wir ahnten nicht, daß es in dem Haus auch noch einen möblierten Herrn gab. Und selbst wenn wir es gewußt hätten, wären wir niemals darauf gekommen, daß sich da irgendetwas anbahnen könnte. Aber mit einmal hieß es dann, Fräulein Lamprecht habe sich verlobt. Irgendwie fanden wir es etwas unschicklich, wenn wir Fräulein Lamprecht Arm in Arm mit diesem möblierten Herrn spazierengehen sahen. Eines Tages heirateten dann die beiden, und zu gegebener Zeit bekam Fräulein Lamprecht einen dicken Bauch. Wir fanden das alles etwas merkwürdig, nachdem wir sie bisher ja nur als jenseits von Gut und Böse erlebt hatten. Und es war uns völlig unerklärlich, daß die Dorfkinder bei diesem Thema immer so albern losgickerten.

All unsern Schulkram gab es bei Fräulein Schack zu kaufen. Auch sie wohnte mit im Haus der Eltern, und im Erdgeschoß befand sich das Papierwarengeschäft, mit dem sie ihren Broterwerb hatte. Bei ihr kauften wir unsere Hefte, und sie beschaffte auch die richtigen Schulbücher. Aber darüber hinaus hatte sie auch noch viele andere verlockende Dinge in ihrem Sortiment. Allein solch eine rote Federtasche aus Leder, wie sie auch Roswitha hatte. Die war nicht nur hübsch, sondern auch viel leichter als der hölzerne Griffelkasten. Und was noch alles dazugehörte. Solch ein bunter Federwischer als Wildlederläppchen. Denn in dem ins Pult eingebauten Tintenfass, daß Fräulein Schack aus einer großen Flasche auffüllte, hatte sich längst ein dicklicher Rückstand abgesetzt, und da blieb beim Eintauchen rasch ein Klümpchen an der Feder hängen. Roswitha mit ihrem Federwischer konnte in aller Ruhe mit ansehen, wie ich beim Diktat immer mehr ins Klieren geriet. Sie hatte auch noch eine kleine Blechbüchse mit Ersatzfedern, und wenn ihr denn die Federspitze abbrach, gab es ja sofort Ersatz. Und bei unserem ständigen Konkurrenzkampf lief das schon auf einen Vorteil für sie hinaus.

Fräulein Lamprecht, die Lehrerin, und Fräulein Schack mit ihrem Papierwarengeschäft, zwei Frauen, die sich nach den Verlusten im Ersten Weltkrieg nicht mehr aufs Heiraten und die lebenslängliche Versorgung durch einen Ehemann verlassen konnten. Vor vielen Jahren hatte ich ein Gespräch mit einer Neunzigjährigen, die seinerzeit eine der ersten Studienrätinnen in Berlin gewesen war. Sie brachte ein weiteres Argument: Zusätzlich zur Kriegsniederlage kam in den zwanziger Jahren die Inflation, bei der die Ersparnisse der Eltern verloren gingen. So konnten sie nun auch nicht mehr für ihre unverheirateten Töchter aufkommen. Bedingt durch die Umstände wurden die jungen Frauen dazu gezwungen, für einen eigenen Broterwerb zu sorgen. Damit rückten sie auch ein Stück ab vom traditionellen Rollenverständnis der Frau. Ob nun gewollt oder nicht - es lief darauf hinaus, daß die Emanzipation Anschub bekam.

KAPITEL 6

Einige von uns wechselten also nach den ersten vier Jahren an der Dorfschule auf weiterführende Schulen in Potsdam über. Erst kurz zuvor war die Straßenbahnverbindung von unserem Vorort zur Stadtmitte in Betrieb genommen worden, und so trafen wir uns denn morgens an der Straßenbahnhaltestelle zusammen. Doch schon bald driftete die Schar auseinander. Erst einmal blieben nun Jungen wie Mädchen für sich, denn seinerzeit wäre niemand auf die tollkühne Idee gekommen, auf die Pubertät zu eine gemeinsame Beschulung durchzuführen. Dann tat sich eine weitere Kluft auf zwischen Mittel- und Oberschülern. Dabei ging es nicht nach Begabung und Fleiß, sondern ausschlaggebend war, ob sich die Eltern das Schulgeld leisten konnten und wollten. Auch über gleiche Bildungschancen für alle zerbrach sich noch niemand den Kopf. Das Schulgeld für die Oberschule war erheblich teurer als die Mittelschule, und abgesehen von der Monatskarte für die Straßenbahn kam für uns aus den Randgebieten auch noch ein weiterer Zuschlag beim Schulgeld hinzu.

Vater knauserte sehr, um die Abzahlungen fürs Haus aufzubringen, aber er zögerte nicht einen Augenblick, mich für die Oberschule anzumelden. Damit war ich damals zu einem bildungsmäßig privilegierten Mädchen geworden. Wie oft höre ich noch heute von Frauen meines Alters, daß sie seinerzeit zurückstecken mußten, weil die Schulbildung des Bruders eben als wichtiger galt. Schließlich würde er der einzige Ernährer seiner Familie sein. Für die Mädchen wurde eben davon ausgegangen, daß sie später als Familienfrau versorgt sein würden. "Sie heiratet ja doch", und allemal, wenn das Elternhaus nicht begütert war, sah man die Kosten für eine Ausbildung der Töchter als unnütze Ausgabe an.

Für mich war der erste Tag an der neuen Schule völlig irritierend. In der Pause flitzten die Kleinen über den Schulhof, aber von Jahrgang zu Jahrgang nahm das kindische Treiben immer weiter ab. Und wenn nicht anders sorgte der aufsichtsführende Lehrer mit der Trillerpfeife für Ordnung. Denn auf jeden Fall war Rücksicht zu nehmen auf die jungen Damen der Oberstufe, die distinguiert über den Schulhof schritten. Was sie da eifrigernst an lateinischer Grammatik, an gemurmelten schwierigen Mathematik-Formeln erörterten, flößte mir einen geradezu beängstigenden Respekt ein. Niemals würde mein IQ dazu ausreichen, um derartige geistige Höhen zu erklimmen. Aber fast noch schlimmer: Würde ich bis zum Ende der Schulzeit auch an einen derartigen Anflug von Ausgetrocknetheit geraten sein?! Diese strengen Blusen, unmodische Röcke in züchtiger Länge, sämtliche Zöpfe bieder hochgesteckt, zum Dutt, zur steinhart gedrehten Zwiebel, oder auch diese männerfaustgroßen Schnecken auf den Ohren. Da gab es nichts mehr an Liebreiz zu erkennen, und deshalb war wohl auch von Intelligenzbestien die Rede. Ein wacher Verstand war nun mal mit Weiblichkeit unvereinbar, und das drückte sich im Umkehrschluß auch in der zotigen Redewendung aus: "Dumm fickt gut."

Aber für die überwiegende Mehrheit der Mädchen endete die Schulzeit ohnehin mit der Untersekunda. Die zehn Schuljahre bis dahin zählten dann ebenso als Mittlere Reife wie der Besuch der Mittelschule. Wobei dann aber doch strikt zwischen den beiden Schularten unterschieden wurde. Für eine standesgemäße Bildungsmitgift sollte es schon gern die Oberschule sein.

Als wir das zehnte Schuljahr erreicht hatten, war mit einem Mal davon die Rede, daß wir als erster Jahrgang zwei Oberstufen bekommen würden. Wir konnten uns entscheiden für ein wissenschaftlich-sprachliches Abitur, bei dem noch der Latein-Unterricht dazukam. Denn damals waren für die klassischen Fakultäten wie Medizin, Biologie, Jura, Theologie Lateinkenntnisse unerläßlich. All die vielen heutigen Fachbereiche gab es damals ja noch nicht.

Die andere Oberstufe führte zum Hauswirtschaftlichen Abitur. Der Unterricht in den Geistesfächern wurde erheblich reduziert und gegen die Unterweisung in verschiedene hauswirtschaftliche Fächer ausgewechselt. Bisher hatte es für jeden Jahrgang zwei gut besetzte Parallelklassen gegeben, und bald stellte es sich heraus, daß sich die allermeisten Mädels für das hauswirtschaftliche Abitur entschieden. Für unseren wissenschaftlichen Zweig blieb aus zwei Klassen nur eine kleine Crew übrig.

Irgendwie konnten wir all die angehenden Hauswirtschafterinnen nicht mehr so ganz für voll nehmen. Wir wußten nichts damit anzufangen, wenn sie in ihren weißen Kochkitteln wie eine Möwenschar über den Schulhof schwärmten. Unerfindlich, wie sie da Stunden um Stunden beim Kochen, Braten, Backen zubrachten. Ich denke, wir empfanden es als einen gewissen Widerspruch, daß wir jahrelang einen gehobenen Schulunterricht bekommen hatten, um nun mit einmal in dieser Intensität umzuschwenken auf die Betätigungsbereiche Heim und Herd. Ob das ganze nicht darauf hinauslief, die von den Nazis betonte traditionelle Frauenrolle noch weiter aufzuwerten?

Beim Schulwechsel wurde sehr rasch deutlich, daß ich von der Dorfschule in eine ungleich noblere Schulatmosphäre übergewechselt war. Wenn die Eltern noch weiteres Unterrichtsmaterial besorgen sollten, wurde diese Botschaft nun nicht mehr in formvollendeten Kreidebuchstaben auf der Schiefertafel notiert. Jetzt gab es ja ein Schulsekretariat mit einer Schulsekretärin, die ein korrektes Schreiben an die Eltern aufsetzte und dann die Briefstapel die langen Flure runter in den Klassen austeilte. Und dabei wurde auch immer beste, teuerste Qualität verlangt. Für den Zeichenunterricht versuchte es Vater mit einem Tuschkasten aus dem Warenhaus. Aber damit wurde er nichts, und so mußte dann doch noch der vorgeschriebene Markentuschkasten für mich gekauft werden. Mutters Nähschere für den Handarbeitsunterricht durfte es auch nicht sein, sondern bitte ein neues Edelprodukt aus Solingen. Weil damals auch die Schulbücher noch selber besorgt werden mußten, hatten die Eltern mit Beginn jedes neuen Schuljahres immer eine spürbare zusätzlich Ausgabe.

Es artete in eine Aktion aus, das vorgeschriebene Turnzeug zu beschaffen. Die gewünschte Stoffqualität gab es nur in einem stadtbekannten recht teuren Fachgeschäft. In dem Elternschreiben wurde auch gleich darauf hingewiesen, welche Farben es für die ganze Schulzeit hindurch sein sollten: Grün für die Unterstufe, in der Mittelstufe Blau, und für die letzten drei Jahre Orange. Und zum Anschluß kam noch die Anschrift der Schneidermeisterin, die sich mit der Facon auskannte, mit diesen üppigen Bollermännern, die auf halber Schenkelhöhe in einem wulstigen Gummizug endeten, um nur ja jeden eventuellen Blick in die Schrittgegend zuverlässig zu unterbinden. Solch eine Kreation konnte in der Tat nur in Maßarbeit von einer versierten Fachkraft erbracht werden.

Also brach meine Mutter mit mir auf, um diese Turnhose realisieren zu lassen. Total genervt kam uns das hutzlige Potsdamer Fräulein die Tür öffnen, denn der Beginn dieses neuen Schuljahres mit der geballten Nachfrage lief für sie immer auf einen wochenlangen Streß hinaus. Mißmutig vor sich hinraunzend machte sie sich ans Maßnehmen, als ginge es mindestens um ein elegantes Schneiderkostüm, wurde auch noch eine Anprobe vorgesehen, und schließlich war dann das Werk zu aller Zufriedenheit vollendet. So tüchtig wie Fräulein Lamprecht an der Dorfschule auch gewesen war, und wie sie sich bemüht hatte, uns auf den Schulwechsel vorzubereiten, so wenig hatte sie mit dem Turnen im Sinn gehabt. Damals wäre noch niemand auf die verrückte Idee gekommen, auch auf dem flachen Land für Sportstätten zu sorgen. Die Kinder hatten doch auch so Gelegenheit, sich an der frischen Luft zu tummeln. Also hatte es Fräulein Lamprecht dabei belassen, einige wenige Male mit uns zum Dorfanger aufzubrechen. Kaum hatte sie es geschafft, uns in einer Reihe antreten zu lassen, waren die Jungens dabei, uns Mädels durch die Büsche zu scheuchen. Zwei, drei Übungen Hampelmann und Holzhacken, noch ein paar Minuten Völkerball, und dann war es schon wieder Zeit für den Rückweg. An der neuen Schule stellte es sich heraus, daß die Stadtmädels sehr wohl schon Sportunterricht gehabt hatten und auch bereits Schwimmen konnten. Für sie war es selbstverständlich, daß der Schulhof hinten mit einer Turnhalle abschloß. Und genauso kannten sie sich damit aus, daß das Kieskarree hinten in der Ecke als Landefläche für Weit- und Hochsprung diente, später dann auch fürs Kugelstoßen.

Erst einmal wurden wir von einer weißhaarigen Lady betreut. Ihre Leibesfülle in einen knöchellangen dunkelblauen Faltenrock gehüllt, machte sie sich an den Versuch, uns ein paar schlichte Gymnastikübungen vorzuexerzieren. Wenn sich ihre Faltenfülle unzüchtig hätte anheben können, mußte eben eines der Potsdamer Mädels fürs Vorturnen einspringen.

Aber bald wurde unser Sportunterricht von einer ausgebildeten Lehrerin übernommen. Es erging ihr genauso wie den beiden

Lehrerinnen für Nadelarbeit und für Zeichnen. Weil sie nichts zu unserer geistigen Schulung beitrugen, zählten sie fürs Kollegium nicht so ganz für voll. Vielleicht wollte sich die Sportlehrerin ja bewußt als das totale Gegenteil ihrer Vorgängerin präsentieren.

Aber sie legte auch ein befremdendes und provokantes Verhalten an den Tag. Wenn sie in den Pausen vor aller Augen im Trainingsanzug über den Schulhof marschierte, im Sommer sogar in skandalös engen Turnhosen. Die ledern braungebrannte Haut unter den Turnhemd bekundete unmißverständlich, daß sie ihre Sonnenbäder splitterfasernackt nahm. Und ebenso unübersehbar war, daß sie keinen BH trug.

Aber diese Lehrerin ging sofort daran, die Turnstunden zu einem ernstzunehmenden Unterrichtsfach zu machen. Zum Laufen führte sie uns auf den Fahrdamm vor der Schule. Wann ließ sich damals in dieser Seitenstraße schon ein Auto sehen. Mit dem Maßband, aufgespult in einer bleischweren Lederkapsel, machte sie sich daran, auf dem Asphalt mit Kreidestrichen die Strecke zu markieren. Zwei, drei Mal hielt ich es wie die anderen Mädels und ging zu ihr, um mir auf dem Klumpen an Stoppuhr meine Laufzeit abzulesen. Dann hatte ich endgültig genug davon, mir diese blamablen Resultate mit eigenen Augen anzusehen. Ob nun draußen auf der Straße oder in der Turnhalle bei all den Geräten, mit denen ich erst einmal gar nichts anfangen konnte, - mir ist es nie gelungen, das Sportdefizit der Dorfschule aufzuholen. Es blieb dabei, daß ich im Turnunterricht eine jämmerliche Figur machte.

Aber da Hitler sich seine Jugend "hart wie Kruppstahl, zäh wie Leder und flink wie die Windhunde" wünschte, bekam der Sportunterricht über die Jahre immer mehr Bedeutung. Und dann hieß es mit einmal ein paar Wochen vor dem Abitur, daß Leibesübungen nun auch Pflichtfach wären. Damit wurde auf einen Schlag die Sportlehrerin aufgewertet, und von Stund an machte sie sich mit allem Eifer daran, uns wieder und wieder für die vorgeschriebenen Geräteübungen einzutrainieren. Unter diesem Druck brachte ich nun überhaupt nichts mehr zustande. Es wurmte mich gehörig, mir mit meiner miesen Turnerei die Gesamtnote zu vermasseln. Also kam ich ins Grübeln, was ich tun könnte, mich um die Abi-Prüfung in Leibeserziehung herumzumogeln. Ich fing an zu simulieren, von allen möglichen Zipperlein zu reden, immer häufiger zu jammern. Und eines Tages kam ich tatsächlich an ein Attest, das mir bestätigte, aus gesundheitlichen Gründen am Sport nicht mehr teilnehmen zu können.

KAPITEL 7

D as Lehrerkollegium bestand in der Mehrzahl aus Frauen,
und mir fällt keine ein, die mit dem Nazi-Parteiabzeichen
erschien. Aber zwei Lehrer taten ganz energisch mit. Der eine
ist mir in Erinnerung, als habe er die ganzen Jahre tagtäglich
einen graugrünen Knickerbockeranzug getragen, das Parteiabzeichen im Knopfloch wie festgeklebt. Der Musiklehrer, der
uns die klassischen Komponisten nahebrachte, aber ebensoviel
Eifer an den Tag legte, um mit uns die eigens für des Führers
komponierten Marschlieder einzuüben. Die Hitlerjugend-
Hymne: "Unsre Fahne flattert uns voran..." bis zur schrecklichen letzten Zeile "Unsre Fahne ist mehr als der Tod." Keine
Jugend mit Nullbock, die ohne Zukunftsaussichten voller Ver-
zweiflung derartiges herausgebrüllt hätte. Vielmehr sollte uns
Kindern beigebracht werden, mit der Fahne dieses Führers voll
begeistert auf das rasche Ende unseres jungen Lebens loszu-
marschieren, wie es dann am Kriegsende auch in Berlin geschah, als den Vierzehnjährigen der Stahlhelm aufgestülpt wurde, der ihnen bis über die Ohren rutschte.
Diese morbide Jugendhymne ein Opus des Reichsjugendführers
mit Vornamen Baldur, gleich Name des germanischen Sonnen-
und Lichtgottes.
Der Musiklehrer war es auch, der regelmäßig aktiv wurde. Jedes Jahr zur Adventszeit machte er sich an den Verkauf von
blauen Kerzenstumpen. Sie waren gedacht als Symbol für unsere Solidarität mit den Auslandsdeutschen.
Gerade auf sie berief sich Hitler bei seiner Annexionspolitik.
Die Parole lautete: "Heim ins Reich". Hitler fanatisierte die
Massen mit der Erklärung: Es sei der brennende Wunsch eines
jeden Deutschen außerhalb der Grenzen, heimkehren zu können
ins großdeutsche Vaterland. Es war genau dieses Argument, mit
dem Hitler immer wieder den Einmarsch der Wehrmacht in benachbarte Staaten rechtfertigte, und es kam ihm überhaupt nicht
darauf an, daß derartige Angriffe den eklatanten Bruch des
Völkerrechts bedeuteten.
Nach diesem Muster lief dann auch der Überfall auf Polen ab.
Erst als das Hitlersche Tausendjährige Reich in Schutt und A-

sche lag, erfuhren wir davon, daß Hitler angeordnet hatte, SS-Männer in polnische Uniformen zu stecken und sie in einer Nacht- und Nebel-Aktion über die Grenze auf polnisches Gebiet zu schleusen, um vorzutäuschen, daß Deutsche von Polen attackiert würden. Also mußte wieder einmal die Wehrmacht den vermeintlich mißhandelten Deutschen Beistand leisten. Aber diesmal löste das infame Täuschungsmanöver den Zweiten Weltkrieg aus.

Wenn der Musiklehrer mit seinen blauen Kerzen uns zur Solidarität mit den Volksdeutschen anhielt, dann war das also schon eine unmißverständliche Unterstützung der Nazis.

Aber weder ihm noch dem anderen NS-Mitmacher-Lehrer gelang es, an unserer Schule eine penetrante NS-Indoktrination durchzuführen. Dafür kam von anderen Lehrern so manches, was sich eben nicht mit der angeordneten Linie der Nazis deckte. Da war der hochbetagte Deutsch-Lehrer, der uns einführte in die Dichtkunst der Antike, wobei er immer von der gesamteuropäischen Kultur schwärmte, während die Nazis längst dabei waren, unsere eigene, nicht zu übertreffende Spitzenposition herauszustellen und die anderen europäischen Völker in die zweite Reihe verwiesen. Wir waren das unübertroffene Herrenvolk, neben dem alles andere als minderprächtig zählte.

Unser Französisch-Lehrer blieb dennoch dabei, die Ferien in Frankreich zu verbringen, um uns nach der Rückkehr begeistert von der französischen Lebensart vorzuschwärmen. Er ließ sich von seiner Liebe zu Frankreich nicht abhalten, auch wenn die Nazis von den Franzosen nur als von unseren ärgsten Erbfeinden sprachen. England stellte Hitler in seinen Reden immer nur als das falsche, heimtückische Albion hin. Doch unsere Englisch-Lehrerin setzte bis zum Kriegsausbruch ihre Besuche bei englischen Freunden fort, und sie blieb dabei, uns vom Alltagsleben der Engländer zu berichten.

Auch unsere Deutsch-Lehrerin legte es nicht darauf an, uns Nazi-Begeisterung beizubringen. Nachdem sie eine Klassenarbeit ausgeteilt hatte, rief sie mich in der Pause zu sich, um mich mit großer Eindringlichkeit zu fragen, wie ich denn um Himmels willen darauf gekommen wäre, als meinen Lieblingsschriftsteller einen englischen Autor zu nennen. Sie hätte es nicht umgehen können, daraufhin meinen Aufsatz schlechter zu benoten als er es verdient hätte. Und dann augenzwinkernd: Mit der Zeugnisnote habe das natürlich nichts zu tun. Da bräuchte ich mir keine Gedanken zu machen. Aber ich sollte doch bitte darauf achten, mir nicht selber Steine in den Weg zu legen. Dieses kurze Gespräch war ja nun wirklich keine Nazi-Schelte.

Oder auch später: Hin und wieder gab es das noch, daß wir eine Textpassage auswendig lernen mußten. Wenn dann eine beim Aufsagen ins Stocken geriet, brachte die Deutsch-Lehrerin dazu lächelnd den Kommentar: Sie sind ja nicht hier, um perfekt aufzusagen. Sie sind hier, um selbständig denken zu lernen. Und wie sie dann in die Runde schaute, wußte wir ganz genau, daß sie uns signalisieren wollte, daß selbständiges Denken etwas war, was in einer Diktatur nun wirklich nicht geschätzt wurde. Dieses Schulleben stand unter der Ägide eines hochbetagten Studiendirektors, der sich bereit erklärt hatte, über die Pensionierung hinaus im Dienst zu bleiben. Denn es war gar nicht so einfach, einen Nachfolger zu finden. Längst war die Aufrüstung angelaufen, und dazu mußten die jüngeren Lehrer, wie auch unserer für Musik, von Zeit zu Zeit zu Reserveübungen einrücken.

Jeweils zu Anfang und Ende der Ferien gab es auf dem Schulhof einen Appell. Wir traten an in Reih und Glied, und im Laufe der Zeit erschienen dazu auch immer mehr Schülerinnen in der BdM-Uniform. Der Hausmeister stand mit den beiden Fahnen in Bereitschaft, der Schwarz-Rot-Weißen und der Hakenkreuzflagge. Erst einmal nahm der Direktor zu einer kurzen vaterländischen Ansprache das Wort. Sobald sich dann der Hausmeister daran machte, die beiden Fahnen zu hissen, hoben alle, Lehrer wie Schülerinnen, den Arm zum Hitlergruß, und setzten damit ein, die Deutschland-Hymne und das Nazi-Lied "Die Fahne hoch" zu singen. Jedesmal schaffte es unser greiser Direktor gerade noch eben, den Arm fürs Deutschlandlied erhoben zu halten. Und jedesmal sank ihm der Arm beim Nazi-Lied ermattet nieder. Es gelang ihm nun mal nicht, den Nazis die angeordnete Reverenz zu erweisen.

Dies alles war kein handfester Widerstand, keine offenkundige Opposition. Da gab es Angedeutetes, Gesten statt Worte, manches zwischen den Zeilen, und in der Nazi-Diktatur war das schon riskant genug. Jedenfalls legten es die Lehrer nicht darauf an, uns konsequent und resolut auf ein künftiges Leben im nationalsozialistischen Deutschland vorzubereiten.

Der Unterrichtsstoff aber, die Tendenz der Schulbücher waren voll darauf ausgerichtet, uns die Weltsicht der Nazis einzuprägen. Was damit nicht übereinstimmte, wurde eben anders ausgelegt umgekrempelt oder auch weggelassen. So kam im Kunstunterricht Modernes, Zeitgenössisches erst gar nicht mehr vor. Werke, die abwichen von einer simpel-realistischen Darstellungsweise, waren undeutsch, entartet, das Produkt diffuser, kranker Geister. Diese Einstellung zur Kunst hatte sich ja schon bald nach der Machtergreifung gezeigt, als bei der Bücherverbrennung die Werke unerwünschter Schriftsteller den Flammen übergeben worden waren. Und verfemt waren ausnahmslos die Arbeiten indischer Künstler. Man tat gut daran, die Namen unerwünschter Kulturschaffender überhaupt nicht zu kennen und deren Bücher auszusortieren. Jedermann wußte ganz genau, daß man sich verdächtig machte, wenn man solche unerwünschten Leute auch nur erwähnte.

Zu unserem Bekanntenkreis gehörte ein Kunsthistoriker, der mich eines Tages fragte, ob ich schon mal von Thomas Mann gehört habe. Nein, im Schulunterricht war er nicht aufgetaucht. Er bot an, mir die Buddenbrocks auszuleihen, denn schließlich war Thomas Mann mit dem Nobelpreis für Literatur ausgezeichnet worden. Er beschwor mich, zu niemandem davon zu sprechen, und das Buch auf keinen Fall irgendwo liegen zu lassen, sondern es immer wegzuschließen. Ich konnte beim besten Willen nicht begreifen, was die Nazis gegen diese Geschichte einer Lübecker Kaufmannsfamilie einzuwenden hatten. Da war es schon etwas anderes mit dem Roman von Erich Maria Remarque "Im Westen nichts Neues". Denn zum ersten Mal ging es um die schmutzige, grausame Seite des Krieges. Solch eine Interpretation konnte Hitler nicht stehen lassen, der mit seiner drakonischen Machtpolitik den Ausbruch eines Krieges geradezu provozierte und im übrigen ja längst darangegangen war, bei uns die Aufrüstung und die Kriegsvorbereitung auf allen Ebenen voranzutreiben. Wenn ein Autor von den Schrecken des Krieges sprach, so sahen die Nazis dies als Gegenpropaganda an. Sie führten dafür die Redewendung ein von der Zersetzung der Wehrkraft, und nachdem der Krieg begonnen hatte, war dafür härteste Bestrafung bis hin zum Todesurteil vorgesehen. Unser Deutschunterricht befasste sich nur mit den Werken deutscher Dichter und Denker. Am Beginn der Entwicklung der deutschen Literatur gab es das Nibelungenlied, und diese alte germanische Sage passte geradezu ideal zum Weltbild der Nazis. Denn die Überlieferung belegte, dass schon unsere Urahnen all die Werte hochgeschätzt hatten, die Hitler nun wieder von seinem Volk erwartete. Siegfried, der Held, beschrieben als blond und blauäugig, hatte genau die körperlichen Merkmale der nordischen Rasse vorzuweisen, die von den Nazis als die wertvollste und allen anderen überlegene hingestellt wurde. Siegfried, der unschlagbare Recke, dem sogleich der erste tollkühne Schlag gelang, den von allen gefürchteten Drachen zu bezwingen. Siegfried, der, was immer auch geschah, der Siegreiche blieb, der niemals zum "loser" wurde. Wenn denn etwas schief ging, dann nicht, weil es da einen Besseren, einen Überlegenen gegeben hätte, sondern weil Sieger Siegfried dann mit miesen Tricks und üblen Machenschaften reingelegt worden war. Niemand hätte ihn in einem fairen Kampf schlagen können, sondern der Gegner hatte schurkige Charaktereigenschaften angewandt, deren Siegfried niemals fähig gewesen wäre. Siegfrieds Unerschrockenheit, Siegfrieds Tapferkeit, sein Mannesmut, seine charakterliche Makellosigkeit - genauso erwartete es Hitler von allen seinen deutschen Mannen. Auf dieser Linie verlief dann auch die weitere Interpretation in unserem Geschichtsunterricht. Das römische Weltreich mußte untergehen, weil es mit seiner verkommenen Moral gegen die heranrückenden nordisch-germanischen Krieger keine Daseinsberechtigung mehr hatte. Nach Europa vordringende slawische Stämme wären besser gleich zuhause geblieben, weil es für sie gegen die germanischen Völker ohnehin keine Chance gab. Was wollten die Türken überhaupt damit, seinerzeit bis Wien vorzudringen, wo sie als arabisches Volk gar nicht fähig dazu waren, solch eine Eroberung zu halten? Es lief immer darauf hinaus, den Gegner von vornherein für minderwertig zu erklären. Natürlich ging es auch um die preußische Geschichte, für die es ja ringsum im Stadtbild Potsdam die Belege gab. Da waren die Spuren des Soldatenkönigs, der sich das Ziel gesetzt hatte, für Preußen eine Armee zu schaffen, und gleichzeitig auch Potsdam voranzubringen. Denjenigen, die sich in Potsdam niederlassen wollten, stellte er das Baumaterial zur Verfügung, mit der Auflage, daß Unterkunft für einen seiner langen Kerls vorgesehen wurde. Als Soldaten ließ er stramme Bauernsöhne mit Gardemaß einfangen, für die nicht im Handumdrehen Kasernen bereitgestellt werden konnten. In etlichen Straßen Potsdams existieren noch immer diese Stadthäuser mit dem Gaubenfenster im Dachgeschoß. Nur ein paar Schritte von unserer Schule entfernt stand die Garnisonkirche, in der die blutgetränkten Fahnen der preußischen Schlachten aufbewahrt wurden.

Es war Krieg, und wir hatten schon selber Erfahrungen gemacht mit Blut und Tränen. Die Potsdamer Stadtbücherei war untergebracht in einem historischen Palais, und eines Tages entdeckte ich dort einen gewaltigen Folianten in derbem Ledereinband, das betagte Papier vergilbt und schon fast brüchig, nahe daran, beim Umblättern in Pulver zu zerrieseln. Ich schleppte den Buchklumpen nach Hause, den unter dem Titel "L'histoire de mon temps" von Friedrich dem Großen in französischer Sprache verfaßten Bericht über die von ihm geplanten und durchgeführten Kriege. Es entsetzte mich, wie er seine Angriffsüberlegungen schilderte, unterschiedliche Strategien, das Abwägen verschiedener Schlachtordnungen beschrieb. Wie er darlegte, zu der Entscheidung gekommen zu sein, die österreichische Kaiserin Maria Theresia anzugreifen. Denn wenn er sie, die Monarchin des Habsburgischen Weltreiches besiegte, würden ihm Ruhm und Anerkennung all der anderen europäischen Herrscher ohnehin zufallen. Dieser König mit diesem zynischen Kalkül war für mich nicht mehr Friedrich der Große. Und von da an betrachtete ich Preußens Glanz und Gloria mit anderen Augen.

Einmal ergab sich ein Gespräch mit drei Klassenkameradinnen. Sie erklärten, sie wären stolz auf Preußen und darauf, in der Stadt Potsdam zuhause zu sein. Ich ließ mich dazu hinreißen: Ja, wovon redet ihr? Begreift ihr nicht, daß wir wieder im Kriegsgemetzel sind, daß Krieg nur Elend über die Menschen bringt, damals schon und genauso jetzt. Damit hatte ich mich reichlich weit aus dem Fenster gelehnt. Erwachsene hätten darauf gefaßt sein müssen, daß ihnen die Nazis Zersetzung der

Wehrkraft vorgehalten hätten, und daß härteste Bestrafung über sie gekommen wäre.

Fürs letzte Schuljahr gab es noch einmal eine entscheidende Veränderung. Biologie wurde zum Hauptfach erklärt und um eine erkleckliche Anzahl Unterrichtsstunden aufgesteckt. Man sagte uns, Biologie, bisher Nebenfach, sollte nun das einzige Pflichtfach in der mündlichen Abiturprüfung sein.

Wieder und wieder bleuten uns die Nazis ein, wir Deutsche wären das Herrenvolk. In den Reden Hitlers wie auch in den Ansprachen des Reichspropagandaministers Goebbels kam es immer wieder vor, daß wir nicht nur die Verantwortung für uns selber hätten, sondern daß wir von der Vorsehung dazu bestimmt wären, die Geschicke der Nachbarvölker zu deren Wohl zu leiten. Der intensive Biologie-Unterricht zielte darauf ab, uns die Begründung für diesen bornierten Machtanspruch einzupauken.

Wir begannen mit der Vererbungslehre, die damals ja noch in den Anfängen steckte. Wir lernten, daß der Augustinerpater Johann Gregor Mendel sich daran gemacht hatte, systematisch Experimente mit Pflanzen durchzuführen. Er stellte fest, daß die Vererbung einfacher Merkmale nach Gesetzmäßigkeiten abläuft, und das bedeutete, daß Erbmerkmale gezielt steuerbar seien.

Der englische Biologe Charles Darwin hatte sich mit der Frage befaßt, wie die Entwicklung neuer Arten vor sich gegangen sein könnte. Seine Erklärung lautete, daß stets nur die Stärksten und Besten überleben konnten, und daß sie schließlich gegenüber den Schwächeren einen Vorsprung an Kräften erlangten, mit dem sie dazu imstande waren, mit Mutationen die Entwicklung zu einer höheren Stufe voranzubringen.

In einer dritten Richtung der Forschung hatten Wissenschafter damit begonnen, die Merkmale unterschiedlicher Menschentypen zu erfassen und sie entsprechend in Gruppen einzuteilen. Dabei wurde zunächst weltweit nach Hautfarben sortiert. Beim nächsten Schritt wurden diese Gruppen nach weiteren Merkmalen differenziert., bei den Weißhäutigen beispielsweise nach Blonden, Blauäugigen, oder den anderen mit dunklen Haaren und Augen. Dann klärte man ab, wo die Mehrheit einer Gruppe beheimatet war. Dabei stellte es sich heraus, daß die blonden

Blauäugigen in der Mehrzahl in Skandinavien, also im nördlichen Europa zuhause waren, und dabei ergab es sich, daß man von ihnen als der nordischen Rasse sprach. Man fand heraus, daß sie mit ihrer kulturellen Entwicklung an der Spitze standen, und daraufhin wurden bereits die Dunkelhaarigen aus Südeuropa und dem Mittelmeerraum als etwas geringwertiger angesehen.

All die Forschungsergebnisse kamen den Nazis wie gerufen, und um diese Erkenntnisse in die Praxis umzusetzen, erstellten sie die Nürnberger Gesetze. Schon der Untertitel "Gesetz zur Verhütung erbkranken Nachwuchses" gab die Richtung an, daß die Nazis zusehen würden, die Geburt unerwünschter Kinder zu unterbinden.

Erst einmal wurden die geistig Behinderten der Zwangssterilisation unterzogen. Nach dem Krieg erfuhren wir, daß die Nazis auch an Gesunden, an Zigeunern und vor allem auch an Juden diese Unfruchtbarmachung vorgenommen hatten.

Die Nürnberger Gesetze schrieben allen vor, für eine Eheschließung den Nachweis zu erbringen, daß die Familien der beiden Partner frei von Erbkrankheiten waren.

Vor allem aber wurde mit den Nürnberger Gesetzen bis ins letzte Detail geklärt, wer denn überhaupt als rassereiner Deutscher galt. Dazu mußte jeder einen Ariernachweis beschaffen, also die Unterlagen erbringen, daß es zurück bis zu den Großeltern keine Heirat mit Juden gegeben hatte. Wir waren es schon bald gewohnt, vom arischen Stammbaum zu reden, und dieser arische Nachweis wurde zum wichtigsten Dokument. Er mußte vorgelegt werden, wenn es um einen Arbeitsplatz ging, und er war unerläßlich beim Beginn einer Ausbildung oder für einen Studienplatz. Wirklich kompliziert wurde es für versippte Familien. Da war bis ins Letzte ausgeklügelt worden, mit welch einem Anteil an arischem Blut noch Aussicht bestand, als Deutscher anerkannt zu werden, und nicht auf die Seite der immer mehr drangsalierten Juden zu geraten. Bei Mischehen wurde von dem deutschen Partner erwartet, daß er sich scheiden ließ. Und wer das ablehnte, mußte zumindest mit beruflichen Nachteilen rechnen. Wir wußten von einige Filmschauspielern, daß sie jüdische Partner hatten. Und wie es hieß, drohte der Reichspropagandaminister dann mit dem Ausschluß aus der Reichsfilmkammer, was dann auf ein Berufsverbot hinauslief. Heinz Rühmann trennte sich von seiner indischen Frau, Hans Moser stand zu seiner Partnerin. Joachim Gottschalk, der damals in etlichen Hauptrollen mitspielte und seinem Publikum bekannt war, ging zusammen mit seiner Frau in den Freitod.

Im Rahmen des Biologie-Unterrichts kam dann auch mehrmals die Rede darauf, was von uns erwartet wurde. Als deutsche Frauen hätten wir die Pflicht, mindestens vier Kinder zu bekommen. Zwei, um die Eltern zu setzen, und die beide anderen, um mit erbgesundem Nachwuchs immer weiter das gemischte Erbgut zu überrunden und nach und nach auszumerzen. Und schließlich sollte die deutsche Bevölkerung noch weiter anwachsen, um die Forderung Hitlers nach mehr Lebensraum zu bestärken.

Zum Thema Frauenrolle hatte ich mich ohnehin schon in die Nesseln gesetzt. In Latein unterrichtete uns der Lehrer mit dem jahrelangen graugrünen Knickerbockeranzug plus ständigem Parteiabzeichen. Die zu übersetzenden Lateinsätze aus Cäsars Bellum Gallicum waren länger und länger geworden, und wir hatten unsere liebe Not mit dem Aufdröseln dieser umständlichen Grammatik-Konstruktion. Eines Tages hatte ich mich so festgefahren, daß ich mit einmal verzweifelt losplatzte: "Wozu plage ich mich hier ab, wenn später von mir doch bloß Windelwaschen und Küchendienst erwartet wird?!"

Eisiges Schweigen. Und dann vom Lehrerpult: "Sie kommen nach der Stunde sofort zu mir." Beim Pausenklingeln erbostes Losstürmen zur Tür, und kaum, daß ich ihn erreicht hatte: "Sie schaffen das Abitur. Aber wir sprechen ja auch von Reifeprüfung. Und Sie sind jedenfalls noch völlig unreif."

Zwei, drei Monate vor dem Abitur mußte unser greiser Direktor dann doch ausscheiden, und sein Nachfolger war ein bis in die Wolle gefärbter Nazi. Da erlebte er mit, daß ich als einzige beim Abitur-Schauturnen nicht mitmachte, sondern in irgendeiner Ecke der Halle herumstand. Und bei den mündlichen Prüfungen ließ er mich so richtig auflaufen.

Als erstes war das Wahlfach an der Reihe. Ich hatte mich für Deutsch entschieden, und meine Lehrerin tat, was sie nur konnte, um mir alle nur erdenklichen Bücher heranzuschaffen. Ich ging also an mein Referat heran, überzeugt davon, mich wirklich in der zu meinem Thema gehörenden Literatur umfassend auszukennen. Aber siehe da, nachdem ich geendet hatte, kam er mit dem Namen eines Autors, der mir völlig fremd war. Ich schaute zu meiner Deutsch-Lehrerin, doch auch sie völlig ratlos. Und schon ließ der Schulchef in mokantem Tonfall die Anmerkung los: Gerade dieser Autor wäre doch für den Aufstieg des großdeutschen Reiches von entscheidender Wichtigkeit. Ich brachte nichts anderes zustande, als mich weiter auszuschweigen.

Dann ging es noch um das mündliche Pflichtfach Biologie. Dafür hatte ich gepaukt und gepaukt und kannte mich in Vererbungslehre und Rassenkunde wirklich gut aus. Aber auch dazu hatte sich der Nazi-Direktor etwas einfallen lassen.

"Zu welcher Rasse gehört unser Führer?"

Das war im Bio-Schulbuch nicht vorgekommen. Aber was soll sein? Ich hatte sofort die Einteilung der europäischen Rassen vor Augen. Dunkelhaarige aus dem Alpenland gehörten zur dinarischen Rasse. Es kam mir vor, als ob dem Kollegium der Atem stockte, während der NS-Schulboß Hitlers fast schwarzes Haar erst einmal in Dunkelblond umwandelte. Und Äußerlichkeiten wären ja ohnehin zweitrangig. Jedenfalls hätte solch eine geniale Führerpersönlichkeit nur die nordische Rasse hervorbringen können.

Ich wurde rausgewinkt. Da stand ich am Treppengeländer, das Warten zog sich wer weiß wie lange hin, bis ich tatsächlich in die Richtung dachte, daß ich vielleicht durchgefallen sein könnte.

KAPITEL 8

Mit einem Mal hatten wir Krieg. Mit einem Mal... ? Wie alt waren wir? Zwölf, oder erst zehn, als wir Kinder zu Luftschutzübungen mußten. Da war die Rede von Spreng- und Brandbomben. Kein kindgerechtes Thema. Aber jede Bombe trifft nicht. Und wie hätte denn ein feindlicher Bomber über uns kommen sollen, wo doch unsere Luftabwehr den ganzen Luftraum über dem ganzen großdeutschen Reich lückenlos abschirmte? Und im übrigen war es ja ein Kinderspiel, mit der Feuerpatsche das bissele Brennen zu löschen. Ein Besenstiel, ein oller nasser Lumpen drumgewickelt, solch ein patenter Feuerlöscher ist mit zwei, drei Handgriffen hergerichtet, und das brachten ja sogar Kinder zustande.

Es wurde schon erheblich unbehaglicher, als Giftgas zur Sprache kam. Wir alle wußten ja, daß unser Führer im Ersten Weltkrieg bei einem Gasangriff fast erblindet wäre. Giftgas war unheimlich und höchst bedrohlich. Also ging es los, daß wir uns der Reihe nach eine abgegrabbelte Gasmaske überstülpen mußten. Wir fühlten uns wie eingesperrt in diesem muffigen Mief.

Was aber, wenn im äußersten Notfall keine Gasmaske greifbar war? Auch dazu wußte der Übungsleiter Rat. Dann wenigstens ein feuchtes Taschentuch vor Mund und Nase halten. Und wenn es nun keinen Wasserhahn in der Nähe gab? Dann eben selber Wasser lassen und das Tuch mit Urin tränken.

Zum Schluß wurden wir auf unsere neu erworbenen Kenntnisse abgefragt. Wir konnten die Bomben aufzählen, mit wenigen Handgriffen die Wunder-Feuerpatsche herrichten, nur beim Pipimachen gerieten wir Mädels ins Stocken, von den Jungens vorpubertär angefeixt. Wir ahnten nicht, daß wir später viele Male damit dran sein würden, uns vor Angst in die Hosen zu machen. Wie oft im Keller sitzen, starr vor Todesfurcht. Und auch wenn der Bombenalarm längst vorbei war, noch weiter der halsabschnürende Argwohn, es könnte Giftgas abgeworfen worden sein, nicht wahrnehmbar, aber schon längst bei uns wirkend.

Ich wüßte niemanden, der damals eine Gasmaske besessen hätte. Einmal sprach ein ganz junger Soldat davon, mir als Liebesbeweis eine Gasmaske zu beschaffen. Ich hörte nichts mehr von ihm, vielleicht hatte ihn schon der Tod fürs Vaterland erreicht. Jedenfalls war es ihm erspart geblieben, sich mit solch einer Klauerei an der Wehrkraft des deutscher Volkes zu vergehen, was ihn, noch sicherer als Giftgas, um Kopf und Kragen gebracht hätte.

Schon vor Kriegsausbruch war damit begonnen worden, die deutsche Wirtschaft von der Friedens- auf die Rüstungsproduktion umzustellen. Für die Zivilbevölkerung wurde die Qualität der Kleidung immer pluddriger, denn solides Material war nur noch für Uniformen und Ausrüstung vorgesehen. Im Sommer vor Kriegsausbruch gab es nur noch Schuhe mit dicken Holzsohlen, die wir jungen Dinger uns auch prompt als den letzten Modehit einreden ließen. Auch alles stabile Leder ging in die Produktion von Marschstiefeln.

Auch die Rationierung von Butter hatte längst begonnen. Zunächst blieb es noch beim Verkauf von Halbpfund-Packungen, über die dann die Tante Emma in unserem Lebensmittelladen eine Strichliste führte. Nach und nach wurde die Ration herabgesetzt, und die Ladentante hatte nun ihre liebe Not damit, die Butterpackungen mit einem superscharfen Messer aufzuteilen und exakt abzuwiegen, ohne dabei einen einzige Schmierkram anzurichten.

Schon ein Jahr vor dem Überfall Hitlers auf Polen war mit der Sudetenkrise der Ausbruch eines Krieges zum Greifen nahe gewesen. Damals hatte ich gerade einen Jungen Mann am Bandel, mit dem sich mein erster Flirtversuch zutrug, so, wie das denn seinerzeit ablief. Von Zeit zu Zeit gab es mal ein Rendezvous, wobei es dann als äußerstes der Gefühle zum Händchenhalten kam.

Eines Tages rief mein platonischer Liebhaber ganz unerwartet an, wollte mich sofort, noch am gleichen Tag sehen. Mit dieser Eile konnte ich nichts anfangen, und es irritierte mich völlig, als ich ihn dann unter der Normaluhr am Bahnhof Zoo stehen sah. Sein Kurfürstendamm-Haarschnitt war auf preußische Kargheit zurückgestutzt. Wie er erläuterte, schrieb der Dienst fürs Vaterland die Haarsträhnen in Streichholzlänge vor, und nachdem er mir zupfend zwei, drei Proben vorgeführt hatte, kam dann, daß er benachrichtigt worden war, sich als Reservist für die Einberufung zur Wehrmacht bereitzuhalten.

Wir machten uns auf in irgendeinen Kaffeegarten, unser Reden, unser albern zog sich hin, schon hatte die für wohlerzogene junge Mädchen indiskutable Dämmerung eingesetzt. Mein lover hatte die dritte Molle hinter sich und kam damit, noch eine kleine Runde bis zu einer Grünanlage am Wannsee-Ufer zu drehen. Nach ein, zwei Minuten undefinierbarer Stille widerfuhr mir der erste Zungenkuß meines Lebens. Was war denn das für ein Wüstling? Denn man wußte doch vom Kino her, daß sich ein Leinwandkuß von Lilian Harvey und Willi Frisch ganz anders ausnahm.

Dieser Kerl war doch pervers, wenn er da in meiner Mundgegend wie mit einer schlabbrigen Kälberzunge herummachte. Ich schlug wie wild um mich, und schon setzte das beleidigte Gejammere ein. Seine Brille wäre dahin, und wie sie denn überhaupt wiederfinden. Und ob ich eigentlich begriff, was ich da angerichtet hätte, wenn er nun mit eingeschränkter Wehrkraft bei der Truppe ankäme? Damit hatte er auch bei mir vaterländische Gewissensbisse ausgelöst, und ich fing ebenfalls an, unter der Parkbank herumzutasten, bis ich tatsächlich auf einen Brillenbügel stieß. Um solch eine Zertrümmerung anzurichten, mußte ich ja wohl heftige Hiebe ausgeteilt haben. Bei diesem Stand der Dinge war kein weiteres Wort mehr für mich angebracht. Schweigend machten wir uns auf den Weg zur S-Bahnstation. Die Sudetenkrise konnte eben noch mit dem Münchner Abkommen beigelegt werden, von dem jungen Mann hörte ich nichts mehr.

Aber Hitler hielt sich nicht an die Abmachungen und setzte ein Jahr später die Wehrmacht zum Überfall auf Polen in Marsch.

Sofort mit Kriegsbeginn wurden sämtliche Konsumgüter rationiert. Lebensmittel und Kleidung durften nicht mehr frei verkauft werden. Im Nu wurden Lebensmittelmarken und Kleiderkarten ausgeteilt. Niemand wagte es, auszusprechen, daß die Karten ja schon vorher gedruckt worden sein mußten.

Kein Bereich, in dem der Konsum nicht reglementiert wurde. Du hast Dir schon oft vorgenommen, weniger zu rauchen? Dazu hält dich jetzt die Rationierung an. Denn auch Tabakwaren gab es nur noch in einer lächerlich geringen Zuteilung.

Der Autoverkehr war damals ja noch sehr bescheiden. Wer hatte schon einen eigenen Wagen?

Du gibst Gas, Du willst Spaß, damit war es vorbei. Denn Pkw´s wie auch Motorräder wurden beschlagnahmt und an die Wehrmacht überstellt. Aber mit privatem Fahren hätte sich sowieso nichts mehr getan, weil auch der Treibstoff nicht mehr frei verkauft werden durfte. Ausnahmegenehmigungen gab es nur noch für diejenigen, die aufs Autofahren angewiesen waren wie beispielsweise Ärzte oder auch beim Transport von Lebensmitteln.

Es wäre unmöglich gewesen, sämtliche Restbestände in den Läden zu erfassen, und so durften diese Waren noch frei ausverkauft werden. Davon bekamen eventuell die Stammkunden etwas ab, manches verschwand zum Kungeln und Tauschen unter dem Tresen. Sobald die Rationierung angeordnet worden war, begann sich auch der Schwarzmarkt zu entwickeln.

Es brauchte seine Zeit, um herauszufinden, welche Artikel zunächst noch nachproduziert wurden, und wann sie dann in den Läden erhältlich waren.

Etliche Produkte blieben endgültig verschwunden, und dazu zählten in erster Linie Importwaren. Für Mutter war es unvorstellbar, ohne ihren Morgenkaffee als Muntermacher zurechtzukommen, und es dauerte etliche Wochen, bis sie sich an diese Umstellung gewöhnt hatte.

Mit Schokolade war es ebenso vorbei. In den ersten Kriegstagen drehte ich auf dem Heimweg von der Schule meine Runde durch einige Geschäfte, um hier und da noch eine Tafel abzubekommen. Zuhause füllte sich ein Karton, den Mutter und ich schon bald wieder weggeputzt hatten. Vielleicht aus der Angst heraus, von den rationierten Lebensmitteln nicht mehr satt zu werden? Es lief darauf hinaus, daß ich mir mit dieser Schokoladenfutterei ein paar Kilo Babyspeck zugelegt hatte.

Nach und nach begriffen wir, was es mit dieser Rationierung auf sich hatte. Wir stellten fest, daß etliche Waren nicht weiter produziert wurden, und deshalb ging es damit los, wahllos alles zusammenzukaufen, was denn irgend noch zu bekommen war. Wer weiß, ob man später nicht doch Verwendung dafür haben würde oder sonst eben etwas zum Eintauschen anzubieten hatte. Und es war uns bald geläufig, dieses Zusammenkaufen, ohne daß im Augenblick überhaupt Bedarf bestand, als Hamstern zu bezeichnen.

Da gab es in einem Geschäft noch Zephirwolle. Dieses Garn war so wenig strapazierfähig, daß sich für den alltäglichen Gebrauch damit kaum etwas anfangen ließ. Die erträglichen Farben waren längst vergriffen, aber dennoch nahm ich Reste in schrillem Neongrün und Knallrosa mit. Als sich die Verknappung weiter und weiter gesteigert hatte, werkelte ich daraus ein Paar Handschuhe. Längst wunderte sich niemand mehr über solch eine kühne, fragwürdige Farbzusammenstellung. Hauptsache etwas Warmes. Mutter kam eines Tages mit zwei Coupons sehr dünnem Taft an. Der eine wurde umgesetzt in einen Faltenrock, der sich beim leisesten Luftzug bis wer weiß wie hoch hob und wirklich untragbar war. Aus dem zweiten wurde ein niedliches Sommerkleid, das ich nur zu ganz besondere Anlässen trug, um es solange wie nur möglich zu haben.

Auch Schuhe der obersten Preis- und Luxusklasse durften noch ohne Bezugschein abgegeben werden, Exquisites aus Schlange, Kroko, Eidechse. So etwas Nobles gab es nur in den top-eleganten Geschäften am Kurfürstendamm. Diese sub-elegante Meile mit horrenden Preisen war sonst nicht unser Einkaufsrevier, weil für uns ja gar nicht bezahlbar.

Aber gerade zur rechten Zeit fand sich ein Onkel aus Ostpreußen bei uns ein. Hier und da hatte er beruflich in Berlin zu tun, war bisher aber stets in einem Hotel abgestiegen, um so auch noch an die Großstadtverlockungen zu kommen, die für einen Provinzler ja nun mal unwiderstehlich sind. Jetzt fühlte er sich besser bei uns aufgehoben, anstatt womöglich in die ersten Luftangriffe auf Berlin zu geraten.

Dieser Onkel war kinderlos und hatte mich schon von jeher mit den tollsten Geschenken überrascht. Also zog er sofort mit mir los zum Kurfürstendamm, und ich durfte mir gleich zwei Paar dieser sündhaft teuren Schuhe aussuchen. Auch diese Schuhe getraute ich mich kaum zu tragen. Also überstanden sie nicht nur den Krieg, sondern hielten auch noch weit länger durch.

Im übrigen revanchierte sich dieser Onkel für unsere Gastfreundschaft mit einer Reisetasche voll edler Lebensmittel: Schinken, Käse, Wurst, selbstgemachte Butter. Er hatte nach dem Ersten Weltkrieg beruflich einen guten Griff getan, die

Vertretung eines renommierten Landmaschinenherstellers zu übernehmen, denn Ostpreußen war ja ein großes Agrargebiet und man schickte sich daran, die Landarbeit auf Maschinen umzustellen. Also verkauften sich die vom Onkel angebotenen Trecker wie von selbst. Mit Kriegsausbruch wurde es schwieriger, an Ersatzteile heranzukommen, und die Bauernkunden belohnten das immer mit ihren eigenen Erzeugnissen. Der Onkel gehörte eben zu denen, die selber etwas anzubieten hatten und mit solchen Tauschgeschäften sehr viel besser daran waren als diejenigen, die nur mit ihren Lebensmittelkarten zurechtkommen mußten.

Auch von den anderen Ostpreußischen Verwandten trafen zunächst noch Lebensmittelpakete ein schon bald ein gewaltiger Tilsiter Käse, groß wie ein Wagenrad. Da war scheibchenweise gar nichts auszurichten, und weil wir nichts umkommen lassen wollten, mußten wir ihn gleich im Stück in Angriff nehmen.

Es folgte sehr bald ein Geräucherter Schinken, und es war schon verblüffend, wie eine Runde Berliner Sonntagsgäste sich über zwei, drei Stunden bis an die Knochengrenze herangemacht hatte. In den ersten Kriegsjahren traf auch noch die Weihnachtsgans aus Ostpreußen ein. Mit der ersten gab es ein Trauerspiel. Mutter hatte schon den stundenlangen Bratvorgang im Backofen eingeleitet als ihr mit einmal die Idee kam, zu einer Einkaufsrunde nach Berlin zu starten, um zu gucken, was denn überhaupt noch an Geschenken aufzutreiben war. Nachdem die Produktion von Konsumgütern weitestgehend auf die Rüstungsindustrie umgestellt worden war, zog sich die Shoppingrunde sehr viel länger hin, und so fanden wir bei der Rückkehr die Gans bis zur Unkenntlichkeit verkohlt vor. Nicht nur, daß damit der Weihnachtsbraten ausfiel, sondern wir standen auch vor dem zusätzlichen Problem, wie wir nun die total verräucherte Küche wieder herrichten sollten. Woher Lacke und Farben bekommen? Und wie gründliche Reinigungsmittel beschaffen, um die schmierige Fettschicht überall auf den Möbeln zu beseitigen?

Auch zur zweiten Kriegsweihnacht traf nochmals eine ostpreußische Festgans bei uns ein. Diesmal behielt Vater die Zubereitung im Auge. Und weil inzwischen die Verknappung noch schärfer geworden war, bestand er darauf, alles bis zum letzten

Krümel zu verwerten. Ihm war eingefallen, daß seine Mutter bei der großen Kinderschar auch immer den Gänsedarm verwendet hatte.

Mutter mußte unter seinen Augen das schlabbrige Geschlinge aufschlitzen und sorgfältigst säubern. Angeekelt von diesem schleimigen Zeug hatte ich mich davon gemacht, konnte aber genau hören, wie Mutter jammernd protestierte. Aber auf Vaters Anordnung hin mußten die ausgekratzten Därme um die Gänsefüße gewickelt und dann gekocht werden. Die Mahlzeit verlief in bitterem Schweigen. Mutter schniefte empört vor sich hin, aber egal, wie energisch Vater auf uns einredete, er brachte weder Mutter noch mich dazu, von dieser Brühe mit Einlage zu essen, bis er schließlich auch von dieser fragwürdigen Mahlzeit genug hatte.

Das ganze Thema erledigte sich von selbst, weil es dann mit den Weihnachtsgänsen vorbei war. Dazu kam die Erläuterung, die Post brauche jetzt derart lange für den Transport, daß bis dahin die Gans verdorben sein würde. Tatsächlich war es mit dem Güterverkehr immer problematischer geworden. Vorfahrt hatten natürlich die Transporte für die Wehrmacht, dabei waren mit dem Überfall auf die Sowjetunion die Nachschubstrecken immer länger geworden. Also zögerten sich die Lieferungen für die Zivilbevölkerung immer weiter hinaus. Viele Geschäfte hatten schon geschlossen, weil die Produktion für ihr Angebot völlig eingestellt worden war. Aber auch die Lebensmittelläden waren nur noch stundenweise geöffnet, an der Ladentür einen Zettel, wann wieder Ware eintreffen würde. Nach und nach waren auch diese Termine nicht mehr verläßlich. weil es gar nicht gesagt war, ob man von einer Lieferung noch etwas abbekommen würde, und das, obwohl inzwischen auch die Mengen der rationierten Lebensmittel immer weiter verringert wurden. Wir gewöhnten uns auch daran, uns lieb und geduldig in immer längere Warteschlangen mit einzureihen. Auch andere, nicht rationierte Artikel wie beispielsweise Gewürze, ließen sich kaum noch auftreiben, selbst wenn es sich um geschickte Plagiate eines weltweit bekannten deutschen Chemieunternehmens handelte. So waren die Frauen ständig dabei, irgendwelche Notrezepte auszutüfteln, ungewohnte Zusammenstellungen auszuprobieren. Es erforderte immer mehr Einfallsreichtum, um die

Mahlzeiten einigermaßen schmackhaft zuzubereiten. Und natürlich sah man zu, noch anderes Eßbare zu beschaffen. Nachdem Vater nichts damit geworden war, unser Kieferngrundstück in einen ertragreichen Garten umzuwandeln, hatte er noch ein Stück Bauerngarten dazugepachtet, der nun bis in den letzten Winkel genutzt wurde. Die ganze Saison über mußte ich bei der Bewirtschaftung mithelfen, und es blieb kaum noch Freizeit übrig. Die schönsten Sommerwochen gingen hin mit Ernten, Entkernen, Schälen, Schnibbeln und Mutter dabei helfen, um Gläser, Töpfe, Flaschen fürs Einmachen herzurichten. Vorratswirtschaft ohne Ende.

Auch den Wald um uns herum nahmen wir nun bei den Sonntagsspaziergängen mit ganz anderen Augen wahr. Wir erkundeten die Stellen, wo es die meisten Pilze gab. Jetzt sammelten wir Körbe voll, um auch davon einen Wintervorrat anzulegen. Mag sein, daß heutzutage manch ein Ernährungsberater darüber entsetzt wäre, wie Mutter damals mit diesen Pilzen umging. Aber solch ein Gericht, zubereitet mit ein paar selbstgeernteten Zwiebeln, war immer etwas ganz Besonderes.

Wenn wir uns auf einen Sonntagsspaziergang machten, wichen wir ab von den gewohnten Wegen, und entdeckten gewaltige Brombeerhecken. Mit bloßen Armen und Beinen zwängten wir uns durch Dickicht, um nur ja nicht Strümpfe oder Ärmel an den knorrigen Dornen zu zerreißen. Dafür handelten wir uns dann brennende Schrammen bis zu Knien und Ellbogen ein. Die damals noch fast pflaumengroßen Früchte fielen uns überreif in die vom Saft dunkelroten Hände.

Als die Luftangriffe auf Berlin immer weiter zugenommen hatten und immer häufiger auch am Tage erfolgten, dröhnten über uns in diesem grenzenlosen Altweibersommerhimmel die wuchtigen amerikanischen Flieger mit ihrer mörderischen Bombenlast. Was für eine Anmaßung, dieser klaren Stille mit einer Bedrohung zu kommen.

Mutter war wieder eingefallen, daß einst die Kinderfrau, wenn sie die Wäsche zum Bleichen auf dem Anger am Fluß ausgebreitet hatte, ringsum den Sauerampfer einsammelte, der dann, blanchiert, mit einem riesigen Wiegemesser püriert wurde. Dafür hatte sie nun einen monströsen Fleischwolf aus Gußeisen. Aber es blieb dennoch ein mühseliges Geschäft, weil sich die

ausgetretenen Stengel im Nu verfilzten und den Betrieb lahm-
legten. Also immer wieder all die schweren Teile auseinander-
nehmen und nach der Entsorgung so fest wie nur möglich zu-
sammenschrauben. Die gespülten Flaschen standen schon bereit, um das Sauerampfermus möglichst heiß einzufüllen. Und
tatsächlich stellte es sich heraus, daß der grüne Brei über
Monate haltbar war. Nach und Nach hatte sich ein
Flaschenvorrat angesammelt, der für zig Arten der
Vorratswirtschaft gut zu gebrauchen war. Aber sehr viel
schwieriger war es, an die Gummikappen zum Verschließen zu
kommen. Reihum wurden die Haushaltswarengeschäfte
abgeklappert. Es war ein Glückstag, als Vater gleich mit einer
großen Tüte voll aus einem Berliner Geschäft ankam.
Nachdem der Anfang vom Sauerampfervorrat so gut gelungen
war, machten wir uns daran, nun auch große Mengen zu sam-
meln und schwärmten immer weiter über die Wiesen und Wei-
den der Bauern aus. Und weil wir auch Ausschau hielten, nicht
erwischt zu werden, rissen wir das Grün mit Stumpf und Stiel
aus, um erst zuhause das ganze Grünzeug auszusortieren. Eines
Sonntagmorgens kam Vater mit einem zerlumpten Jungen an,
wie sich herausstellte mit einem jungen Russen, der als
Zwangsarbeiter in einen nahegelegenen Rüstungsbetrieb geraten war. Der Hunger mußte ihn getrieben haben, irgendein
Schlupfloch aus dem Lager ausfindig zu machen. Da hockte er
auf der Terrasse, um aus dem ganzen grünen Gewirre die Sau-
erampferblätter auszusortieren? Hier und da ein Blick höchster
Angst zum Fenster. War von jemandem bemerkt worden, daß er
sich eine Handvoll Grünes in den Mund gesteckt hatte?! Mutter
brachte ihm ein paar Scheiben Brot und zu trinken. Was war
danach aus ihm geworden? War er ums Leben gekommen?
Durch Hunger oder Hinrichtung? Oder später, als seine eigenen
Leute um Berlin kämpfen, durch deren Beschuß?
Nicht nur mit dem Sattessen wurde es immer schwieriger, sondern es gab auch immer seltener eine wohlig-warme Behau-
sung. Denn Brennmaterial fiel ja auch unter die Kriegsbewirt-
schaftung. Gerade noch eben vor Kriegsbeginn hatte Vater für
alle Fälle den Wintervorrat an Koks anliefern lassen. Aber diese Reserve wurde immer ängstlicher eingeteilt, immer weiter
gestreckt. Schließlich wagten wir es nur noch zu Weihnachten

und zu Ostern das Heißluftsystem in Betrieb zu nehmen. Auch Zentralheizung war damals noch ein luxuriöser Wohnkomfort, und unsere Heizung vom Flur aus und mit den Warmluftschächten in alle Räume stellte schon einen angenehmen Fortschritt dar.

Die Küche, die sich ursprünglich im Erdgeschoß befand, ließ Vater in den Keller verlegen, um so noch einen kleinen Wohnraum dazu zu gewinnen. Er hatte auch einen kleinen Kachelofen setzen lassen, der sich gesondert beheizen ließ. Irgendwas fand sich immer, um ihn warm zu bekommen, und wenn es nur gesammeltes Sprockzeug aus dem Wald oder Kienäppel waren. In diesem Raum spielte sich all die Jahre der Kriegsalltag der ganzen Familie ab. Die Mahlzeiten, die Schularbeiten, die Tasse Malzkaffee mit der Nachbarin, abends Vaters schriftliche Arbeiten, und der Dackel hatte als Schlafplatz die Ofenbank mit Beschlag belegt. In der Ofenröhre simmerte ständig der Wasserkessel für den Kräutertee oder auch das Heißgetränk, diesen schlimmen Chemieersatz für Glühwein. Denn alles Alkoholische ging inzwischen nur noch an die kämpfende Truppe, um sie bei der schwieriger gewordenen Lage immer wieder anzufeuern.

Am Tagesende trat der Kachelofen-Wasserkessel noch einmal in Aktion, um uns in den ungeheizten Räumen mit dem ungemütlich kalten Bettzeug etwas Hilfe beim Einschlafen zu geben. Mutter hatte ein paar Steinhäger-Flaschen aufgetrieben. Aber der Umgang mit diesen Ersatz-Wärmflaschen erforderte auch Geschick, um behutsam mit den Korken umzugehen. Die mußten schon entsprechend reingedrückt werden, damit sie sich nicht etwa mitten in der Nacht durch eine Bewegung lösten und Bett plus Schläfer mit dem inzwischen abgekühlten Wasser durchnäßten. Andererseits aber durfte der Korken auch nicht riskant festsitzen, um womöglich beim Rausnehmen ja nicht zu zerbrechen. Denn auch die Lebensdauer der Korken mußte möglichst lange erhalten bleiben, weil selbst solche alltäglichen Kleinigkeiten nur schwer aufzutreiben waren. All diese Verknappungen ließen den Kriegsalltag immer karger und mühseliger werden.

Mit Kriegsbeginn war auch das Aus gekommen für alle modische, flotte Kleidung. Zusammen mit den Lebensmittelmarken waren auch sofort die Kleiderkarten ausgegeben worden, nach Punkten unterteilt. Dabei ging für ein größeres Stück schon fast die Jahresration an Punkten drauf. Also wurden die Kleidungsstücke, die wir mochten, eben nur noch zu ganz besonderen Anlässen getragen. Und im übrigen wurde ausgebessert, gestopft und geflickt, um nur ja die kostbaren Punkte der Kleiderkarte zu schonen. Damals wäre niemand auf die Idee gekommen, Strümpfe mit Laufmaschen wegzuwerfen. Die Flohleitern wurden repariert und ich fand dabei meinen ersten Job, mit dem ich das Taschengeld aufbessern konnte. Da machte ich mich ans Werk mit einem feinen Haken, ergänzt um einen winzigen Federhebel. Der Strumpf mußte über ein Wasserglas gespannt werden, dann ging das Suchen los, um die winzige Öse am Ende der Laufmasche aufzuspüren, um dann Fädchen um Fädchen zurückzuhäkeln. Wie unzählige Male passierte es mir, daß die neue Häkelreihe sich löste und wieder ein ganzes Stück dieser mühsamen Fummelei aufrebbelte. Aber das Geschäft blühte. Es taten sich immer mehr kleine Läden auf, die diese Laufmaschenreparaturen gewerblich betrieben, und sie blieben uns über etliche Jahre erhalten, auch dann noch, als es bei uns längst die amerikanischen Nylonstrümpfe zu kaufen gab. Aber die waren zunächst sündhaft teuer. Zwar hieß es, Nylon wäre reißfest. Aber natürlich konnte mit ihnen genauso das Laufmaschenmalheur passieren.

Die Verknappung von Konsumgütern steigerte sich immer weiter. Wenn die Strumpfsohlen so mürbe geworden waren, daß nicht einmal mehr die Stopfnadel Halt fand, konnte man neue Füßlinge ansetzen lassen. Ich hörte niemanden über die Ansatznaht jammern, aber vielleicht bemerkten wir die nicht, weil unser Schuhwerk schon so ausgelatscht war. Jedenfalls wurden selbst für diese Füßlinge zwei Punkte der Kleiderkarte fällig.

Von Zeit zu Zeit traf bei uns eine Kleiderspende von einer betuchten Tante ein. Von jeher hatte ihr Mann sie reichlich mit Garderobe versorgt, und so konnte sie es sich immer noch leisten, dieses und jenes auszurangieren. Da sie stets edelste Qualität trug, lohnte es sich, die Roben aufzutrennen und von der Hausschneiderin umbauen zu lassen.

Eines Tages entdeckte ich das Zeitungsinserat einer Schneidermeisterin, die Unterricht im Nähen anbot. In der Zweizimmer-Puppenstubenwohnung von Fräulein W. gab es zwei Näh-maschinen, natürlich noch mit Fußpedal und mit diesen herrlich geschnörkelten Gestellen aus Gußeisen, wie sie heutzutage jeden Liebhaber von Oma-Trödel entzücken. Dagegen war unsere Singer-Nähmaschine zuhause um einiges moderner und technisch verbessert. Großmutter hatte sie angeschafft, um die vier Töchter mit Tanzstundengarderobe auszustaffieren. Solche Dinge waren damals Anschaffungen fürs ganze Leben, und allemal hatte Fräulein W. ihren beiden Maschinen alle erdenkliche Hege und Pflege angedeihen lassen, so daß sie immer noch tadellos funktionierten.

Da saßen wir nun nachmittags zu drei, vier Frauen und mühten uns, Fräulein W. zufrieden zu stellen. Mit Gehudele durfte man ihr nicht kommen. Denn sie prüfte jede Naht pingelig genau, und wenn sie etwas Schiefgegangenes entdeckte, kam man ums Trennen nicht herum. Und das war schlimmer Streß. Denn ein einziger Abrutscher mit der scharfen Rasierklinge hätte ja schon genügt, um einem Stoffteil solch einen schlimmen Schnitt zu verpassen, daß es für das ganze geplante Kleidungsstück keine Chance mehr gab. Und das wäre in dieser Notzeit schon bitter gewesen.

Fräulein W. hatte genauso ihren Streß, wenn sie sich ans Zuschneiden machte. Da trugen ihr die unkundigen Frauen irgendwelche fixen Ideen vor, was aus diesem aufgetrennten Kleidungsstück, aus der einstigen Gardine oder einem kümmerlichen Stoffrest, noch werden sollte. Schweigend umrundete sie den großen Ausziehtisch, um das ausgebreitete Material zu besichtigen und Klarheit darüber zu gewinnen, ob die Erwartungen überhaupt zu verwirklichen waren. Dann kam das Kramen in diversen Schubladen, vollgestopft mit den Schnittmustern eines langen Schneiderinnenlebens. Fräulein W. griff sich hier einen Ärmelschnitt, entschied sich dort für ein Rockteil und probierte dann aus, wie weit die Papiervorlagen auf den Stoffteilen unterzubringen waren. Wo blieb noch ein Zipfel übrig, um eventuell anstückeln zu können? Dabei ergaben sich mitunter ganz verzwickte Konstruktionen, die der Schülerin kaum zu erklären waren. Und so kam es durchaus vor, daß beim Zusammensetzen bizarre Gebilde entstanden. Und dann war es wieder mal soweit- einziger Ausweg: Trennen. Aber wir alle hielten mit einer geradezu dickköpfigen Ausdauer durch. Denn letztendlich zählte, daß Fräulein W. uns zu einem hübschen Kleidungsstück verhelfen konnte, was wir sonst nirgendwo mehr hätten kaufen können.

Mein erster Erfolg bei Fräulein W. war, ein abgelegtes Schneiderkostüm der besuchten Tante in ein Kleid umzuwandeln. Und in diesem einmaligen Modell erlebte ich die legendäre Berliner "Faust"-Inszenierung von Gustaf Gründgens im Schauspielhaus am Gendarmenmarkt. Weil wir uns in der Schule gerade mit "Faust" befaßten, wünschte sich jede von uns sehnlichst, diese Aufführung sehen zu können. Und tatsächlich gelang es Vater, für mich eine Karte zur Nachmittagsvorstellung zu beschaffen. Nach wenigen Minuten gab es Fliegeralarm, und wir wurden aufgefordert, das Theater zu räumen. Ich stand auf der Straße herum, so wie die anderen Zuschauer auch, und mir war reichlich unbehaglich zumute, nun womöglich im Zentrums Berlins in einen Bombenangriff zu geraten. In der Ferne hörten wir Detonationen, aber bei uns blieb es still, und es wurde auch bald Entwarnung gegeben. Wir wurden aufgefordert, zurückzukehren ins Theater. Gustaf Gründgens trat für einen Augenblick an die Rampe. Ein winziges Lächeln, einen Blick ins Publikum, und dann setzte die Aufführung ein, als wäre nichts geschehen.

Mein Meisterstück bei Fräulein W. war ein fabelhafter Wintermantel. Da gab es bei uns auf dem Boden einen großen Karton mit zwei eingemotteten schweren Portieren, schieferblaues Tuch, versehen mit weinroten Samt-Applikationen. Das waren noch Gardinen aus dem Haus der Großeltern. Und nun hatte ich den Einfall, ob sich diese zwei Stoffbahnen nicht zu einem Mantel für mich umbauen ließen. Davor hatte ich einmal einen Bezugschein bekommen, aber ich war nicht davon abzubringen gewesen, einen recht leichten Mantel haben zu wollen, der mir eben soviel besser gefiel. Keine Chance, in absehbarer Zeit an einen wärmeren Mantel zu kommen, denn ich hätte frühestens in drei Jahren wieder Anspruch auf einen Mantelbezugschein gehabt. Nun könnte doch aus diesem blauen Tuch etwas entstehen, was meinem Bibbern ein Ende setzte. Mutter fiel ein weggelegter Pelzkragen ein, und sie schaffte es sogar, eine Art Futterstoff aufzutreiben. Inzwischen hatte ich mich an das mühselige Werk gemacht, diesen ganzen flächendeckenden Ornamentikschnörkelkram abzutrennen. Und als ich dann das ganze Stück vollendet hatte, war ich nicht nur warm versorgt, sondern ich kam mir auch noch schick angezogen vor.

Potsdam, so nahe an dem Pressegiganten Berlin, hatte nur eine recht bescheidene Tageszeitung, die eben über Lokales berichtete. Je länger der Krieg dauerte, desto länger wurden die Spalten mit Tauschinseraten. Jeder bot an, was er nur entbehren konnte, um etwas einzuhandeln, was er dringend brauchte, und mitunter ging es da um recht seltsame Dinge. Vielleicht brachte mich das eines Tages auf die Idee, daß ich doch gern einen Pelzmantel hätte. Damals kam noch niemand darauf, Einwände gegen Pelze zu haben. Pelzmäntel kamen überall im Straßenbild vor, und beim Kauf war der wichtigste Grund, daß dieser Pelz nun eine Anschaffung fürs ganze Leben war. Und jetzt gab es ja auch allen Grund, seinen Pelzmantel zu tragen, weil man sich bei den immer bescheidener beheizten Wohnungen darin so richtig wohl und warm fühlen konnte.

Noch vor dem Krieg hatte Vater für Mutter und mich Skier gekauft. Die Ufer der Havelseen rings um Berlin steigen hier und da zu Hügeln an. Und sobald es geschneit hatte, schwärmten die Berliner aus, um sich wenigstens in 100 Seehöhe im Schnee zu tummeln. Nach dem Einmarsch in die Sowjetunion geriet die Wehrmacht in einen ganz besonders harten Winter, auf den die Truppe überhaupt nicht vorbereitet war. Also gab es wieder einen Aufruf, der das Volk dazu aufforderte, die Ausrüstung der frierenden Soldaten mit Spenden aufzubessern. Neben warmer Kleidung sollten es auch Skier sein. In der Diktatur appellierte solch ein Aufruf ja nicht an die Freiwilligkeit, sondern kam einer staatlichen Anordnung gleich. Also wurden auch die Skier abgeliefert, weil sich danach ja niemand mehr hätte damit blicken lassen können. Vater entschied, ein Paar Skier abzugeben, die anderen aber im Keller zu verstecken. Zwei Jahre später - Krieg hin oder her - wollte ich versuchen, diese Skier mit einer Annonce anzubieten. Und tatsächlich meldete sich ein paar Tage später eine junge Frau bei mir. Sie hatte einen Österreicher geheiratet und wollte ihn bei seiner Rückkehr damit überraschen, schon auf Skiern stehen zu können. Als Gegengabe hatte sie einen Karnickelmantel anzubie-

ten, wobei die biederen Stallhasen in ein Leopardenmuster um-
gefärbt worden waren.

So zog ich mir mit dieser exotischen Aufmachung manch einen
mißbilligenden Blick zu, denn die treudeutsche Herkunft dieser
Mantelkarnickel war ja nun nicht mehr auszumachen. Über zig
Jahre war dieser Mantel unentbehrlich, bewahrte vor der
schlimmsten Kälte, ob nun draußen oder drinnen in diversen
eisigen Notunterkünften. Er tat es als Mantel, als Zudeck, als
wärmende Schulterumhüllung. Ein Leopard für alle Fälle, bis er
dann schließlich in Fetzen zerfiel.

Da hatten wir beiden jungen Frauen uns trotz aller Kriegsmisere an einen rosa Traum gewagt, und wir hatten es wirklich geschafft, unser ureigenstes verrücktes Ziel zu erreichen.

KAPITEL 9

Hitler hatte es immer wieder geschafft, seine Machtgelüste durchzusetzen, und der Krieg begann ja auch mit grandiosen Erfolgen. Der Überfall auf Polen wurde sehr bald als Blitzkrieg bezeichnet. Das Filmmaterial der Kriegsberichterstatter zeigte nur strahlende, übermütig lachende Soldatengesichter. Wie sollten wir darauf kommen, uns die Kehrseite des Krieges vor Augen zu halten? Wen von uns hätte es schon beschäftigt, was das tollkühne Sichfallenlassen der Sturzkampfflugzeuge für die Opfer bedeutete? Die permanenten Radiomeldungen über das Vorwärtsstürmen der deutschen Truppen waren kaum noch nachzuvollziehen. Wie hätten wir uns klarmachen sollen, daß es auch für uns Verwüstung und Trümmer und Tote geben könnte? Diese anfänglichen triumphalen Erfolge waren doch genau die Bestätigung der Nazis, daß wir zum Herrenvolk bestimmt und eben von niemandem zu schlagen seien. Nach dem Polenfeldzug trat erst einmal Ruhe ein, und in diesem Kriegswinter gab es keine Kampfhandlungen. Uns blutjungen Dingern erschien das schon fast langweilig. Warum wurde denn nicht gleich weitergestürmt?!

Dann der erste Frühlingstag. Wir sind bei blitzblankem Sonnenschein auf dem Heimweg von der Schule. Wir hören andere davon reden, daß der Einmarsch in Dänemark und Norwegen begonnen hat. Na endlich tut sich mal wieder was nach den schlafmützigen Wintermonaten. Kein Unrechtsbewußtsein, keine Nachdenklichkeit, daß solche Überfälle auf andere Staaten einen eklatanten Bruch des Völkerrechts darstellen. Bei dieser ständigen großsprecherischen Propaganda der Nazis verlor sich immer mehr der Maßstab für Recht und Unrecht. Und was zählten diese kleinen Länder auch schon.

Die konnten uns doch gar nicht das Wasser reichen und waren für unsere Wehrmacht ja gar keine diskutablen Gegner.

Willy, der dummdreiste Lümmel von der hintersten Bank der Dorfschule, war schon ein paar Tage nach Kriegsausbruch gefallen. Vaters jüngerer Bruder war trotz schwerer Verwundungen im Ersten Weltkrieg als Reserveoffizier sofort zu den Waffen einberufen worden. Schon bald trug er andere Verletzungen davon und war deshalb nach Torgau in ein Heimatlazarett verlegt worden. Vater hoffte, daß sich für den Bruder damit der Dienst fürs Vaterland erledigt hätte. Er fuhr ihn einige Male besuchen und berichtete dann davon, daß es mit der Heilung nicht so recht voranging. Und dann kam mit einmal die Nachricht, daß der Bruder verstorben sei. Auch einer meiner Vettern wurde sofort eingezogen. Nach dem polnischen Blitzfeldzug kam er uns vergnügt von seinen Erlebnissen berichten, das ganze ein fabelhaftes Männerabenteuer. Er nahm dann teil an der Besetzung Frankreichs und wurde bei einer Marschpause von einem Heckenschützen erschossen. Nun kam unverkennbar Mutters Haß auf den Erbfeind Frankreichs zur Sprache. Was für eine erbärmliche Feigheit, sich nicht zu stellen sondern einen tapferen Soldaten heimtückisch aus dem Hinterhalt abzuknallen, nun ja, Franzosen eben. Genau der gleiche Zungenschlag, mit dem auch die Nazis kamen. Zum ersten Mal hörte ich davon, daß ihr Bruder im Ersten Weltkrieg bei Langemarck gefallen war. Mit einmal war all ihre Trauer wieder da. Sie weinte, sie sprach davon, daß die Mutter diesen Kummer um den einzigen Sohn niemals hätte verwinden können.

Die Frau des in Frankreich erschossenen Vetters kam auf Besuch. Der Krieg war noch jung, die Verknappung ja doch noch in den Anfängen. Die Kriegerwitwe erschien in einem raffinierten Trauer-Outfit, elegante hochhackige Pumps, das hautenge schwarze Kostüm, den verführerisch wippenden breitrandigen Hut. Eine Operettenwitwe, die Lust auf einen neuen Anfang signalisierte.

Viele vermuteten, Hitler würde nach einer Kampfpause den Angriff auf England starten. Aber über Monate geschah nichts. Es irritierte uns, als auf einmal ein Abkommen mit der Sowjetunion bekanntgegeben wurde. Denn bisher wurden uns ja auch die bolschewistisch-kommunistischen Russen als zu unseren miesesten, übelsten Untermenschen-Gegnern erklärt. Jetzt kam hier und da der Kommentar auf, Bismarck habe ja schon nachdrücklich gewarnt, wir Deutsche in der Mitte Europas müßten darauf achten, nicht in eine Zweifronten-Konstellation zu geraten. Wenn Hitler jetzt zu einem Arrangement mit den Sowjets gekommen war, dann doch wohl deshalb, um sich ganz auf die Auseinandersetzung mit England konzentrieren zu können.

Also kam der Überfall auf Rußland völlig überraschend. Vater saß mit steinerner Miene am Radio, stand auf, ging - ich weiß nicht wohin. Als er zurückkam, sah es aus, als hätte er losgeheult, was wir nicht hatten sehen sollen. Für ihn war und blieb der Einmarsch nach Rußland ein sehr riskantes Unternehmen, und an dieser Meinung hielt er fest, egal wie andere das betrachteten.

Erst einmal gab es wieder über Monate grandiose Erfolgsmeldungen. Der Rußland-Feldzug war am Anfang der Mega-Triumph. Diese gewaltigen Entfernungen, die die deutschen Truppen zu bewältigen hatten. Diese schier unfaßbaren Zahlen an eingekesselten russischen Kriegsgefangenen. Aber mit einmal kam im ersten harten Winter der gigantische Vormarsch ins Stocken. Hier und da traute sich jemand zu munkeln, daß ja schon Napoleon an diesem Riesenreich gescheitert wäre. Als die lähmende Winterzeit vorüber war, kamen die Frontberichte mit ganz ungewohnten Aussagen. Immer öfter hieß es, daß unsere Truppen hier und da strategisch kluge Frontbegradigungen vorgenommen hätten. Die Kampflinie begann zu wanken, und die Vermutung lag nahe, daß es jetzt auch auf unserer Seite größere Verluste gab. Die entscheidende Wende kam, als es um das wochenlange mörderische Ringen bei Stalingrad ging. Der Krieg kippte vom überschäumendem Siegestaumel zum tödlichen Ernst. Und letztlich konnten es auch die Frontberichte nicht mehr beschönigen, daß sich größere deutsche Truppenverbände den sowjetischen Armeen hatten ergeben müssen. Zum ersten Mal waren es endlose Schlangen deutscher ausgemergelter Soldaten, die sich in russische Kriegsgefangenenlager schleppten.

Von da an teilte sich die Einschätzung der Kriegslage auf in diejenigen, die immer mehr Zweifel an einem deutschen Sieg hatten, und die anderen, die wie die Lemminge meinten, Hitler würde uns letztlich doch den Erfolg bringen, und wir wären es ihm schuldig, uns dafür mit all unseren Kräften einzusetzen.

Im Westen begannen die gegnerischen Mächte, Angriffe auf deutsche Truppen einzuleiten, um sie aus den besetzten Gebieten zu vertreiben: In Südeuropa, auf dem Balkan, in Nordafrika. Und auch der Luftkrieg wurde noch weiter intensiviert. Die Bombenangriffe erfolgten immer häufiger und immer stärker.

Damit war auch die Zivilbevölkerung, die ja eigentlich geschätzt und verteidigt werden sollte, ins Kriegsgeschehen und in alle Gefährdungen an Leib und Leben mit einbezogen. Sehr bald war dafür der Begriff Heimatfront geprägt worden, und wir waren es gewohnt, diese Wortschöpfung gedankenlos zu verwenden.

Die Propaganda der Nazis setzte der immer kritischer werdenden Kriegslage die Ankündigung einer Wunderwaffe entgegen. Und weil die Ahnung immer stärker wurde, daß an einen Sieg nicht mehr zu denken war, klammerten sich viele an diese Verheißung und glaubten blindlings daran, daß Hitler mit seinen früheren Erfolgen doch eine Kriegswende zustande bringen würde, und daß sich dafür jeder mit all seiner letzten Kraft einsetzen sollte. Und tatsächlich kam der Tag, an dem erste Raketen auf England abgeschossen wurden. Also noch eine weitere Steigerung der Waffentechnik, denn Raketen hatte es bisher nicht gegeben. Für die englische Bevölkerung wurden diese Angriffe noch bedrohlicher, weil es jetzt keine Vorwarnung mehr gab. Dafür gingen die Westmächte hin, um nun ihre Bombenangriffe bis zur unvorstellbaren Massivität zu steigern, wie dann beispielsweise noch kurz vor Kriegsende die Vernichtung über Dresden kam.

Immer wieder wird uns der Filmbericht gezeigt, wie der Reichspropagandaminister auf einer Nazi-Großveranstaltung in Berlin den Abertausenden von Menschen die Frage zuschrie: Wollt ihr den totalen Krieg? und darauf die gejohlte Zustimmung, das brüllende Ja zurückbekam.

Die Mutter in unserer Straße, vier Söhne. Die drei Älteren mit hohen Auszeichnungen bedacht, und alle drei auf dem Felde der Ehre geblieben. Es gab eine Verordnung, daß sich der letzte aus einer Familie vom Dienst an der Waffe befreien lassen konnte. Aber der Vierte folgte der Einberufung und war auch nach kurzer Zeit gefallen. Die Mutter sprach nicht mehr, ging selten aus dem Haus und kümmerte dahin wie ein ausgerissenes Unkraut.

KAPITEL 10

W ie die Nazis geplant hatten, ein für jeden erschwingliches Auto - den Volkswagen - zu entwickeln, so war auch das ganze Volk mit preiswerten Einheitsradios ausgestattet worden. Jeder sollte des Führers Worte über den Äther life mithören können. Für die flächendeckende Berieselung mit NS-Indoktrination war der Reichspropagandaminister Goebbels zuständig, der seine Sache so vortrefflich machte, daß der Volksmund für diese Massenradios sehr rasch die Bezeichnung Goebbelsschnauze gefunden hatte.

Als der erste Schlagbaum zu Polen hochgehievt worden war, nach den ersten Marschtritten deutscher Soldatenstiefel lieferten die Lautsprecher nur noch Pauken und Trompeten. Marschmusik rund um die Uhr sollte uns dazu anhalten, im Geiste mitzumarschieren mit unseren siegreichen Kriegern. Schmetternde Fanfarenklänge, sonst allenfalls grandiose Klassik umrahmten die laufenden Erfolgsmeldungen. Flotte Melodien oder gar Schlagermusik durften nicht mehr sein. So etwas Leichtfertiges gehörte sich nicht, wenn die Männer an der Front standen.

Aber nach und nach stellten sich bei diesem permanenten vaterländischen Pathos erste Abnutzungserscheinungen ein. Die Aufnahmefähigkeit für die endlosen Aufzählungen all der neuen Ritterkreuzträger stieß an Grenzen, und es war kaum noch möglich, die Namenslisten entsprechend zu würdigen. Während die Wehrmacht noch immer vom Siegesrausch getragen wurde, begann die Bevölkerung in der Heimat zu spüren, daß sich Verzicht und Entbehrungen länger und länger hinzogen und auch immer weiter anstiegen. Es war angebracht, für Stimmungsmache zu sorgen.

Also durfte es am Sonnabend mittag wieder eine halbe Stunde beschwingte Radiomusik sein. Nun tönten auch einschmeichelnde Geigenklänge aus den Lautsprechern, hier und da sogar ein paar kesse Takte Saxophon. Für uns waren das schon heiße Rhythmen, und jede Woche wartete ich auf diese Sendung. Bis ich mich dann an einem Frühlingstag dazu hinreißen ließ, das Radio auf volle Lautstärke zu stellen, die Terrassentür weit aufzureißen und mich im Sonnenschein auf die Stufen zu setzen. Prompt kam die benachbarte Lehrerwitwe an den Zaun geschossen. das Gezeter galt nicht ihrem malträtierten Trommelfell, sondern sie erboste sich über dieses Niggergedudele, das die Nazis ja zur entarteten Musik erklärt hatten. Für die Nachbarin beging ich mit diesem Gedudele den musikalischen Vaterlandsverrat.

Bis heute ist es mir unerklärlich geblieben, wie uns überhaupt die von den Nazis verpönte Swing-Musik vertraut geworden war. Da hatte eine Klassenkameradin sogar ein paar Schallplatten und dazu besaß sie auch noch ein knallrotes Koffergrammophon, mit dem wir uns dann an dieser unerwünschten Musik ergötzen konnten. Auf welchen Wegen drang amerikanische Filmmusik zu uns durch, wie beispielsweise die Donkey-Serenade, die für uns einer der Hits war, und an die sich Ältere bestimmt noch bis heute erinnern können. Wie hatten wir erfahren von dem englischen Lambeth-Walk, den wir in Musik, Text und Tanzschritten genau kannten?!

Das Puschenkino existierte ja erst auf dem Reißbrett und brauchte noch seine Zeit bis zur Versandhausreife. Also nutzt der Reichspropagandaminister den Rundfunk dazu, den Hörern ein heiteres, ablenkendes Programm anzubieten.

Am Samstag nachmittag saß das ganze Volk für zwei Stunden vor dem Goebbelschen Einheitsradio. So, wie heute jeder die Namen von Thomas Gottschalk oder Harald Schmidt kennt, galt damals Heinz Gödecke als der deutschlandweit bekannte und beliebte Rundfunk-Moderator. Während sich die Ansprachen Hitlers in hysterischem Pathos und mörderischem Haß überschlugen, kam Heinz Gödecke damit, die Kriegsgegner in kabarettistischer Manier zu verballhornen oder auch die immer schlimmer werdende Kriegsmisere mit flotten Sprüchen zu verniedlichen.

Diese Life-Veranstaltungen wurden mit der Filmkamera festgehalten und uns später auszugsweise bei der Kientopp-Wochenschau vorgeführt. Da hatten wir dann dieses geladene Publikum im riesigen Sendesaal vor Augen, die Fronturlauber, die sich köstlich amüsierten, als gäbe es kein Ende dieses Urlaubs und keine Rückkehr zur immer härter kämpfenden Truppe. Die Frauen, viele dekoriert mit dem Mutterkreuz, stolz auf die Söhne, die selbstverständlich alle gesund und munter zurückkehren würden. Oder auch die Helden der Heimat, die sich vorbildlich eingesetzt hatten und nun von dem Moderator vorgestellt wurden: Der Luftschutzwart, der bei der Brandbombenbekämpfung oder beim Bergen von Verschütteten Kopf und Kragen riskiert hatte. In den ersten Reihen die aus den Lazaretten herangeholten Verwundeten, unter ihnen auch solche, die lebenslängliche Verstümmelungen davongetragen hatten. Trotzig schwenkte die Kamera über Verbände, Krücken und Rollstühle, fing Gesichter mit stolzer Verbissenheit ein.

Über den Äther waren Fronttruppen zugeschaltet, so daß diese Sendung auch zur Nachrichtenübermittlung aus der Heimat diente. Da erfuhren die Väter von ihren Neugeborenen, und jedes Mal brandete der Applaus besonders auf, wenn es um das soundsovielte Kind einer schon kinderreiche Familie ging. Lieb Vaterland, magst ruhig sein, das Auffüllen der Kriegsverluste ist längst angelaufen.

Dieses Rundfunkprogramm zielte darauf ab, alle Emotionen in die von den Nazis gewünschte Richtung zu lenken. Da gab es zwei Kabarettisten, die den immer dürftiger werdenden Kriegsalltag mit pfiffigen Sprüchen veralberten und die daraus resultierenden Schwierigkeiten zu einer Kinkerlitzchen-Pointe umwandelten. Es war die Rede von der Liebsten, bei der jedoch nichts aufkommen durfte von Herzschmerz, sondern es mündete ein in die Zusage vom Beschützen und Bewahren der Lieben daheim. Die musikalische Umrahmung dieses Programms bestand aus all den edlen Volksweisen, die darauf abzielten, das Vaterland zu preisen, all die Wälder und Berge und Seen dieses unseres Landes zu verherrlichen, und für dessen Schönheit und Einmaligkeit keinerlei Opfer zu groß war. Und schließlich entstand für diese Sendung noch eine eigene Weise, die sogar den Himmel über uns mit einbezog: Heimat, deine Sterne ... ein Lobpreis aufs Vaterland, der jedem von uns vertraut war.

Beim Start ins Kientopp-Zeitalter lieferte sich die deutsche Ufa über Jahre mit Hollywood einen heftigen Konkurrenzkampf um Platz Eins in der Welt. Die Ufa-Leute verstanden ihr Handwerk. Sobald der Reichspropagandaminister und gleichzeitig auch Chef der Reichskulturkammer das Überwechseln vom getragenen Pathos zur Volksbelustigung angeordnet hatte, quollen aus den Filmateliers der Ufa die Fülle gekonnter Musik- und Revue-Filme. Anders als heute das Fernsehen in den eigenen vier Wänden hatte damals der Kinobesuch noch etwas mit Ausgehen zu tun und setzte sich damit ein Stück vom Alltagsleben ab. Wenn die Beleuchtung im Zuschauerraum wegdämmerte, versank für zwei Stunden das immer totaler werdende Kriegsgeschehen draußen vor der Tür. Der weiße Frack mit Zylinder, die schicken Roben der Diva ließen die eigenen immer schäbiger werdenden Klamotten vergessen. Die in exakter Schlange tanzenden Ballett-Girls löschten den Gedanken an unser tagtägliches stundenlanges Schlangestehen vor den immer leerer werdenden, immer seltener geöffneten Geschäften aus. Wer dachte noch an die verkohlten Trümmer der Luftangriffe, an die Unzahl zerstörter Häuser und die jämmerlichen Notunterkünfte, wenn uns auf der Leinwand glitzernde Revuetreppen und farbenfrohe Kulissen dargeboten wurden. Diese glamouröse Traumwelt deckte die griese Kriegswirklichkeit ab wie steinhart eingetrockneter rosa Zuckerguß. Panem et circenses - je karger das Täglich Brot, desto üppiger die ablenkende Stimmungsmache.

Es gab genügend Komponisten, die betörend schmissige Schlager und Filmmusiken schrieben. Es gab eine Fülle von Interpreten und Schauspielern, die unbesehen mittaten. Nachdem eine angemessene Anzahl von Jahren vergangen war, kehrten sie wieder zurück ins Show-Business. Viele wiesen Nachfragen nach ihrer Vergangenheit in diesen Nazi-Jahren empört zurück. Man begnügte sich mit der schlichten Erklärung, doch nur seinem Beruf nachgegangen zu sein. Und man wäre doch ohnehin völlig unpolitisch gewesen.

Das Publikum, von denen die meisten ebenso unfähig waren zu trauern, jubelte ihnen wieder zu wie gehabt. Es war wie eine stillschweigend getroffene Vereinbarung zur gemeinsamen Geheimhaltung. Vor und hinter der Rampe kaum Bedauern, kaum Nachdenklichkeit, ob unter diesem Regime und in diesem fürchterlichen Krieg die Beteiligung an der Stimmungsmache nicht auch eine Art passiver Sterbehilfe bedeutete.

Wen erstaunte es schon, wer nahm es schon kritisch wahr, daß dann auch die bisher von den Nazis geforderten moralischen Werte ins Bröckeln kamen. Mit den bisher für das rassisch-edle

Herrenvolk geforderten hehren Ansprüche nahm es niemand mehr so sehr pingelig. Es wurde kein Wort darüber verloren, daß nun in einem Film mit Schimanskis Vater eine Striptease-Tänzerin vorkam. Nicht genug, daß Zarah Leander eine leidende Ehebrecherin darstellen konnte, sie durfte diesen Seitensprung auch noch mit ihrem kessen Chanson kommentieren: Kann denn Liebe Sünde sein?

Für den Reichspropagandaminister ohnehin keine Frage. Er hatte sich längst dafür entschieden, hier und da mal mit einer Ufa-Diva zu sündigen. Und welche Schauspielerin hätte es wagen können, den Chef der Reichsfilmkammer abzuweisen, der es in der Hand hatte, sie mit einem Berufsverbot unter Druck zu setzen. Es sickerte durch, daß eine junge Schauspielerin vor seinen Nachstellungen in den Selbstmord geflüchtet war. Von einer Tschechin war die Rede, die sich in ihre Heimat absetzte, um wenigstens Distanz von Berlin zu bekommen. Wie es heißt, soll sich Hitler bei dieser Liaison eingeschaltet haben. In erster Linie aber deshalb, weil Goebbels eine Nicht-Deutsche auserkoren hatte. Nach der bisher von den deutschen Frauen geforderten strikten Tugendhaftigkeit nahm jetzt niemand mehr Anstoß daran, wenn auf der Leinwand nun auch Liebe und Sexualität ohne Trauschein vorgeführt wurden. Und so gab es eines Tages im Kino solch eine hochdramatische Liebesgeschichte anzuschauen, die maßstabsgerecht eingepaßt war in eine typische Kriegssituation. Der Zarah-Leander-Film "Die große Liebe" kam uns schon nach wenigen Minuten mit einer ersten Bettnacht ohne Trauschein. Ein junger Offizier auf Heimaturlaub macht sich auf den Weg in ein Kabarett und verliert sein Herz sofort an die dort auftretende Chansonette. Die packt ebenfalls der große Gefühlssturm, und nach kurzem Zaudern gewährt sie ihm dann doch so etwas wie eine Art One-Night-Stand. Danach Hangen und Bangen, als er, zurückgekehrt ins Kriegsgetümmel, nichts mehr von sich hören läßt. Also rauchiges, tränenschwangeres Gesinge "Ich weiß, es wird einmal ein Wunder geschen, und ich weiß, daß wir uns wiedersehn". Wo sie recht hat, hat sie recht. Tatsächlich kommt der Tag, an dem jemand den Lover im Lazarett entdeckt. Verwundet zwar, aber es hält sich in Grenzen. Nach diesem wundervollen Wiedersehen im grandiosen Abgesang mit der Big Band noch einmal

"Ich weiß, es wird einmal ein Wunder geschehn", nun aber mit dem triumphierenden, frohlockenden Unterton "Na, seht ihr, ich hatte recht. Ich hab's ja gewußt."

Beim sanften Verklingen der Musik, beim Aufdämmern der Beleuchtung erhoben sich sämtliche Soldatenfrauen mit reichem Trost beschattet aus dem Plüschgestühl. Nun waren sie sich ganz sicher: Alles geht gut, auch der Meinige steht eines Tages wieder putzmunter vor mir. Und bis dahin stelle ich mich jetzt nicht an, sondern halte es so, wie da in einem anderen Schlager die kleine tapfere Soldatenfrau besungen wird: Mit unbeirrbarer Zuversicht und mit Immer-Schön-Fröhlich-Bleiben.

Aber wir jungen Dinger verließen das Lichtspieltheater nach diesem Film reichlich verwirrt und verunsichert. Wie konnte es bloß angehen, wenn sie in etlichen Filmen als Ehebrecherin oder eine Bettgespielin ohne Trauschein auftrat, diese Figur nun nicht mehr als Schlampe, sondern als tragische Frauenfigur galt. Vor allem aber war es für uns unerfindlich, wie sie all diese Beziehungskisten durchstand, ohne je in eine Schwangerschaft zu geraten. Denn von Sexualität, von Familienplanung oder Verhütung hatten wir ja nicht die geringste Ahnung. Eine diskutable Aufklärung gab es damals noch nicht, weder von den Eltern noch in der Schule. Als es auf die Pubertät zuging, flüsterten wir uns allenfalls hinter vorgehaltener Hand zu, was wir hier und da aus Gesprächen der Erwachsenen aufgeschnappt hatten. Und das reimte sich dann für uns Mädchen so zusammen: Sexualität ist etwas Widerliches, Ekelhaftes, vor allem aber auch etwas strikt Verbotenes und deshalb höchst riskant.

Natürlich wußten wir nichts davon und hätten auch nichts damit anfangen können, daß die Nazis die Aktion Lebensborn eingeführt hatten. Zu unserem entfernteren Bekanntenkreis gehörte eine junge Frau, die ich eines Tages kennen lernte, und die einige merkwürdige Andeutungen machte, unter denen ich mir überhaupt nichts vorstellen konnte. Aber damals hatten wir ja alle das untrügliche Gespür dafür, wenn es um ein heikles Thema ging, das man besser nicht weiter vertiefte. Die junge Frau sprach davon, einen Freund zu haben, Ende fünfzig, verheiratet und im hohen SS-Offiziersrang. Und mit ihm habe sie zwei Kinder. Das kam mir nun wirklich seltsam vor. Denn damals genügte ja schon ein uneheliches Kind, um sich Schimpf und Schande der Umwelt einzuhandeln. Und zumeist endeten solche außerehelichen Beziehungen auch, sobald sich eine Schwangerschaft eingestellt hatte. Später erfuhr ich davon, daß es bei der Aktion Lebensborn darum ging, junge Frauen mit gesundem Erbgut umzuquartieren in ruhigere, vom Luftkrieg weniger bedrohte Gebiete. Man brachte sie in gut ausgestatteten Häusern unter, beispielsweise in leerstehenden Urlaubshotels. Dort wurden sie umsorgt und verwöhnt, um dann Fronturlaubern, in erster Linier Angehörigen der SS, zum Kinderzeugen zur Verfügung zu stehen. Und tatsächlich hörte ich eines Tages davon, daß diese junge Frau mit ihren beiden Kindern auch in solch einem Lebensborn-Haus gelebt hatte. Es sah manches so aus, als ob die Nazis stillschweigend von ihrem strikten Anspruch an die Moral der Frauen ein Stück abrückten. Aber wenn auch die Love Stories in den Kinos freizügiger sein konnten, ohne daß sich auf der Nazi-Seite jemand darüber ereiferte, ob dann nicht doch eine perfide Strategie dahinterstand? Ob es nicht darum ging, uns mit der Verharmlosung des Schwangerwerdens reinzulegen? War es nicht so gedacht, auch mit den auf diese Weise zustande gekommenen Schwangerschaften einen Beitrag zur Aufstockung des deutschen Herrenvolkes zu erreichen?

Denn wir waren jung, und die Neugierde auf Sexualität trieb uns um. Aber der Krieg setzte für das Kennenlernen des anderen Geschlechts seine eigenen Maßstäbe. Wenn es denn zu Begegnungen kam, war dies ja nur möglich, solange die jungen Männer Fronturlaub hatten. Damit standen diese Anbahnungen sofort unter Zeitdruck, der dann durchaus auch zu Unüberlegtem führen konnte. Die Jungen, die schon nach Tagen wieder zurück mußten an die Front, wie auch wir Mädels, die wir durch den Luftkrieg ebenfalls unter Lebensbedrohung standen, wir waren wie in einer Art Torschlußpanik, noch ehe wir denn die Pubertät wirklich abgeschlossen hatten. Solch ein Lebenshunger. Aber davor die Hürde aufgebaut aus Verbotenem, Beängstigenden. Und wenn nun das Sterben schneller ist, das Leben vorbei, ohne auch nur einmal die Erfahrung von Liebe und Hingabe?

Ein Junge, ein größer gewordenes Kind, gerade erst übergewechselt von den kurzen Hosen in die Fahnenjunkeruniform.
Man geht einen Uferweg am Havelsee entlang, mit drei Metern
Abstand. Er erzählt von der Schule, lang und breit von zuhause,
von seinen Angorakaninchen. Beim Schlendern verringere ich
den Abstand. Aber diese Annäherung ist nicht sein Ding. Er
legt den halben Meter wieder zur anderen Seite zu. Und als ich
es noch einmal versuche, macht es ihn wütend. Er kommt auf
mich zu, hakt den Arm um meinen Kopf, ein zorniger, aufs
Kinn geknallter Schmatzer. Und dann dieser schlimme Satz:
"Du willst doch bloß das eine". Noch schmählicher hätte er mir
gar nicht kommen können. Ich als Mädchen hatte angebaggert.
Ich weiß nicht wohin vor Scham. Wir beide rennen los zur be-
lebten Straße, und dann gibt es bloß noch das strikte Gerenne
nach links und nach rechts.
Ein anderes Mal. Ich war für eine Übernachtung ins noch nicht
zerstörte Dresden gelangt. Wie war ich dort noch an eine Karten für die Semper-Oper gekommen? Keine Viertelstunde Do-
nizetti, da liegt vom Nachbarsitz eine Hand über meiner. Fronturlaub bis morgen. Wir spazieren Stunde um Stunde durchs
verdunkelte finstere Dresden, bis ich dann doch den Weg zu
meinem kleinen Hotel in einer Nebenstraße ansteure. Nein,
blondes Haar, siebzehn Jahr werden am Hotel-Eingang nicht
ungehörig attackiert. Am nächsten Tag machen wir uns wieder
auf durch die Straßen, nehmen von all der Barockpracht um uns
herum kaum etwas wahr, immer wieder Sichtschutz für unsere
Küsserei, bis es dann abends Zeit wird, zum Bahnhof zu gehen,
zu den beiden Zügen in entgegengesetzer Richtung.
Er marschiert zielstrebig den ganzen Bahnsteig entlang bis hin
zu meinem letzten Waggon, kommt mir sofort nachgeklettert
die zwei, drei steilen Trittbretter hoch, und blockt den ganzen
Eingang ab. Andere geben sofort auf, wenden sich ab, versuchen erst gar nicht, sich an ihm vorbeizuzwängen. Dies sind
jetzt die letzten Küsse, und wir nehmen nicht wahr, daß die
Schienen anfangen wegzugleiten. Im allerletzten Moment
macht er einen riskanten Satz aus der Tür, fliegt auch prompt
auf die Schnauze, rappelt sich blitzschnell wieder hoch, La-
chen, wildes Winken, ein paar Schritte lang kann er noch mithalten mit dem schneller werdenden Zug.

Sehr rasch kam ein Feldpostbrief, meiner war etliche Wochen unterwegs und fand sich dann wieder ein mit dem Vermerk "Gefallen für Großdeutschland".

Schräg gegenüber von unserer Potsdamer Schule stand die berühmte Garnisonkirche. Potsdam, die Stadt des preußischen Militärs, umgeben von den Fahnenjunkerschulen sämtlicher Waffengattungen. Mit den steigenden Kriegsverlusten wurden immer mehr junge Offiziere gebraucht, und als die Söhne aus standesgemäßen Elternhäusern nicht mehr ausreichten, konnten auch andere nachrücken, die sich an der Front bewährt hatten. Söhne aus dem Volk, die mit einer gewissen Abschätzigkeit als Vomags bezeichnet wurden, als Volksoffiziere mit Arbeitergesicht.

Wenn auch mit Kriegsbeginn sämtliche öffentlichen Tanzveranstaltungen untersagt worden waren, so liefen doch die Fahnenjunker-Tanzstunden weiter.

Wenn auch mit Kriegsbeginn sämtliche öffentlichen Tanzveranstaltungen untersagt worden waren, so liefen die Fähnrichstanzstunden doch weiter. Denn dabei ging es ja nicht nur ums Tanzen, sondern es sollten auch einwandfreie Manieren und gewandtes Auftreten vermittelt werden, damit nach dem Endsieg all diese jungen Offiziere, egal welcher Herkunft, sich korrekt im Kasino würden bewegen können. Diesen Tanzunterricht führte ein honoriges Ehepaar durch, und bald war davon die Rede, daß der Ehemann zur Suite des abgedankten Ehemannes gehört hatte. Wer noch so die Etikette bei Hofe erlebt hatte, war sicherlich kompetent dafür, uns etwas gesellschaftlichen Schliff beizubringen.

Aber um den standesgemäßen Rahmen nicht gänzlich dranzugeben, wurden als Tanzpartnerinnen nur die Mädels von den beiden Oberschulen eingeladen. Eines Tages also tauchte am schwarzen Brett der Brief dieses Ehepaares auf . Wir hatten uns einzufinden in einer imposanten Villa, umgeben von einem parkähnlichen Garten. Große, hohe Räume mit edlen Stuckdecken und mit wie für den Wiener Opernball spiegelglatt gebohnertem Parkett, auf dem wir dann zu den Klängen aus dem Edelholzgrammophon in den Grundschritten des Gesellschaftstanzes unterwiesen wurden. Das Ehepaar exerzierte uns das Angestrebte in elegantester Haltung vor. Zwei Stunden lang ging es mit edler Disziplin zu. Ein wenig junge Unbekümmertheit kam erst dann auf, wenn wir am Ende noch eine freigestaltete Runde aufs Parkett legen durften. Unerklärlich, wie sich dann einige sogar dazu erkühnten, die Schallplattenmusik umzusetzen in so etwas wie zwingendes Lämmerhüpfen. Denn nach offizieller Nazi-Version galt ja alles was in Richtung Swing ging, als entartete Niggermusik.

Noch bei Tageslicht selbstverständlich endete die Veranstaltung. Man ging auf getrennten Bürgersteigen zur Straßenbahn zurück. Keine Blicke, kein Wortwechsel hin und her über den Fahrdamm. Wir fühlten uns in Schach gehalten, solange uns die Blicke des verantwortungsbewußten Ehepaares noch hätten folgen können. Ich wüßte nicht, daß bei diesen Tanzstunden ein Pärchen zusammengekommen wäre.

Wie hatte es sich überhaupt eingebürgert, die Waffengattungen unterschiedlich einzuschätzen? Die Luftwaffe hatte ja noch keine lange Tradition, und als Newcomer waren die Flieger sowieso dreiste Hallodris, die sich beispielsweise gar nichts dabei dachten, die Uniformmütze nicht preußisch-gerade aufzusetzen, sondern eingeknifft irgendwie schräg auf dem Kopf zu placieren. Aber die drei Gruppierungen des Heeres wurden ganz unverkennbar unterschiedlich angesehen, und sie waren ja auch an den Farben der Uniformlitzen sofort erkennbar. Die Infanteristen am Weiß, eben das Fußvolk. Eine Stufe höher die Artillerie mit roten Litzen, und als edelste die Kavalleristen mit Gelb. Denn es gab damals ja noch die berittene Truppe. Immer wieder erscheinen auf dem Fernsehschirm die deutschen Truppen, wie sie mit dem Überfall auf Polen den Krieg auslösten, Geschütze und Transportwagen mit Pferdegespannen ausgestattet. Im Laufe des Krieges wurde die Wehrmacht immer weiter motorisiert, und etliche Kavallerieeinheiten wurden zu Panzertruppen umgestellt.

Ich sitze im Potsdamer Café bei einem trübsinnigen Kräutertee. Am Nebentisch lassen sich vier Fahnenjunker nieder, und alle mit diesen goldgelben Litzen. Einer wohl schon drei, vier Jahre älter als die anderen, und er bleibt am hartnäckigsten dabei, von Tisch zu Tisch zu flirten. Es wurde eine ganz schlimme intensive Geschichte, und bei aller Kriegsmisere kamen Highlights zustande wie in diesen rosigen Heftchenromanen: Ein überraschender Anruf von sonstwoher, ein Telegramm, und tatsächlich landeten sogar Blumengrüße bei mir, ich weiß nicht, wie auf den Weg gebracht.

Es war so arg, daß sich vom Heimaturlaub bei der Familie in Süddeutschland sogar zwei Tage für mich in Potsdam abzweigen ließen.

Wir kommen zurück von einem Lokal, das in einem einstigen preußischen Lustschlößchen zum Romantik-Restaurant umfunktioniert worden ist. Man versteht es dort , aus den kümmerlichsten Kriegszutaten ein raffiniertes Gericht zuzubereiten. Edles Porzellan, funkelnde Gläser für irgendeine knallfarbene Chemie Brause. Die schicke Esserei ist vorüber, die letzte, denn unsere zwei gemeinsamen Tage habe wir schon hinter uns. Noch einmal umarmen, küssen, streicheln. Ich bin stehen geblieben und warte. Er dreht sich um, steht da, und dann brüsk: Los, komm schon. Zwei, drei Schritte weiter und dann noch einmal: Jetzt komm doch. Ich bin traurig, auch gekränkt. Weshalb denn nicht wenigstens dies, jetzt, zum Abschied, verdammt noch mal. Ich bin vom erwachsenen Frausein noch soweit entfernt, nicht einmal zu ahnen, was es ihn kostet, sich auf nichts einzulassen.

Schon ein paar Mal waren etliche, ewig lange Wochen vergangen, ehe wieder Feldpost kam. Nun dauert es noch länger, und die Nachricht kommt aus Süddeutschland von einer Mutter, die mich nie sah, und die in seinen paar Habseligkeiten mein Foto, meinen letzten Brief mit Anschrift fand.

Immer wieder habe ich den Traum vor Augen: Er steht da: Du hast dir eine solche Lüge aufschwatzen lassen? Wer hat dir eingeredet, der Panzer wäre in die Luft geflogen? Ich hatte dir versprochen, zu dir zurückzukommen. Und du siehst ja, ich stehe vor dir, völlig in Ordnung.

Nach und nach wurden die Abstände größer. aber immer wieder mal taucht diese Erinnerung auf an mich damals. So wird´s nie wieder sein.

KAPITEL 11

In den ersten beiden Kriegsjahren gab es hier und da Flieger-alarm, ohne das es zu nennenswerten Bombenabwürfen kam. Vielleicht, weil die feindlichen Flugzeuge erst einmal die Luft-abwehr im Raum Berlin aufklären sollten. Und prompt ließ Luftmarschall Göring den forschen Spruch los, er wolle Meyer heißen, wenn je ein feindlicher Bomber bis nach Berlin vor-dringen würde.

Erst einmal glaubte man ihm, weil sich zu Anfang des Krieges die deutsche Luftwaffe mit ihren Angriffen als unschlagbar er-wiesen hatte. Und im übrigen wurden bei uns, im westlichen Vorfeld von Berlin, zusätzliche Abwehrmaßnahmen getroffen. Jetzt gab es mitten in der freien Feldmark eine Flak-Batterie, und auf einem Nebengleis unseres bescheidenen Vorortbahn-hofs, der ja nur ein paar Schritte von unserer Straßenzeile ent-fernt war, hatte man weitere Geschütze schwersten Kalibers postiert.

Und allmählich setzten dann auch die ersten nächtlichen An-griffe auf Berlin ein. Wir mußten uns daran gewöhnen, von dem Sirenengeheul aus dem Schlaf geweckt zu werden. Dann wurde erst einmal das Radio eingeschaltet, das nähere Angaben zum Anflug der feindlichen Bomber durchgab. Allmählich kannten wir uns mit der Route so gut aus, daß wir einschätzen konnten, wann etwa die Geschwader unsere Gegend überqueren würden.

So saßen wir im Keller, von dem bei einem Treffer nichts mehr übrig geblieben wäre, Mutter und ich starr vor Angst, Vater unruhig umgetrieben, bis er es eines Tags aussprach, daß ihm diese Luftangriffe mehr zu schaffen machten als einst der Stel-lungskrieg im Schützengraben, eben weil er sich nun völlig hilflos und wehrlos ausgeliefert fühlte. Und so sahen es auch andere Soldaten, wenn sie beim Heimaturlaub solche Bombar-dements miterlebten.

Eines Nachts, als die Sirenen längst Entwarnung geheult hatten, setzten sich die Detonationen sehr nahe bei uns weiter fort. Das war so unerklärlich, daß wir es zunächst nicht wagten, den Kel-ler zu verlassen, bis Vater sich dann doch aufmachte, um nachzusehen, was sich da tat. Er kam zurück mit Granatsplittern bis zur Faustgröße, die er in unserem Vorgarten aufgesammelt hatte. Er war mit Nachbarmännern zusammengetroffen, die berichteten, daß die schwere Flak-Batterie am Bahnhof einen Volltreffer abbekommen hatte. Die Flammen griffen über auf das Munitionslager und hatten die massigen Granaten entzündet, die nun auch in die Luft flogen. Es war die Rede von Toten und Verwundeten, aber Näheres erfuhren wir nicht. Denn die Stellung war sofort abgesperrt worden, und diese Batterie wurde auch nicht wieder ersetzt.

Die Bomber hatte Berlin zum Ziel, aber solange die Luftabwehr noch funktionierte, konnte es durchaus sein, daß es bei uns im Vorfeld zu Notabwürfen kam. Jedenfalls tauschten sich die Männer nach der Erfahrung mit der schweren Batterie auf dieser Linie aus. Und so ängstigten wir uns von da an nur noch mehr, wenn wir denn dieses unheilvolle Brummen der viermotorigen Maschinen hörten, wie sie mit ihrer Bombenlast, eine Kolonne dicht hinter nächsten, über uns hinwegdröhnten. Uns kam es vor, als ob dieses bedrohliche Dröhnen wer weiß wie lange über uns stillstand.

Als unsere Abwehr mehr und mehr geschwächt war, setzten die Fliegerangriffe auch am hellichten Tage ein. Ganz schlimm, wenn die Sirenen auf dem Heimweg von der Schule losheulten. Die Straßenbahn mußte sofort geräumt werden, aber wohin in einer Gegend, in der ich niemanden kannte. Und in den Gartenvierteln gab es keine öffentlichen Schutzräume. Wenn Fliegeralarm kam, schien das Straßenleben auf einen Schlag zu erstarren. Als hätten die Häuser zum Schutz schwere eiserne Gitter vor Fenstern und Türen niedergelassen, egal gegen wen oder was, ob nun Menschen oder Bomben.

Erst einmal war es mit unserem Schulbetrieb unverändert weitergegangen. Was hast Du in Mathe raus? Hast Du Bio? Gibst mir mal? Aber dann kam der Sommer mit dem Einmarsch der Wehrmacht in die Sowjetunion. Zunächst überschlugen sich wieder die grandiosen Erfolgsmeldungen. Wieder und wieder wurden größere russische Truppenverbände eingekesselt, und die Russen zu Tausenden und Abertausenden in die Gefangenschaft losgeschickt. Wie eigentlich sollten derartige Menschenmengen überhaupt versorgt werden können? Dann folgte für ganz Europa ein erbarmungslos harter Winter. Es stellte sich heraus, daß unsere Truppen für solch eine klirrende Kälte überhaupt nicht ausgerüstet waren. Sollte das Filmmaterial der Kriegsberichterstatter den eisernen Durchhaltewillen der deutschen Männer unter Beweis stellen, wenn uns nun schwere Erfrierungen vorgeführt wurden oder Marschkolonnen, in denen es Soldaten gab, die nicht einmal mehr festes Schuhzeug hatten?! Wir bekamen diese langen Wochen Eiszeit daran zu spüren, daß der Schulbetrieb eingestellt werden mußte, weil der Gebäudekomplex nicht mehr beheizt werden konnte. Zweimal pro Woche mußten wir uns einfinden, um mit klammen Händen etliche Hausaufgaben in verschiedenen Fächern abzuliefern, um dann die Notizzettel mit dem nächsten Pensum zu erhalten. Diese Treffs fanden immer in den Kellerräumen statt, vielleicht weil sich dort der letzte Rest abgestandener Luft noch etwas länger hielt. Dieser harte Winter blieb allen in Erinnerung, den Fronttruppen, denen unerträgliche Strapazen zugemutet worden waren. Aber auch wir vergaßen es nicht so rasch, über Wochen und Wochen zu bibbern und zu frieren, als gäbe es nie mehr Sonnenwärme für uns. Es hatte sich gezeigt, wie die harte, unerbittliche Seite des Krieges aussah, und gegen diese Erfahrungen kamen Glanz und Gloria immer weniger an.

Kurz vor den Sommerferien gab es in der Schule eine Bekanntmachung für die Oberstufen: Wer für einige Zeit zur Betreuung von jüngeren Schülerinnen in die Kinderlandverschickung gehen wolle. Nachdem die Bombenangriffe auf die größeren Städte immer mehr zunahmen, hatte man Kinder aus solch stark gefährdeten Gebieten in ruhigere Gegenden umquartiert. Die Klassen wurden von einigen Lehrern begleitet, die am Vormittag den Unterricht fortsetzten, und wir größeren Mädels sollten uns dann in der Freizeit um die Zehnjährigen kümmern. Als es dann auch noch hieß, diese Potsdamer Kinder wären an der Ostsee untergebracht, hatte ich nur noch im Sinn, herrliche Sommerwochen am Meer mit viel Schwimmen und ohne Fliegeralarm zu verbringen.

Aber erst einmal kam die Aufforderung, mich bei der Hitlerjugend-Gauleitung in Frankfurt an der Oder einzufinden. Ich dachte mir überhaupt nichts dabei, mich in Zivil auf den Weg zu machen. All die anderen Mädels, die ich dort vorfand, in

Uniform und ausnahmslos mit beachtlichen Führerinnen-Kordeln versehen. Vermutlich habe ich in meiner hübschesten Sonntagsbluse unbekümmert mitgeschwatzt, als alle möglichen organisatorischen Fragen erörtert wurden.

Ein paar Tage später ging es dann los zu dem kleinen Ferienort an der Ostsee, in eine einstige Frühstückspension, in der die Schulklasse der Zehnjährigen mit ihren beiden Lehrerinnen untergebracht war. Vor Ort stellte es sich heraus, daß ich mit einer anderen zusammengespannt worden war, die schon einen beachtlichen BdM-Rang vorzuweisen hatte. Wir waren Wand an Wand in zwei kleinen Dachstübchen untergebracht worden, und es lief mit uns beiden gut. Von Eva kam keinerlei Versuch, mich zu reglementieren. Wir hatten sehr rasch die Aufteilung der Dienstzeit geregelt, und wenn es denn mal Alltagsärger gab, war es keine Frage, daß wir beide zusammenhielten und uns auch darüber einigten, wie sich die Sache bereinigen ließ.

Ich erfuhr, daß der Freund von Eva an der Ostfront war, und ich spürte es sofort, wenn bei ihr Traurigkeit aufkam, daß wieder einmal die Feldpost von ihm überfällig war. Johlend rannte ich die schmale, steile Treppe hoch, wenn ich auf dem Flurtischchen einen Brief für sie entdeckt hatte.

Vielleicht weil wir uns so gut verstanden, und weil sie mir nie mit Druck von oben kam, nahm ich mir die arrivierte Eva immer mehr zum Vorbild. Bei Appellen und Dienstbesprechungen, bei denen dann all die Betreuerinnen aus drei Orten zusammenkamen, mußten wir in Uniform erscheinen, und so bat ich meine Mutter darum, mir noch dieses und jenes zur Vervollständigung meiner Kluft zu besorgen. Und dann kam sogar der Tag, an dem ich mich von meiner schulterlangen blonden Mähne trennte. Eva hatte schon recht: Bei dem vielen Schwimmen und Baden ließ sich kürzeres Haar schon mit ein, zwei Handgriffen wieder in Ordnung bringen. Was für ein merkwürdiges Foto von uns beiden, wie wir da Seite an Seite am Strand hocken, der Scheitel, die pingeligen Löckchen zum Verwechseln ähnlich.. Unter all diesen Führerinnen fühlte ich mich überhaupt nicht mehr als Außenseiterin. Und wenn ich hier und da bei den Arbeitsgesprächen meine Meinung vertrat, dann kam ich mir genauso wichtig vor wie all die anderen.

Unser Aufenthalt zog sich hin bis zu den ersten herbstlichen Tagen. Und nach meiner Rückkehr hatte ich in der Schule erst einmal genug mit dem Nachholen zu tun, um wieder Anschluß an die Klasse zu finden.

Aber schon kurze Zeit später kam wieder ein Brief von der BdM-Gauleitung in Frankfurt. Ich wurde dazu aufgefordert, an einem Schulungsseminar teilzunehmen. Diesmal ging es ins Thüringische, nach Rudolstadt. Und jetzt kümmerte es mich überhaupt nicht mehr, einen noch größeren Pulk an BdM-Führerinnen vorzufinden. Was soll's? Ich war genauso auserkoren wie sie. Dieser gewaltige Gebäudekomplex war die Burg Heideck, und ein Schild am Eingang wies aus, daß die Anlage als SS-Ordensburg genutzt wurde. Damals konnte ich mir darunter nichts vorstellen. Natürlich war mir die SS ein Begriff. In ihrer schwarzen Uniform machten die Männer den Eindruck, etwas Besonderes zu sein, eine Art Elitetruppe. Wenn man jetzt uns Mädels hierher beordert hatte, bedeutete dies sicherlich, daß es dort auch für uns eine intensive Nazi-Schulung gegeben haben wird. Aber davon ist bei mir nichts in Erinnerung geblieben. Anstattdessen weiß ich noch genau, wie erstaunt ich war über unsere üppige Beköstigung, die Normalbürger von ihrer Lebensmittelration nie mehr hätten zustande bringen können. Und vor allem steht mir diese Untergau-Führerin, Anfang zwanzig, vor Augen, die das Chorsingen leitete: Dieses weiche Gesicht, ihr Lächeln, die sachten Hände. Eines Morgens wird sie rausgerufen, bleibt für den Rest des Tages unsichtbar. Wir hatten es inzwischen erfahren: Ihr Verlobter war gefallen. Am nächsten Morgen martert sie sich damit ab, uns mit steinernem Gesicht zu demonstrieren: Trauern ist unerwüscht. Angesagt ist, auf solch einen grausigen Kummer stolz zu sein.

Nach der Rückkehr von der SS-Burg Heideck werde ich zum Hitlerjugend-Untergau Potsdam bestellt. Man hatte sich einfallen lassen, daß es eine eigene Organisation für die siebzehnjährigen Mädels geben müsse, die noch den letzten Schliff bekommen sollten für den erwünschten germanischen Charme. Und die komisch-kitschige Benennung "Glaube und Schönheit" stand auch schon fest. Ich sollte nun eine NS-Tennisspielerinnen-Gruppe auf die Beine stellen. Das Tennisspielen, damals noch als Elitesport angesehen, war im Krieg sehr bald eingestellt worden. Und so konnte der Untergau ohne weiteres einen Platz requirieren.

Zum ersten Treff erschien ein Mädel. Wir beide hatten es irgendwie geschafft, von irgend jemandem einen alten Schläger zu bekommen. So machen wir zwei ein bißchen herum auf dem Center Court, dieses erste und letzte Mal, und damit hatte sich dieser Flop erledigt.

Inzwischen waren wir aber auch schon herangezogen worden zum Dienst für Führer, Volk und Vaterland. Vier Wochen von den großen Ferien mußten wir Kriegsdienst ableisten. Beim ersten Mal organisierte es eine Klassenkameradin, mich mit zu sich nach Hause zu nehmen. Denn die Eltern hatten in Werder, dem riesigen Obstanbaugebiet für Berlin, einen kriegswichtigen Betrieb. Denn zusätzlich zu ihrem eigenen Ertrag kauften sie ringsum noch weiteres Obst auf, um damit im Zwischenhandel über die Berliner Großmarkthallen die Einzelhändler zu beliefern. Für diese Lebensmitteltransporte hatte man ihnen die beiden Laster und auch den PKW belassen, und es war ja schon eine Annehmlichkeit, im Notfall auch mal das Auto für den Eigenbedarf zur Verfügung zu haben. Vor allem aber konnte Evelyns Mutter kräftig im Tauschhandel mitmischen. Wer hätte schon Erdbeeren und Kirschen nachgezählt? Gegen ihre Frischware bekam sie alles, was sonst gebraucht wurde.

Im Handumdrehen war es ihr gelungen, mich zur Mithilfe in ihrem kriegswichtigen Betrieb anzufordern. Ich bezog also das Gästezimmer, und es hat mich schon verblüfft, was für ein Wohlstand sich mit Früchten aus Werder machen ließ. Und als ich die Küche kennen lernte, stellte ich fest, daß es dort an nichts fehlte. Der Bohnenkaffee war ebenso reichlich vorhanden wie die edelsten Lebensmittel in der vollbestückten Speisekammer.

Das Hausgrundstück reichte bis an das malerische Havelufer, und in dem riesigen Garten stand gerade das Abernten der vielen Erdbeerbeete an. Also wurde ich morgens mit ein paar Spankörben für ein, zwei Stunden ins Gelände geschickt. Zum Mittagessen noch ein bissele Kartoffelschälen und Gemüseputzen, bis es dann auf der schattigen Terrasse das Mittagessen in vorzüglicher Friedensqualität gab. Und den Rest des Tages machten wir zwei Mädels uns noch ein paar schöne Stunden.

Im nächsten Jahr ging es dann schon anders zur Sache. Ich sollte wieder in einem Haushalt mithelfen, diesmal bei einem Blutordensträger. Diese Männer waren gleich bei der Gründung der NSDAP in München Parteimitglieder geworden und hatten kurze Zeit später auch an Hitlers Marsch zur Münchner Feldherrenhalle teilgenommen. Dabei war es zu blutigen Auseinandersetzungen gekommen, die Hitlers Gefolgsleuten Tote und Verwundete einbrachten. Diese Kampfgenossen von einst waren mit besonderen Parteiabzeichen bedacht worden, und selbstverständlich standen ihnen nach der Machtergreifung Hitlers besondere Privilegien zu.

Ich war zu dieser Familie geschickt worden, um der jungen erkrankten Mutter bei der Betreuung der drei kleinen Kinder zu helfen. Allerdings fand ich schon andere Hilfswillige vor. Da gab es die Putzfrau, ein Mann werkelte im Garten, und die Oma schaute nach den Kindern.

Sehr rasch stellte sich heraus, daß diese Top-Nazifamilie noch üppiger versorgt war als Evelyns Eltern. Als erstes lernte ich, wie ein steifer Mokka für die Großmutter zubereitet wurde. Dann ging es um den Teig für eine Biskuittorte mit unbegrenzt Butter und Eiern. Am Nachmittag nahm mich die Großmutter mit in den Keller, und verwies auf den Katenschinken im Mullbeutel. Sie wetzte ein handfestes Stück ab, und den Rest des Tages brachte ich damit zu, diesen Klumpen fürs abendliche Bauernfrühstück in winzige Würfelchen zu schnibbeln.

Vater hörte mir schweigend zu, als ich von meinem Tagesablauf berichtete. Aber ich merkte, wie ihn diese Bonzenvöllerei aufbrachte, und daß er noch mehr darüber in Rage geriet, weil es dort ja etliche helfende Hände gab. Mutter lag schon seit einigen Wochen krank im Bett, und so ließ er einen Brief an den Ortsgruppenleiter los, daß auch bei uns Hilfe in Haus und Garten nötig sei, weil Mutter ebenfalls krank zu Bett läge, und daß er mit seiner Kriegsamputation auf ständigen Beistand angewiesen sei. Tatsächlich wurde ich daraufhin freigestellt. Aber sicherlich hatte ich mir mit meinem Rückzug von dieser Blutordensfamilie nicht gerade das Wohlwollen unseres Ortsgruppenleiters eingehandelt.

Anfang des nächsten Jahres wurde für uns achtzehnjährig Gewordene die Überstellung von der Hitlerjugend zur NSDAP vollzogen, und damit hatten uns die Nazis lückenlos im Griff. Den Erwachsenen war der Beitritt zur Partei ja noch freigestellt, wenn sie es denn darauf ankommen lassen wollten, die daraus resultierenden Benachteiligungen, vor allem im beruflichen Bereich, in Kauf zu nehmen.

Im Dorfkrug wurde eine Feierstunde vorbereitet. Da waren wir, Mädchen wie Jungen, uniformiert, in Reih und Glied angetreten, und der Ortsgruppenleiter schritt unsere Phalanx ab, um uns das Parteiabzeichen anzuheften. Erst einmal ging er an mir vorbei, um am Schluß noch einmal zu mir zurückzukehren und mir ein Schreiben des BdM-Untergaus Potsdam zu übergeben. Die Übernahme in die NSDAP müsse wegen politischer Unzuverlässigkeit abgelehnt werden. Und wieder machte ich mir keinerlei Gedanken darum was mir da geschah, und daß sich damit schwerwiegende Konsequenzen für meine Zukunft ergeben könnten. Und tatsächlich dauerte es nicht lange, bis es sich zeigte, was ich mir mit dieser Ablehnung eingehandelt hatte.

KAPITEL 12

Mutter bekommt einen Brief aus Ostpreußen. Die Schwester schreibt, ein junger Offizier aus dem angeheirateten Teil der Familie kommt in Kürze nach Berlin. Man hat ihn vorgesehen für eine Ausbildung zum Generalstab, und er hat nach Eurer Adresse gefragt, will mich kennen lernen, vielleicht mal mit mir ausgehen. Und warum eigentlich nicht? Was hätten wir jungen Dinger denn jetzt noch in diesem griesen Kriegsalltag? Also er läßt ausrichten, er kommt dann und dann.

Nach kaum einer Woche: Liebst du mich?!

Ja doch.

Für immer?

Meinetwegen.

Ob nun den oder welchen sonst. Die große Liebe hat sich erledigt mit dem, der da weit weg auf dem Kaukasus zusammen mit seinem Panzer in die Luft geflogen ist.

Er geht vor unserer Haustür ein paar Schritte hin und her, als ich zurückkomme vom letzten Treffen der Klasse mit ein, zwei Lehrerinnen. Von der Schulzeit nahtlos zur angehenden Gattin an der Seite von Hosen mit diesem ins Auge fallenden roten Streifen.

Und es gab auch im Nu einen ersten Abend in Berlin, in dieser renommierten Weinstube, die jedermann kannte, von der ich den Namen gehört hatte. Und nun erlebte ich dort, daß immer noch die noble Atmosphäre bestand, egal, ob es gleich wieder Fliegeralarm geben würde.

Auch zuhause ging es auf einen Schlag üppiger zu. Benediktiner, Cointreaux, mitgebrachte Edelliköre aus dem besetzten Frankreich. Mein erster Bohnenkaffee, mein erster Sektschwips. Mutter startet zum Einkaufen mit Wahnsinnsmengen an Lebensmittelmarken, die sie in des Hauptmannes Lieblingsgericht umsetzt. Wir sind ein Stück abgerückt von der grauen Masse, gehören schon etwas zur privilegierten Seite, zu den besser Lebenden.

Aber schon nach kurzer Zeit kommt ein Schreiben: Meine Einberufung zum Arbeitsdienst. In all dem plötzlichen Wohlleben kann ich dem Gedanken an zwölf karge Monate so gar nichts abgewinnen. Verdrießlich mache ich mich auf in ein märkisches Kuhkaff, ein Bummelzug und noch einer, und natürlich lag das Arbeitsdienstlager ein Stück abseits vom Dorf. Mit zusammengebissenen Zähnen durch den Aprilmatsch matschen. Und schließlich die eingezäunten Baracken. Einkleidung bis auf die bloße Haut, also wurden auch zugeteilt diese Baumwoll-Bollermänner an Schlüpfern, die jedenfalls mit diesem Ersatzwaschpulver gar nicht mehr richtig saubergekriegt worden waren. Jacke und Rock aus mostrichfarbenem Tuch über den Tresen geschmissen, und beim ersten Appell hole ich mir den ersten Anpfiff: Ja, sehen Sie denn nicht, daß Sie Ihren Rock zu sehr gekürzt haben?! Wir sind hier nicht am Kurfürstendamm. Wie wahr! Jawohl, das Nazi-Frauenbild erfordert natürlich auch einheitliche Mädchenwaden. In mir begann es zu grollen und grollte weiter, als zwei Stubengenossinnen sich dranmachen, mit ein paar Holzscheiten den alten Kanonenofen zum Brennen zu kriegen und nur stinkenden Qualm zustande bringen.

Unter den bleischweren Decken aus Textilabfall Bibbern vom Abend bis zur griesgrauen Morgendämmerung. Und der Gipfel der Friererei die Tour zum Plumpsklo am anderen Lagernde.

Mein Tageseinsatz: Waschhaus. Ich mache verstimmt herum zwischen gemauerten Kesseln und Bottichen voll kotzlauer und kotzgrauer Waschlauge. Ich wäge verschiedene Lösungsmöglichkeiten ab, und nach einiger Zeit humpele ich demonstrativ los zur Krankenstube. Ich hätte starke Unterleibsschmerzen, ja, als ob ich meine Tage kriegte, ganz aus der Reihe. Ich werde ins Bett gelegt, nun wird mir wieder einigermaßen warm, und jedenfalls läßt es sich hier gemütlicher nachdenken über das weitere Vorgehen. Schließlich tritt die Lagerärztin an mein Bett, in ihrer Position selbstverständlich in maßgeschneiderter Uniform aus solidem Tuch. Ich trage ihr in bedrücktem Tonfall meine Beschwerden vor. Ja, gestern abend wäre da eine Blutspur gewesen, aber nur ganz wenig, jetzt wäre ja schon nichts mehr.

Schweigen.

Vor ein paar Wochen hätte es da schon mal so etwas gegeben. Bloß jetzt wäre ich verlobt, und wo ich doch den Wunsch hätte, Kinder zu bekommen.

Das ist ihr zu heikel. Fiebermessen wird angeordnet. Keine Temperatur. Dann können Sie ja gleich zurückfahren. Und draufgesetzt: Lassen Sie sich zuhause sofort gründlich untersuchen.

Alle Bummelzüge auf der Heimreise sind himmlisch. Ich habe den Schein in der Tasche, für den Arbeitsdienst untauglich zu sein. Zuhause sind sie alle baff, daß ich wieder vor der Tür stehe.

Damals mußten wir alle ja nach dem Abitur ein Jahr lang Kriegsdienst leisten. Und wenn nicht beim Arbeitsdienst, dann eben bei der Flugabwehr oder in der Rüstungsindustrie. Wir waren auch der erste Jahrgang, für den es nicht mehr das Studium nach eigener Wahl gab, einzige Ausnahme Medizin. Zwei Mädels von meiner Schule hatten sich dafür entschieden, um an diesem Kriegsdienst herumzukommen. Von einer hörte ich, Kommilitonen, die ihren Bammel vor der Anatomie kannten, hatten ihr den abgetrennten Skalp eines alten Mannes in die Manteltasche gesteckt. Ihr wurde so speiübel, daß sie um Haaresbreite alles hingeschmissen hätte.

Nach meiner Rückkehr vom Arbeitsdienst traf dann auch bald die Benachrichtigung ein, daß ich einen anderen Kriegsdienst in Berlin zu leisten hätte. Eine ominöse Geschichte, denn als erstes werde ich eindringlichst zur strikten Verschwiegenheit verpflichtet. Ich habe mich einzufinden in einer riesigen pompösen Berliner Westend-Wohnung. Die großen Räume hat man behelfsmäßig unterteilt, und das ganze nimmt sich aus wie eine Art technischer Versuchsanstalt. Ich habe eine völlig stupide Betätigung. Von morgens bis abends lege ich kleine Metallbolzen, ähnlich einer Puppenstuben-Rakete, in ein geheimnisvolles Gerät, das auf Knopfdruck eine Markierung setzt, und die Meßwerte ergeben tagsüber Seiten und Seiten an notierten Kolonnen. Wozu soll das ganze gut sein? Natürlich verrät mir das niemand, und ich selber komme auch nicht darauf. Als ich später davon erzähle, stellt jemand Mutmaßungen an, wenn ich denn so entschieden zur Geheimhaltung verpflichtet worden sei, könnte es ja vielleicht um irgendwelche Vorbereitungen zur späteren Wunderwaffe gegangen sein. Aber wie nun auch immer - ich hatte mich davongemogelt aus dieser Arbeitsdienstmaloche in der Walachei.

Ehe ich mich in das Arbeitsdienstlager aufgemacht hatte, war noch eine Verlobungsfeier ausgerichtet worden. Da ich ja noch so sehr jung war, sollte die Eheschließung erst nach dem Kriegsende vollzogen werden. Denn das Kriegsgeschehen nahm sich längst nicht mehr so strahlend und siegessicher aus. Glanz und Gloria hatten erste Dämpfer abbekommen, in Rußland gab es hier und da Rückzugsgefechte. Nachdem sich der Arbeitsdienst für mich erledigt hatte, kam mein Verlobter damit, daß wir doch schon bald heiraten sollten. Falls ihm etwas zustieße, wäre ich als Kriegerwitwe besser versorgt. Wer weiß, wohin er noch abkommandiert würde, und jetzt, solange er noch in Berlin sei, würde es keine Ferntrauung geben müssen, weil er ja an einer ganz normalen Hochzeitsfeier teilnehmen könne.

Immer mehr Paaren, die damals heiraten wollten, blieb nichts anderes übrig als die Ferntrauung. Denn nachdem die militärische Lage kritischer geworden war, nachdem immer öfter größere Truppenverbände verlegt werden mußten und es auch bei der Wehrmacht höhere Verluste gab, traten immer häufiger Urlaubssperren ein, und irgendwelche Planungen waren völlig unsicher. Bei der Ferntrauung saß dann die Braut allein vor dem Standesbeamten, während der angehende Ehemann durch einen auf dem Büroschreibtisch liegenden Stahlhelm symbolisch vertreten war. Und zur Aushändigung an die Braut lag auch schon Hitlers Elaborat "Mein Kampf" bereit. Von den jungen Paaren wurde erwartet, daß sie sich dieses Hitlersche Weltbild zu eigen machten. Seine politischen Vorstellungen vor allem aber auch seinen mörderischen Judenhaß hatte er unverblümt und für jeden verständlich dargelegt, so daß diesen Ehepaaren bekannt gewesen sein müßte, was sich der Führer vorgenommen hatte. Als sich nach dem Krieg die Historiker, auch die anderer Länder, an die Aufarbeitung der Nazizeit gingen, war es ihnen, wie auch den Juden, die den systematischen Völkemord überlebt hatten, völlig unbegreiflich, daß immer mehr Deutsche erklärten, von alledem nichts gewußt zu haben. Solch eine Haltung konnten sie nur als eine ganz üble Ausrede ansehen.

Meine Eltern waren damals von solch einer raschen Eheschließung nicht angetan. Mit meinen achtzehn Jahren war ich noch nicht ehemündig und mußte von beiden die Einwilligung haben. Vor allem Mutter blieb dabei: Heirat gleich eheliche Pflichten gleich Kinderkriegen. Eine Schwangerschaft wäre doch bei den zunehmenden Luftangriffen nicht das Wahre. Und wie sollte man bei der stärker werdenden Verknappung die ausreichende Versorgung eines Babys zustande bringen? Während Vater nur noch wortlos dabeisaß, hielt Mutter an ihrer Argumentation fest, bis dann der Verlobte verärgert damit kam, er wäre kein grüner Junge mehr und wüßte, was zu machen sei, damit es kein Baby gäbe. Was meinte er damit? Wovon redeten die beiden eigentlich? Keine Ahnung. Und Mutter dachte nicht daran, wenigstens danach mit mir ein aufklärendes Wort zu reden.

Das ganze lief dann doch darauf hinaus, daß Vater und Verlobter sich an die Hochzeitsvorbereitungen machten. Zunächst mußte ich mich daraufhin abchecken lassen, ob ich überhaupt als Gattin eines Generalstäblers für würdig befunden wurde. Erste Begutachtung durch den Herrn Oberst bei Kräutertee in einem Café neben der Berliner Gedächtniskirche. Ein paar Tage später höchste Stufe Lampenfieber: Abendessen unter irgendwelchen Generalsaugen. Und was, wenn er mir nachschaut, weil ich durchs ganze Lokal zum Klo gehen muß?

Dann der ganze Papierkram. Der Ariernachweis, den hat Vater griffbereit bei seinen sonstigen Papieren. Auch das gesunde Erbgut läßt sich zügig belegen. Dann wird es seltsam. Denn ich, das Mädchen rein und unschuldig, muß zum Wassermann-Test antreten, ob ich frei von Geschlechtskrankheiten wäre. Umgekehrt verlangt niemand von dem Verlobten den Nachweis, daß er, der ständig von seinen heißen Kriegserfahrungen in französischen Bordellen schwärmt, mit heiler Vorhaut davongekommen ist.

Die lange Auflistung der von mir beizubringenden Papiere verlangt auch eine politische Unbedenklichkeitsbescheinigung. Und nun sitze ich da mit diesem Wisch, nicht in die NSDAP übernommen worden zu sein. Das kann ja wohl nichts werden mit einer den Nazis genehmen Offiziersehefrau. Doch der Verlobte läßt sich nicht abschrecken. Vater hatte es inzwischen geschafft, mir ein pompöses Kleid für den Polterabend zu beschaffen. Und die Potsdamer Putzmacherin hatte unter dem Ladentisch noch einen riesigen schwarzen Hut, vielleicht auf alle

Fälle für eine andere distinguierte Kriegerwitwe zurückgelegt. Also wurde ich mit dieser Kledage lächerlich-ladylike ausstaffiert, und der Verlobte schmiß sich ebenfalls in seine Ausgeh-Uniform. So bestiegen wir beide die Straßenbahn nach Potsdam, von den anderen Fahrgästen verdutzt in Augenschein genommen. Unser Ziel: Der BdM-Untergau. Der Verlobte besteht darauf, jetzt sofort die Untergau-Führerin zu sprechen. Auch ihr verschlug diese Pracht den Atem. Aber siehe da, dieser Militär-Playboy schaut ihr tief in die Augen, als wäre ich, die Aufgetakelte, überhaupt nicht da. Welch eine Triumph für sie, die kleine graue Untergau-Maus. Und so etwas bei diesem stattlichen Mann.

Ich denke, ich höre nicht recht, denn der Verlobte kommt doch tatsächlich noch einmal mit meiner Arbeitsdienst-Argumentation an, mit dieser Masche von Mutterglück und Kindersegen. Wie hätte es anders weitergehen können als damit, daß die Untergau-Maus das fatale NSDAP-Schreiben in Schnipsel zerriß und in den Papierkorb warf. Und sie veranlaßt, daß eine neue Bescheinigung getippt wird, die mir meine NS-Tauglichkeit bestätigt. Wir beiden Siegerinnen reichen uns die Hand, sie strahlt, ich tue ein wenig gekränkt und pruste erst los auf der Straße, hinter hohen Büschen.

Die beiden Männer, Vater und Verlobter, legen sich ins Zeug, um für diese geplante Ehe alles so gut wie möglich hinzubekommen.

Während bei den Luftangriffen Nacht für Nacht zig Haushalte zu Schutt und Asche werden, sorgt sich Vater darum, für die einzige Tochter so etwas wie eine Aussteuer zu beschaffen. Eines Tages bestellt er uns nach Berlin, führt uns zu einem Hinterhofschuppen, in dem ein paar Möbel untergebracht sind. Zwei Wohnzimmer zur Auswahl, hell oder dunkel. Das Schlafzimmer nur in hell vorhanden. Während wir noch die Entscheidung fürs Wohnzimmer erörtern, bespricht Vater schon, diese Mobilien auf dem schnellsten Weg in die Schreberlaube von Bekannten am Stadtrand abzutransportieren, um dort auf Nummer Sicher zu sein. Beim Endkampf um Berlin geht die Laube in Flammen auf , wir haben die brandneue Wohnungseinrichtung nie wiedergesehen.

Inzwischen laufen auch die Anfragen ein, was wir uns denn zur Hochzeit wünschen. Alles natürlich, aber natürlich gibt es ja kaum noch etwas.

Die Schwiegereltern aus Ostpreußen schreiben, daß sie eventuell an ein Eßgeschirr für uns kommen könnten, einmal blau-, einmal grüngemustert, und was wir denn nun gern möchten. Das Geschirr bleibt für alle Fälle noch im bombensicheren Ostpreußen aufbewahrt, aber als es später dann für die Ostdeutschen zur panischen Flucht gen Westen kam, konnte sich niemand mehr mit diesem Karton Porzellan abschleppen. Bei der Schwiegermutter in Königsberg war noch eine andere, aus dem besetzten Frankreich stammende Kriegsbeute gelagert. Edelstes schwarzes Tuch, gedacht für den ersten Nachkriegs-Smoking des Verlobten. Dieses schwarze Tuch kann die Schwiegermutter noch mit der Post auf den Weg bringen, und als es dann tatsächlich bei uns eintraf, wurde umdisponiert: Daraus sollte mein Kostüm fürs Standesamt werden. Derweil war Vater schon bei meinem Brautkleid angelangt. Ich weiß es nicht, wie er diese Geschichte hatte einfädeln können. Jedenfalls mußte ich mich in einem Berliner Modeatelier einfinden. Seinerzeit waren auch die Berliner Modedesigner international bekannt und erfolgreich und konnten durchaus mithalten mit Paris oder Mailand. Ich nahm an, ich würde zu einer Damenschneiderin gehen. Aber das, was jetzt ablief, war deckungsgleich mit diesen Spielfilmszenen, in denen ein betuchter Galan seine Bettgespielin begleitet, um ihr irgendeine aufreizende Robe zu spendieren. Was für ein Auftritt der Chefin!

Während wir in diesem eleganten Salon aufeinander zugingen, hatte sie ihren Kennerblick auf mich gerichtet, um schon meinen Typ, meinen Gang fachmännisch zu mustern, und sofort bekam die Directrice ihre Anweisungen, sich um die für mich geeigneten Schnitte zu kümmern. Inzwischen legte sie mir Stoffproben vor. Bei ihr gab es immer noch ballenweise bezugscheinfreie reine Seide in verschiedenen Qualitäten. Und schon sind auch die beiden Mannequins erschienen, um wie Claudia Schiffer auf uns zuzuschreiten. Die Chefin erläutert, empfiehlt für mich diese und jene besser zu mir passende Abwandlung. Jetzt blieb nur noch zu klären, bei welcher Länge mit welchem Material die Schleppe den schönsten Fall bekäme. Das Werk steht, und als dann die Robe zum Abholen bereit ist, sind den liebenswürdigen Glückwünschen noch ein Paar eleganter weißer Abendhandschuhe beigefügt .

Auch die Bewirtung ist gar nicht so einfach. Läßt es sich arrangieren, daß wir mit den eigenen Lebensmittelmarken zurechtkommen und nicht etwa die Gäste um eine Beteiligung bitten müssen? Nach dem Standesamt soll es in einer traditionsreichen Potsdamer Weinstube ein Sektfrühstück geben. Aber dafür reichen die Lebensmittelmarken nicht mehr aus. Also kann es nur ein markenfreier Muschelsalat sein. Mit meinem Widerwillen gegen all diese deliziösen Weichdelikatessen gehe ich bei meiner ersten Mahlzeit als frisch angetraute Ehefrau also leer aus.

Aber die Muscheln sind nicht die erste Panne. Schon vor dem Standesamt hatte ich eine Ahnung bekommen, daß Heiraten eben nicht nur Spaßvergnügen ist.

Der Polterabend war im Nu zu einem Gelage exaltiert. Vater und Verlobter hatten alles nur Erreichbare an Alkohol zusammengetragen. Im Laufe des Tages schafften es doch noch drei, vier Soldatenfreunde, sich bei uns zum Mitfeiern einzufinden. Jedesmal Gejohle wenn sie von ihrer Schnapsration noch weitere Flaschen auf den Tisch stellten. Der engste Freund ließ am längsten auf sich warten. Und weil gerade an diesem russischen Frontabschnitt schwere Gefechte tobten, kam schon etwas Hangen und Bangen auf, bis er schließlich doch noch vor uns stand. All diese Männer hatten für ein paar Stunden Pause von der Lebensbedrohung, und so steigerte sich der Abend zum totalen Besäufnis.

Von Zeit zu Zeit tragen die Nachbarn noch dazu bei, das Johlen drinnen mit Polterscheppern anzureichern.

Am nächsten Morgen öffne ich katerkaputt die Haustür, mir gegenüber die Kochfrau, die sich ums Abendessen kümmern sollte. Maulend fragt sie mich, wie sie eigentlich über diesen Scherbenberg ins Haus gelangen soll. Und dann, nachdem sie einen Blick ins chaotische Wohnzimmer geworfen hat, hier könne sie ja auch nicht rein, um den klobigen Ausziehtisch einzudecken. Auf sämtlichen Sitzmöbeln hängen Schnapsleichen herum, die Beine in die Gegend gestreckt. Alle naslang klingelt es an der Haustür, weil Glückwünsche und Blumen und Geschenke und Telegramme abzugeben sind. Also jetzt erst einmal den Scherbenhaufen aus dem Weg schaffen. Dabei komme ich auf die aberwitzige Idee, meinen Bräutigam um Mithilfe zu bitten. Dabei handele ich mir die erste rigorose Klarstellung ein : Dies wäre die Abteilung Haus und Herd, mit ihm also überhaupt nicht, und bitteschön auch gleich ein für allemal merken. Und am Abend kommt die nächste Bestätigung auf dieser Linie. Bei seiner Tischrede will Vater mir noch eine Empfehlung für den Ehestand mitgeben: Meine schönste und wichtigste Aufgabe als Frau wäre es von nun an, dem Mann, den Kindern liebevoll-fürsorglich zu dienen. Nun weiß ich gar nicht mehr, wie mir geschieht. Wieso hat er mich denn überhaupt Mathe und Latein und Mittelhochdeutsch und all dies büffeln lassen?! Es ist ja noch gar nicht solange her, seit er mich nach dem bestandenen Abitur in die Arme genommen und mir mit ganz lieber Stimme gesagt hat, wie stolz er auf mich ist. Ich sitze starr da, und ein ganz schlimmer Zorn kommt in mir hoch, der mich schlagartig von Vater abnabelt. Wie ich zur Frau, so war er jetzt zum Mann geworden, der mir schlicht erklärt, wo es von nun an langgeht. Schon am Vormittag beim Sektfrühstück hatten sich's die Männer wohl sein lassen und waren nicht darauf gekommen, meinen Zeitaufwand zur Ausstattung als Braut zu bedenken. Also trafen wir verspätet zuhause ein, im Schlafzimmer wartete schon indigniert die Friseuse auf mich, ringsum die anderen Frauen, genauso verstimmt, weil sie auch gern noch ein letztes Zupfen an der Frisur gehabt hätten. Mir wird jedes Haarsträhnchen gerichtet, bis es dann an den Aufbau des Schleiers geht. Mutters einstiger Schleier noch, der all die Jahre überdauert hatte. Wozu eigentlich? Denn Mutter war niemals zum Frieden darüber gekommen, einst diesen Schleier genommen zu haben. Ich stehe mucksmäuschenstill, lasse wie eine Schaufensterpuppe an mir herumzupfen, am Kleid, am Schleier und auch noch an dem Brautstrauß. Bis schließlich der Augenblick kommt, wo ich zusehen muß, diesen ganzen Aufbau Stufe für Stufe die Treppe hinunterzutransportieren. Mit einmal gibt es den Augenblick: Was mache ich eigentlich? Was geht hier vor sich? Weshalb tue ich so, als wäre ich schon erwachsen? Aber dann sehe ich meinen Bräutigam in der offenen Haustür stehen, und gleich hinter ihm am Bürgersteig, da wartet auf uns diese vom Potsdamer Marstall entliehene winzige Kutsche, Schimmel davor, auf dem Bock zwei Kutscher, ausgestattet mit der Uniform der preußischen Langen Kerls, diesen einstigen Lieblingssoldaten eines preußischen Königs. Und ich bin wieder reingeraten in dieses ganze Militärgepränge, das sich da vor ein paar Wochen, eben mal so, bei uns eingefunden hatte.

Es ist gar nicht so einfach, meinen ganzen Brautstaat in dieser mit weißer Seide ausgepolsterten Nußschale unterzubringen. Und dann muß sich auch noch der Bräutigam mit seinem Degen reinzwängen. Die sechs Kilometer bis zur Kirche sind sowohl traumhaft wie ungemütlich. Wie viele preußische Prinzessinen waren in diesem Gefährt schon dem ausgekungelten Ehepartner zugeführt worden?

Wir kommen an der Garnisonkirche an, schräg gegenüber von meiner Schule. Der Geschichtslehrer hatte uns zur Besichtigung hierhergeführt. Jetzt stehen die Türen schon offen für uns. Der Küster hält sich mit einem riesigen Regenschirm bereit, um mir das Schlimmste von diesem plötzlichen Regenschauer zu ersparen. Unter den gezückten Degen der Waffenbrüder schreiten wir in die Kirche, und unter den ruhmreichen preußischen Schlachtfahnen sage ich zu, eine tapfere kleine Soldatenfrau zu sein.

Der Familienstandswechsel vom Fräulein zur Frau läuft perfekt ab. Beim Begrüßen reicht noch eine mitteltiefe Verbeugung aus, nach dem Jawort in der Kirche werde ich mit einer Reihe Handküsse bedacht.

Zur Familienfeier erschien eine Ordonnanz, um hier und da beim Servieren mit zuzugreifen. Ein argloser Bursche mit einem runden Bauerngesicht tut sein Bestes, um mit ihm völlig Ungewohnten zurechtzukommen. Dies und das gerät ihm daneben, und dann gibt es barsche Zurechtweisungen. Immer fixer knallt er die Hacken zusammen, bis es dann zum totalen Anschiß kommt. Für einen Moment schweigt die ganze Tischrunde. Ich schweige mit und schaue dann, was in mir abläuft. Mit solch einer Disziplinierung kann man Menschen dazu bringen, sich selber abknallen zu lassen oder eben auch andere umzulegen.

Auch eine pompöse Hochzeitsreise ist organisiert worden. Wir setzen uns am späteren Abend ab, und ich erlebe die erste

Schlafwagenfahrt, Ziel: Das Casino-Hotel in Zoppot, in der Nähe die Westerplatte, wo der Krieg seinen Anfang nahm, als deutsche Kanonen die ersten Schüsse auf polnisches Gebiet abfeuerten.

Wir erfahren, daß wohlhabende polnische Juden sich dieses Hotel mit dieser atemberaubenden Eleganz gegönnt hatten. Allerdings zeigte es sich sehr rasch, daß nun umgekehrt die Nazi-Schickeria hier ein luxuriöses Kuschel-Quartier gefunden hatte, und gegen all diese braunen Bonzen nehmen wir uns völlig kümmerlich aus. Im Speisesaal landen wir an einem Katzentisch, und der Kellner nimmt es indigniert zur Kenntnis, daß wir für die Bestellung unsere Lebensmittelmarken bereitgelegt haben, während um uns herum das Edelste und Beste ohne solchen Läpperkram serviert wird. Und all diese bedeutenden Männer haben ihre raffiniert ausstaffierten Gespielinnen mitgebracht, neben denen ich mich mit meiner Hausschneiderinnenkledage wie eine kümmerliche Maus ausnehme.

Mein Mann will mir auch noch das zum Hotel gehörende Spielcasino zeigen. Aber der Empfangschef stellt sich uns in den Weg und fragt nach meinem Alter. Denn auch hier ist der Eintritt erst einundzwanzigjährig-mündig gestattet. Mein Mann hält ihm den Trauschein hin, aber der hat kein Foto. Also krame ich noch meinen BdM-Ausweis raus mit dem zig Jahre alten Bild, wie ich da als Zehnjährige mit einer gewaltigen weißen Haarschleife herumstehe. Und mein Mann kommt wieder einmal mit dem Kommentar, wenn ich alt genug sei zur Ehefrau, sollte es doch wohl auch fürs Roulette reichen. Der Empfangsmann weiß nicht mehr, was er mit all dem anfangen soll, und winkt uns schließlich weiter. In weniger Zeit, als diese Prozedur gedauert hat, sind die paar hundert Mark, die wir vorgesehen hatten, am Roulettetisch verschwunden. Ich konnte das längst nicht so lässig wegstecken wie mir gegenüber dieser rosig-fette Nazi-Generaldirektor. Der amüsiert sich königlich dabei, seinem Schätzchen den Schenkel zu kraulen, während der Croupier eine Handvoll seiner hochkarätigen Jetons einstreicht. Und er setzt noch einen drauf, mit wieherndem Gelächter dem Schätzchen einen beachtlichen Geldschein unanständig tief in den Busen zu stecken.

Dies ist nicht meine Welt. Dieses eine Mal, mit Geld einfach so herumzuplempern, genügte mir als lehrreiche Erfahrung fürs ganze Leben.

Auf der Schlafwagenrückfahrt kann ich die ganze Nacht nicht schlafen, schleiche wieder und wieder zum Klo. Nichts. Nicht auszudenken: Mutterschaft, Mutteraufgabe, Mutterpflichten. Mit Kind ist meine Kindheit endgültig vorbei. Dem Führer ein Kind schenken. Es bleibt dabei, daß ich schwanger bin.

KAPITEL 13

Sobald die Frauen aus dem Verwandten- und Bekanntenkreis Bescheid wußten, machten sie sich daran, etwas für die Babyausstattung aufzutreiben. Nach und nach wurde mir klar, was alles für solch einen Winzling notwendig ist. Im Abstand von ein paar Tagen wurden ringsum die Apotheken nach Verbandmull abgeklappert. Der fiel nicht unter die Bewirtschaftungsreglementierungen. Aber je länger der Krieg dauerte, desto knapper und schwieriger wurde die Versorgung, egal, ob nun auf Bezugschein oder frei verkäuflich. Denn immer mehr Fabriken waren ausgebombt, und immer mehr vom Verkehrsnetz zerstört, so daß die Lieferungen mehr und mehr über Umwege geleitet werden mußte. Immer mehr Geschäfte waren dazu übergegangen, ihre Öffnungszeiten einzuschränken und allenfalls einen Zettel an die Ladentür zu hängen, wann voraussichtlich wieder Ware eintreffen würde. Und wenn denn tatsächlich der Termin eingehalten werden konnte, wurde die Ware so eingeteilt, daß möglichst viele Kunden etwas abbekamen.
Von Zeit zu Zeit trafen die Päckchen bei uns ein, wenn wieder einmal etwas von diesem Verbandmull aufgetrieben werden konnte. Dann machte ich mich daran, diverse Lagen dieses dünnen Mulls zu einer einigermaßen verwendbaren Windelstärke übereinanderzulegen und zusammenzunähen. Wollreste wurden vorgekramt, um Babysächelchen zu handarbeiten.
Mutter ging daran, die Versöhnung mit einer verkrachten Cousine zu bewerkstelligen. Zwar hatte sie nie mehr etwas von ihr wissen wollen, aber diese Cousine war nun einmal eine sehr patente Berlinerin, die zusah, Nägel mit Köpfen zu machen. Und wer weiß, welche guten Beziehungen sie jetzt haben mochte. Denn ihr Mann hatte vor dem Krieg einen Handel mit Autoreifen einer renommierten Firma. Und tatsächlich hatte er bei Kriegsausbruch eine stille Reserve zur Seite gelegt und konnte nun diejenigen bedienen, die eine Fahrerlaubnis hatten, für die es aber immer schwieriger wurde, an Auto-Artikel zu kommen.
Die Kaffeeklätsche mit dieser Verwandten liefen sich also wieder ein, und es sah so aus, als wäre sie geradezu erpicht darauf,

ihre Kungelmöglichkeiten unter Beweis zu stellen. Zu jedem Besuch legte sie ein Mitbringsel auf den Tisch, und oft waren es sogar neue Babyartikel, hier ein Jäckchen, dort ein Strampelhöschen. Und eines Tages kam sie sogar an mit einer Ausfahr-Garnitur, also Bezügen für Kopfkissen und Decke in abenteuerlich knallbunten Farben. Aber wir amüsierten uns nur darüber, denn wer hätte sich damals schon über Farben und Muster ereifert.

Vater war inzwischen beim Thema Kinderwagen angelangt. Dazu fing er an mit der Überlegung: Wer könnte denn überhaupt einen Kinderwagen abzugeben haben? Und was hatten wir, um solch einen Austausch hinzubekommen? Vater setzte auf meinen einstigen Kinderschlitten und richtete ihn wieder ansehnlich her. Und tatsächlich fand sich eine Familie mit etlichen Kindern, die einen Schlitten wollten und dafür ihren Kinderwagen anboten der wohl, wie es aussah, schon mehrmals zum Einsatz gekommen war. Aber Vater nahm die Herausforderung an und brachte Schritt um Schritt eine Grundüberholung zustande. Sein erster Triumph, als es ihm gelungen war, einen kompletten Satz Lederriemen für die Federung aufzutreiben. Und es kam der Tag, an dem er sogar neue Gummireifen für die Räder anbrachte. Schrammen und Verschmutzungen ließen sich nur mit einem Ölfarbenanstrich so etwas abmildern. Aber als seinen größten Erfolg sah er es an, daß er in einem Berliner Hinterhof einen betagten Sattler auftat, der das Verdeck, das auch schon zerrissen war, mit einem neuen Bezug aus Wachstuch herrichtete.

All dieses Treiben um mich herum sorgte dafür, daß ich doch immer mehr Freude auf mein Kind bekam.

Die nächtlichen Fliegerangriffe nahmen immer mehr zu. Ich fühlte mich kaputt und unausgeschlafen. Und später dann, als das Einschlafen mit meinem starken schweren Bauch ohnehin schwieriger wurde, war es umso schlimmer, von den Alarmsirenen wieder hochgerissen zu werden, denn es kam immer häufiger vor, daß zwei- oder sogar dreimal Fliegeralarm gegeben wurde. Dies alles war völlig widersinnig. Da hatte in mir die Entwicklung eines neuen Lebens eingesetzt, dem von Beginn an diese Todesgefahr entgegenstand. Das beginnende Leben rebellierte immer energischer, das Ungeborene sträubte sich gegen diese Bedrohung. Da hockte ich zusammengekrümmt, ungestümes Hampeln und Strampeln in meinem Leib. Wie lange konnte die immer dünner werdende Bauchdecke noch standhalten?!

Eines morgens kippte ich um. Der Arzt kam rasch, wies mich sofort in die Frauenklinik ein. Frühwehen. Sonst kein ernster Befund, e, und diese verfrühten Wehen legten sich sehr rasch wieder. Wohl nichts weiter als meine blinde Flucht nach vorn. Hier konnte mir der Luftkrieg nichts mehr anhaben, denn das weitläufige Gartengrundstück war unübersehbar mit einem großen Roten Kreuz versehen. Ich verkroch mich ins Bett, ließ die stillen Tage vergehen und war mir sicher, daß es hier ungefährdete Ruhe und Geborgenheit und Sicherheit gab.

Eines Tages kommt ein dringenderer Fall. Ich muß das stille weiße Zimmer räumen. Aber kaum bin ich zuhause, da setzen Wehen und Blutungen ein. Und als es bis abends dabei bleibt, lande ich wieder in der Klinik. Jetzt herrscht dort hektisches Treiben. In dieser Nacht haben sich gleich mehrere Frauen eingefunden, und diejenigen, die im Kinderkriegen schon geübt sind, legen viel mehr Tempo vor. Bei mir, der Erstgebärenden, kann man noch am ehesten zuwarten. Im Vorbeihasten sagt mir eine Schwester: Wir haben versuchte bei Ihrer Hebamme anzurufen. Sie ist anderweitig unterwegs. Also bleibe ich weiter allein, tigere den lange dunklen Flur entlang. Man rennt an mir vorbei, aus der offenen Tür dann schlimmes Schreien, furchtbares Stöhnen. Niemand kann sich damit befassen, daß auch ich jetzt starke Schmerzen habe und immer mehr blute. Ich bleibe einfach unsichtbar, bis ich plötzlich angefahren werde: Jetzt seien Sie doch vernünftig und legen Sie sich hin. Als ich schließlich in den Entbindungsraum geholt werde, bin ich total angstgeschüttelt und derart verkrampft, daß der Arzt der ganzen Sache mit der Zange ein Ende bereitet.

Ich habe noch nicht zurückgefunden aus der Narkose, da kommt es barsch über mich: Wachwerden! Fliegeralarm! In den Keller! Nein, ich will nicht. Ich kann überhaupt nicht, und ich will nicht. Erst als ich begreife, daß da jemand am Fußende des Bettes nach dem Babykörbchen greift und loshetzt, mühe ich mich aus dem Bett, jemand geleitet mich stützend, Stufe für

Stufe, die Treppe hinunter. Im Keller Mütter und Neugeborene auf Liegen gereiht. Wie wird dieser Fliegeralarm ausgehen!? Ich will mein Kind sehen. Aber ich schaffe es nicht, mich soweit aufzurichten. Erst als der Alarm vorüber ist, als ich wieder in meinem Bett bin, gehe ich daran, mich Stückchen für Stückchen runterzuschieben bis ans Fußende, so daß ich ins Körbchen reinschauen und mein Baby begucken kann.

Es stellt sich sehr bald heraus, daß mit dem Gebären mein Start in die Mutterrolle noch nicht erledigt ist. Mein Körper funktioniert so großartig, daß ich ungeheuerliche Mengen Milch produziere. Jetzt höre ich von den älteren Müttern, daß man dabei aufpassen muß. Denn Milchstau ist möglich, der rasch zu einer Brustentzündung führen kann. Also den Überschuß gründlich abpumpen.

Zu unserer evangelischen Kirchengemeinde gehört eine Diakonisse im langen schwarzen Kleid und mit der gepunkteten weißen Haube, gestärkt bis zu einem Standvermögen wie dickes Packpapier. Uns allen ist vertraut, wie sie sich da mit ihrem uralten Fahrrad abmüht, um Kranke zuhause zu versorgen. Jetzt findet sich bei uns eine Nazi-Krankenschwester ein, um mal nach Mutter und Kind zu schauen. Und ihre Baumwollkluft ist doch tatsächlich auch in diesem NS-Braunbeige gehalten. Sie ist begeistert von meinen Muttermilchmengen. Und nun kommt sie damit heraus, schon davon gehört zu haben, und da gäbe es nämlich einen anderen, an Brechdurchfall schwer erkrankten Säugling, dessen Mutter nicht stillen könne. Von da an kommt sie regelmäßig meinen Überschuß abholen und legt dafür einen ganzen Stapel Lebensmittelmarken auf den Tisch. Dafür, daß ich einen zweiten kleinen Volksgenossen durchbringe, ist die Ration noch höher als die, die ich für mein eigenes Kind erhalte. Man läßt sich die Dankbarkeit dafür anmerken, daß ich dem Führer gleich noch ein weiteres Kind geschenkt habe.

Ein paar Monate lang lebt die ganze Familie üppig davon. Dann geht die Schwelgerei zu Ende. Und nun gerät die Versorgung meines Babys, das sich ja weiterentwickelt hat, auch in diese ganze Kriegsknapserei. Wir müssen wieder und wieder nachfragen, ob bei der Apotheke Milchpulver angeliefert worden ist, um ausreichend davon abzubekommen. Vater hat Kontakt zu einem Bauern aufgenommen und ihn dazu breitgeschlagen, die

Mohrrüben fürs Enkelkind gleich halbzentnerweise rauszurücken. Für die Lagerung hat er im Garten eine Miete angelegt. Mutter und ich müssen zusehen, mit dem miesen Kriegswaschmittel die Babysachen so einigermaßen sauberzukriegen. Papierwindeln gab es ja noch nicht, ebenso wenig Waschmaschinen, also ging es auch darum, für genügend Brennholz zu sorgen, um den Waschkessel befeuern zu können. Auch die Beschaffung weiterer Baby- und Kinderbekleidung wurde immer schwieriger. So sehr die Nazis fürs Kinderkriegen schwärmten, für ebenso selbstverständlich sahen sie es an, daß uns Müttern immer mehr abverlangt wurde. All die Kalamitäten waren über uns gekommen, von denen Mutter vor der Eheschließung gesprochen hatte.

KAPITEL 14

Die Ostfront mußte immer weiter zurückgenommen werden, bis die sowjetischen Truppen ihr russisches Terrain befreit hatten und nun unaufhaltsam auf deutsches Gebiet vordrangen. Als den Westmächten die Landung in der Normandie gelang, war der Zweifrontenkrieg über uns gekommen, und auch die von der Wehrmacht besetzten Gebiete im südeuropäischen Raum wurden von den Gegnern zurückerobert. Der so triumphal und siegessicher begonnene Krieg hatte sich für uns längst zur Aussichtslosigkeit entwickelt.

Viele deutsche Generäle taten sich dennoch schwer damit, gegen Hitler zu opponieren. Sie fühlten sich an ihren Fahneneid gebunden, leisteten blinden Gehorsam und ließen es zu, daß dieses sinnlose Gemetzel immer noch weiterging. Es waren nur wenige, die sich an den Planungen des Attentats auf Hitler beteiligten, und jeder von ihnen ging das höchste Risiko ein, wenn er denn mit aller Vorsicht versuchte, noch den einen oder anderen Waffenkameraden hinzuzugewinnen.

Eine Freundin von mir und ihr Bruder erlebten, daß einige Tage nach dem gescheiterten Attentatsversuch ihre Eltern unerklärlich verschwunden waren und verschwunden blieben. Erst nach dem Krieg brachten es die Eltern zur Sprache, ihnen zu berichten, was geschehen war. Eines nachts war bei ihnen Carl Goerdeler aufgetaucht, der einstige Oberbürgermeister von Leipzig, der sich den Planern des Attentats angeschlossen hatte, und der nun auf der Flucht war, um sich der Verhaftung durch die Gestapo zu entziehen. Sie hatten ihm bis zum Morgengrauen Unterschlupf gewährt. Das muß bekannt geworden sein, und so waren sie nun in Haft genommen und neun Wochen lang verhört worden. Es gelang ihnen, die ganze Zeit der Drangsalierung durch die Nazis zu widerstehen, und so wurden sie letztlich wieder freigelassen. Je kritischer die Lage für die deutsche Wehrmacht wurde, und je mehr Menschen sich darüber klar waren, daß dieser Krieg nur noch in einer Niederlage enden konnte, desto nachdrücklicher hämmerten uns die Nazis ein, daß uns der Endsieg gewiß sei. Dabei hieß es immer wieder, daß eine Wunderwaffe entwickelt worden wäre, die innerhalb von Tagen eine Wende des Krieges bringen würde. Es war die Rede von V-Waffen, wobei das V für Vergeltung stand. Wir würden den Gegnern heimzahlen, was sie uns mit den schweren Bombenangriffen angetan hatten. Kein Wort davon, daß der Krieg von uns angezettelt worden war, daß wir uns wieder und wieder mit dem Überfall auf neutrale Staaten über jedes Völkerrecht hinweggesetzt hatten, und vor allem daß es die deutsche Luftwaffe war, die damit begonnen hatte, englische Städte zu bombardieren.

Eines Tages kam dann tatsächlich eine völlig neue Waffengattung zum Einsatz, Raketen, die es bis dahin noch nicht gab, und die nun von deutschem Boden abgeschossen wurden und auf englische Städte zielten. Anders als bei Flugzeugen war eine Vorwarnung nicht mehr möglich, und so lief es darauf hinaus, daß es keine Chance gab, Schutzräume aufzusuchen. Die Zivilbevölkerung war dieser Beschießung völlig hilflos ausgesetzt, die neue Waffentechnik bedeutete, daß die Gefährdung der Zivilbevölkerung noch erheblich gesteigert worden war.

Daneben agitierte der Reichspropagandaminister noch auf einer zweiten Schiene. Wir wurden überhäuft mit Berichten über die Greuel der sowjetischen Truppen. Man führte uns vor, wie sich die sowjetische Soldateska an der Bevölkerung Ostpreußens verging, was die Menschen erleiden mußten, als sie sich verzweifelt auf die Flucht machten, um bei Gefahr für Leib und Leben gen Westen zu entkommen. Die Menschen wurden wie lästige Fliegen erschlagen, sie wurden ausgeplündert, verscheucht in die eisige Winterkälte, die Frauen vergewaltigt. Jahre nach dem Krieg hieß es, da solle es einen Tagesbefehl an die sowjetischen Truppen gegeben haben, die Frauen der Feinde zu schänden. Es ging ein halbes Jahrhundert darüber hin, bis zur Sprache kam, daß sich als erste die deutsche Wehrmacht in der Sowjetunion mit Übergriffen und mit Verletzung der Menschenrechte an der Bevölkerung vergangen und vor allem die dort beheimateten Juden in Massen umgebracht hatte. Als die Wanderausstellung bis vor kurzem von Stadt zu Stadt wechselte und dabei autentisches Fotomaterial vorlegte, lösten diese Bilder bei etlichen Beschauern nur empörte Ablehnung aus.

Damals erlebten wir dann auch, was die Nazis mit totalem Krieg gemeint hatten. Als letztes Aufgebot wurde der Volkssturm einberufen, Greise wie Kinder zu Soldaten erklärt. Immer wieder wird uns mit dem Filmmaterial von damals eine kurze Szene mit einem Berliner Steppke gezeigt, kaum vierzehn Jahre alt, dem der Stahlhelm wie ein zu großer Kopftopf über die Ohren hing, während Führer Hitler ihn mit einem Handschlag von Mann zu Mann auf Leben und Tod verpflichtet. Es gab für den Volkssturm kaum noch Uniformen, dafür aber wurden die Männer mit einer weiteren Wunderwaffe ausgestattet, der Panzerfaust, bestehend aus einem Stück Holzstange, an der Spitze mit einem Sprengkörper versehen. Die Anweisung lautete, den heranrollenden Panzern so nahe wie möglich entgegenzusehen und die Panzerfaust dann in die offene Luke zu werfen. Dieser lächerliche Waffenersatz führte nur zum weiteren unverantwortlichen Abschlachten der Volkssturmmänner.

Als sich in den letzten zwei, drei Kriegswochen die Umklammerung Berlins durch die sowjetischen Truppen immer noch enger zusammenzog, kamen auch die Frauen zum Einsatz, um Schützengräben auszuheben. All diese aussichtslosen Aktionen wurde erpreßt mit der Androhung standrechtlicher Bestrafung. Manche meinten, dem Sterben zu entgehen, wenn sie zusahen, sich aus diesem Chaos abzusetzen. Aber oft genug lief es darauf hinaus, daß solche Landesverräter am nächsten Laternenpfahl baumelten oder womöglich den Tod fanden durch den Schuß aus einem deutschen Revolver. Nach der Anfangszeit in Berlin waren die Lehrgangsteilnehmer in alle Himmelsrichtungen zu Stabseinheiten abkommandiert worden, mein Mann ins nördliche Griechenland. Aber nachdem rundum die Frontlinien weiter und weiter zurückgenommen werden mußte, wurde der Generalstabslehrgang wieder im Raum Berlin zusammengeführt und auf dem Truppenübungsplatz Döberitz südlich von Berlin untergebracht. Von Zeit zu Zeit gab es die Genehmigung, den Abend bei der Familie zu verbringen. Längst waren die russischen Truppen immer weiter vorgedrungen, und es war unverkennbar, daß sie auf die Einkesselung Berlins abzielten, und mit jedem Tag kamen sie der Vervollständigung ihrer Umklammerung ein Stück näher. Ein paar Tage lang gab es in Döberitz das Gerücht, daß der Lehrgang nun wohl nochmals verlegt werden würde, ehe sich der Kessel völlig schloß. Und eines Abends kam mein Mann tatsächlich an mit einem hastig dahingetippten Schrieb: In ein paar Stunden solle ein Sonderzug in Döberitz abfahren, Frauen und Kinder dürften mitgenommen werden. Ein Schreiben von höchster Stelle, unterzeichnet vom Reichsführer der SS Heinrich Himmler, einem der schlimmsten Bluthunde der Nazi-Führungsclique.

Ich nehme nichts auf, pariere bloß auf die Anweisungen meines Mannes, der den Kinderwagen so vollpfropft, bis oben drauf gerade noch das Baby untergebracht werden kann. Mein Mann geht ganz gezielt an die Auswahl der Sachen, die wir unbedingt haben müssen, weil es anderswo ja auch nichts mehr nachzukaufen geben würde. Also kommen zwei Kochtöpfe mit, drei Becher, drei Teller. Zwei weitere Bündel werden so gepackt und verschnürt, daß wir beide sie noch einigermaßen bewältigen können. Nichts geht in mir vor, als wir uns auf den Weg zum Bahnhof machen, als der Vorortzug weggleitet von den weinenden Eltern. Ich komme nicht darauf, mich zu fragen, ob wir uns noch einmal wiedersehen. Ich denke nur daran, daß der Zug zur Mitte Berlins fährt, und wir dann in Richtung Süden umsteigen. Was ist, mitten in Berlin in einen Bombenangriff zu geraten?! Vor allem aber ist da diese ungeheure Erleichterung, eben noch rauszukommen aus der immer enger werdenden Einkesselung. Tatsächlich heulen die Sirenen los, aber da haben wir schon längst die südlichen Vororte erreicht.

Dann im Dunkeln auf dem Bahnhof Döberitz ein Geschlinge an Gleisen. Wir stolpern über Schotter, hierhin, dahin, bis wir den Sonderzug finden, den man wohlweislich auf ein abgelegenes Nebengleis dirigiert hat, weitab von dem Kasernengelände. Denn wer weiß, ob nicht auch der Truppenübungsplatz als Ziel geplant ist. Das ganze Bahngelände ist von der Verdunkelung abgedeckt, kaum zu ahnen, wohin man die Füße setzt. Dann endet auch der Bahnsteig, jetzt wird es noch schwieriger, mit Kinderwagen und Bündeln weiterzukommen. Dann ahnen wir andere, Frauen, manche mit Kind, hinter uns eine Hochschwangere, die sich fest an ihren Mann klammert. Ohne Bahnsteig ist es schon recht steil bis zur ersten Stufe, und die Gepäckstücke hochzuhieven zur offenen Tür, das ist nur in Gemeinschaftsarbeit machbar.

Niemand weiß, wann es losgehen wird, aber es gibt reichlich Platz, und wir richten uns ein. Immer noch kommen andere nach, wir hören, daß sie es mit der Anfahrt weiter und schwierigen hatten als wir. Schließlich bekommen wir eine bescheidene blaue Notbeleuchtung, und schließlich setzt sich der Zug in Bewegung, zuckelt, bleibt stehen, immer wieder. Manchmal werden auf dem Nebengleis andere Züge vorbeigeleitet, vielleicht Transporte für die Truppen. Dann wieder können wir verfolgen, wie der Zug einen Umweg nimmt, wohl um ein Stück zerstörter Strecke zu umfahren, egal wie weit er ausholen muß. Wir sind auf einem langen Weg durch ein sterbendes Land.

Zunächst kommen wir bis Thüringen, aber nach ein paar Tagen Zwischenaufenthalt soll es dann nochmals weitergehen gen Süden. Wieder einmal ein langer Halt in einem Hohlweg. Wir sind schon über einen Tag unterwegs, alle kaputt, ausgelaugt. Plötzlich jagt Aufregung den Gang entlang: Tiefflieger! Raus! Angst, Hasten, nervöses Drängeln. Bloß raus hier. Und da ballern auch schon Bordwaffen auf uns los.

Geschiebe auf den Ausgang zu. Da unten zwei zu mir hochgereckte Arme. Wirf! Ich lasse mein Babybündel los in irgendwelche Männerhände, und er jagt gleich fort, ist verschwunden, bis ich es geschafft habe, die steilen Trittbretter runterzuhangeln. So wie die anderen krauche ich die Böschung hoch. Und dann oben ein eingezäunter Dorffriedhof. Wo ist ein Durchlass? Wie zu den gewaltigen Grabsteinen gelangen, die ja vielleicht Deckung geben könnten vor dem MG-Geknattere. Wo ist mein Kind? Da drüben sehe ich ihn rennen mit meinem Babybündel. Und dort gibt es ein Tor, und sogar geöffnet. Und so sind sie vor mir auf den Friedhof gekommen, wo sie kreuz und quer hasten, um Deckung hinter den Grabsteinen zu finden, gescheucht von diesem wütenden Beschuß. Glückt es, das Leben zu retten? Oder einfach aufgeben, gerade hier in der stillen Nachbarschaft mit dem Tod. Hinnehmen, annehmen, einfach Frieden schließen mit diesem ganzen Gemetzel.

Mit einmal drehen die amerikanischen Bomber ab. Lautloser Frühlingssonnenschein. Hier und da kommt man vorgekrochen, richtet sich auf, setzt die ersten Schritte zurück zum Zug. Und irgendwann fährt er an, schleicht sich bis zur nächsten Station. Wir werden zum Aussteigen aufgefordert, werden in eine Baracke geleitet, in die Kantine eines großen Fabrikgeländes. Jemand fragt nicht nach Lebensmittelmarken, sondern tut uns einfach etwas Gutes mit einem Schlag Suppe.

Wir erfahren, daß wieder, irgendwo vor uns, ein Stück Gleisstrecke getroffen worden ist. Und dann heißt es, man versucht, einen Umweg zu finden. Jedenfalls startet der Zug wieder, die Fahrt geht nochmal ein paar Stunden weiter, und schließlich gelangen wir ans Ziel: Bad Kissingen. Irgendwann später einmal erzählt uns jemand, dieser international renommierte Kurort wäre, ebenso wie die bekannte Universitätsstadt Heidelberg, von den Bombardierungen ausgenommen worden, weil die Amerikaner bereits geplant hatten, hier ihre Stabseinheiten unterzubringen. Die Männer bleiben in Kissingen und werden in einem Kasernengelände einquartiert. Uns Frauen und Kinder karrt man mit einem klapprigen Lastwagen noch ein paar Kilometer weiter in ein dürftiges Rhöndorf.

Hier sind noch keine Bomben niedergegangen, und wozu auch in diesem Notstandsgebiet. Kargheit bis zu schlimmster Armut und all das, was sich ergibt, wenn's nicht einmal zum Nötigsten reicht: Kümmerliche Behausungen, dürftige Hygiene, Ringen ums tagtägliche Brot bei großer Kinderschar. Inzest gleich mit mehreren Mongoloiden.

Aber erst einmal sind es ja wir Neulinge, die nicht wissen, wie hier an etwas Eßbares zu kommen. Und nun erleben wir: Vom letzten Stück Brot hergeben, ein paar Falläpfel teilen, den Becher Ziegenmilch anbieten statt gar nichts. Dabei grapscht der Mongoloide nach mir und beschert mir Krätze, die der einzige Arzt für zig Dörfer weit breit gleich erkennt, ehe ich ihm meine Hände überhaupt hingestreckt habe.

Man hatte Bad Kissingen unterrichtet von dem ankommenden Trupp Offiziere, und die Kurverwaltung sieht zu, weiterzuhelfen. Schon zuvor hatte die unzerstörte Kleinstadt tausende Ausgebombte und Flüchtlinge unterbringen müssen, und dabei war die Edelmöblierung der Luxus-Sanatorien ausgeräumt und auf Lager genommen worden. Nun ist man bereit, uns davon das Notwendigste zur Verfügung zu stellen, und es hatte sich auch ein Weg gefunden, diese Möbel ins abgelegene Rhöndorf zu bringen: Schrank, Tisch, zwei Stühle und pro Ehepaar ein Mahagonibett. Diese Erstausstattung fanden wir vor in den Zimmern, die man im Dorf für uns freigemacht hatte. Der Textilwarenladen war längst geschlossen. In dem recht soliden Haus ist im Dachgeschoß schon eine in Düsseldorf ausgebombte Mutter mit ihren beiden Kindern untergebracht. Die Ladenbesitzerin im ersten Stock, neben ihr in einem kleinen Zimmer die Hochschwangere, die ich ja schon bei der Anfahrt gesehen hatte. Für meine Tochter und mich gibt es einen etwas größeren Raum, gegenüber vom stillgelegten Textilwarengeschäft.

Was für ein wohltuender Anblick, daß es in unserem Zimmer eine ganz patente Heizmöglichkeit gibt, eine Art Kombination von Herd und Ofen. Über der Kochfläche ein zweitüriger schrankähnlicher Aufsatz in Kunstschmiedearbeit. Man brauchte nur die Türen zu schließen, und schon war die Abteilung Küche in eine Wohnzimmerecke verwandelt.

Die Männer können noch zwei-, dreimal zu uns auf Besuch kommen, bis es dann heißt, für sie ginge es jetzt noch weiter gen Süden, nach Bad Tölz. Inzwischen schreiben wir Mitte April 45. Aber tatsächlich kommt doch einer aus dieser möglichen Militär-Elite mit der Anmerkung, daß sie nun überstellt würden in die Festung Alpen, um von dort aus den genialen, gigantischen Gegenschlag zu starten.

Wir Frauen bleiben im Dorf zurück. Die Radioberichterstattung spricht jetzt vom heroischen Endkampf. In Berlin toben die Straßengefechte um jedes Haus, der Führer hält sich tief unter der Erde in seinem Reichskanzlei-Keller bedeckt, während der Reichspropagandaminister, noch übergewechselt nach dort, bereits vor Hitler die Frau, die Kinder und sich selbst entleibt. Man will sich weder uns noch gar den Sowjets stellen, die allen Grund hätten, an Vergeltung zu denken, nach dem, was ihnen zuvor von uns angetan worden ist.

Uns kommt die Westfront immer näher, der Gefechtslärm verstärkt sich. Gerüchte kursieren, in welche Nachbardörfer die amerikanischen Truppen schon einmarschiert sind.

Dann eines Morgens lähmende Stille. Sonst, selbst wenn alle mit Viehfüttern und Melken beschäftigt sind, hier und da ein Laut, ein Zuruf über den Hof. Oder auch ein von der Lebensarbeit krumm Gewordener, der einsam die Dorfstraße entlangschlurft. Jetzt rührt sich nichts mehr, alle Gardinen erstarrt. Ich, im Erdgeschoß des Hauses, allein mit meinem Baby, warte ebenso ab. Zu uns jedenfalls kommen sie zuerst, eine Treppen-

länge früher als oben zu den anderen Frauen. Für uns zwei wird das ganze zuerst vorbeisein. Das Geräusch kommt unaufhaltsam immer näher, Panzer und Jeeps rollen ins Dorf, die Amis sind da. Sie müssen Halt gemacht haben auf dem Dorfplatz vor der Kirche. Kein Motorengeräusch mehr. Und dann taucht hier und da ein Soldat auf, Gewehr im Arm. Mit einmal plötzlich plärrt Glenn-Miller-Musik los, als hätte die Stille einen Klaps auf den Hintern bekommen. Die Szenerie hat wieder Stimmen, Bewegungen. Immer mehr Männer in fremden Uniformen laufen die Straße entlang. Lauter fremde Männer, Sieger. Hier und da geht einer auf eine Tür zu, hier und da wird ein erstes Fenster geöffnet. Und ehe ich mich versehe, bin ich auch schon auf der Straße und laufe auf den Dorfplatz zu. Da steht der katholische Pfarrer. Mag sein, daß er sich als erster rausgetraut hat. Vielleicht einer, der nicht nur predigt, sondern auch ein Wort einlegt für seine Schafe. Im Handumdrehen gerate ich mit ins erste Treiben. Denn mein Schul-Englisch ist dienlich, um den Dörflern zu erklären, daß Quartiere gebraucht werden. Fremder Slang, aber man verständigt sich schon. Es geht auch auf unser Haus zu, und im stillgelegten Socken- und Kittelschürzen-Tante-Emma-Laden gegenüber meiner Tür richten sich GIs ein. Süßlicher Zigarettengeruch, Beans in Tomatensoße, umgeschüttet in einen gewaltigen Kochtopf der Ladenbesitzerin, nachdem ich ihr erklärt hatte, daß für diese Bohnenmahlzeit jetzt ihr Herd gefragt ist. Es wird treppauf , treppab gerannt, und schon duftet es im ganzen Haus nach Kaffee. Mich fragt jemand: Zigaretten? Kaffee?
Moment mal - was ist eigentlich mit meinem Kind? Da sitzt einer auf der Bettkante, hat meine Tochter auf den Schoß genommen, schmust mit ihr, stopft ihr die ersten Krümel Schokolade ihres Lebens in den Mund. Und im Handumdrehen hält mir dieser Babysitter ein Familienfoto mit seinen Kindern hin. Meine Tochter lacht, schaut mich an, die beiden lächeln gemeinsam, also lächle ich mit. Wir drei sind uns einig: Für uns ist die Welt noch nicht untergegangen. Wir sind noch einmal davongekommen.
Ich habe einen Becher Kaffee, rauche die erste Ami-Zigarette. Rumoren bis in den späten Abend, Gelächter, Gejohle. Später irgendwann klopft es leise an meine Tür.

Einmal Klopfen, kein auf die Klinke-Drücken, und verärgertes Rütteln nun schon mal gar nicht. Da knarrt doch eine Diele? Und dann nichts mehr.

Am nächsten Morgen Aufbruch. Der Sergeant schaut rüber mit neutralem Gesicht. Wie eigentlich? So etwas fragend. Jedenfalls lächle ich, und das steckt ihn zum Mitlächeln an. Was soll's? Es ist nichts geschehen. Mir ist nichts geschehen. Da lohnt sich doch allemal ein Lächeln.

Die Kampftruppe zieht am nächsten Morgen weiter. Ein paar von der Military Police bleiben zurück. Überall an den Hauswänden vorgefertigte Plakate mit reichlich Anordnungen und Verboten. Überall und ständig Glenn Miller in the air, jede Menge Kaugummi und Gelümmele. Und da fällt mir doch tatsächlich der Nazi-Geschichtsunterricht wieder ein. Wie hatte es da geheißen? Mit seinem Heldenmut und seiner Disziplin ist der deutsche Mann unschlagbar. Und nun sollen ihn diese kaugummiknatschenden Weicheier besiegt haben?! Jahrzehnte später fragt mich einer von der nächsten Generation, wie wir uns bei Kriegsende gefühlt haben. Besiegt? Oder befreit? Völlig erschöpft erst einmal. Und dann lange Zeit erleichtert. Einfach tief froh darüber, daß das Bekriegen, Abschlachten, in Stücke gerissen werden vorbei ist. Es gibt dieses Kriegsgemetzel nicht mehr. Es hat ein Ende gefunden. Der Krieg ist aus.

KAPITEL 15

M ein Mann hat mir für alle Fälle seinen Revolver dagelassen. Überall die Aufforderung der Amis: Waffen abliefern. Patrouillen der Military Police schlendern die Dorfstraße entlang. Und wenn sie nun doch darauf kommen, zu durchsuchen? Im Dunkeln schleiche ich mich in den Garten der Hausbesitzerin, scharre ein paar Händevoll Erde zur Seite und wieder zurück. Beim nächsten Stiefmütterchenpflanzen kann die Knarre ja wieder zum Vorschein kommen.

Vereinzelte Landser schleichen gebückt hinter den Gartenhecken entlang. Dann, ein paar Nächte später, ein sachtes Geräusch unter dem Fenster. Mein Mann öffnet lautlos die Tür, schiebt sich durch den Türspalt, mit ausgemergeltem Gesicht und in spendierten Vogelscheuchenklamotten. Er hat sich davonmachen können. Die nächsten zwei, drei Tage setzt er keinen Fuß vor die Tür, hält sich so unauffällig wie möglich. Aber mit einmal stehen dann doch zwei Amis vor uns. "You are Nazi. You are SS. Come on". Sie haben meinen Mann geschaßt. Ja sicher, er war nicht ordnungsgemäß entlassen worden aus einem der riesigen Sammellager, die die Amis inzwischen errichtet hatten. Ich versuche, dazwischenzureden. Aber es gibt nur "Shut up". Der Motor heult auf , eine erboste Staubwolke hinter dem wendenden davonjagenden Jeep.

Inzwischen ist zu uns gedrungen, was die amerikanischen Truppen bei der Befreiung der Konzentrationslager vorgefunden hatten. Wenn man meinen Mann zur SS gehörend ansieht, wird es fürchterlich.

Ein paar Tage später steht in aller Herrgottsfrühe ein anderer Zerlumpter vor mir, hält mir einen Kassiber in der Handschrift meines Mannes entgegen. Und er erzählt, daß jetzt damit begonnen worden ist, die Mannschaften zu entlassen, aber die Offiziere würden in ein anderes Lager zusammengeführt. Hammelburg, das einzige Wort, das mein Mann auf den Zettel gekritzelt hat. Ein großer Truppenübungsplatz, vielleicht vierzig Kilometer entfernt. Ich weiß es nicht mehr, wie ich jemanden dazu brachte, mir ein Fahrrad zu leihen. Beim Einmarsch waren die gegnerischen Truppen sofort daran gegangen, alle

von uns errichteten Lager zu öffnen, Kriegsgefangene, Zwangsarbeiter, Verschleppte zu befreien. Jetzt konnten sie Vergeltung
üben dafür, jahrelang von uns mißbraucht und unmenschlich
behandelt worden zu sein. Wir hörten, daß es hier und da in
Nachbardörfern zu Übergriffen durch Polen gekommen war.
Und es gab ja auch noch keinen normalen Straßenverkehr. Also
war es schon ein ungewisses Unternehmen, als ich an einem
sommerlich heißen Tag startete, um dieses leere Asphaltband
abzuradeln, endlos durch Wiesen und Wälder, hinter Hecken
und Büschen unzählige Möglichkeiten, sich zu verstecken. Es
war schon recht ungemütlich.

Schließlich hatte ich es soweit geschafft, endlich das Ortsschild
der Kleinstadt. Aber wo ist nun der Truppenübungsplatz? Mir
weist jemand mit einem Handwinken die Richtung nach rechts
rüber, dort am Hang bergan. Noch einmal ein langes Stück
durch die stechende Sonne. Die Steigung packe ich nicht mehr
per Rad. Also schieben, Schritt für Schritt. Wo jetzt Deutsche
gefangen gehalten werden, waren bisher Polen, Franzosen, Ju-
goslawen eingesperrt. Lauter Männer, die jahrelang ohne Frau
gelebt hatten. Am Straßenrand immer wieder zwei, drei, die
sich im Schatten der Chausseebäume verkrochen haben. In dieser Hitze komme ich nur noch ganz langsam voran, ich löse
eindeutige Zurufe, unflätiges Gejohle aus. Jetzt kommt mir einer entgegen, redet lächelnd auf mich ein, dreht bei, geht lächelnd neben mir her. Er müht sich ab mit ein paar Krümeln
Deutsch. Bei mir kommt an: Ein junger Jugoslawe. Aber was
soll das alles nun werden? Ich sehe zu, beim munteren Plaudern
zu bleiben, beobachte ihn genau, passe auf , wie es mit diesem
Plänkeln weitergehen wird. Er bleibt höflich, aber schließlich
geht es dann doch nur um das eine. Inzwischen sind wir schon
ein tüchtiges Stück vorangekommen, dem Lager näher. Ich lege
ein bissele Verheißung in meinen Tonfall und signalisiere, daß
es mir im Straßengraben doch etwas genierlich wäre. Er bekun-
det sofort Verständnis. Wir könnten ja ins Lager gehen, die
Stube wäre leer, die andern alle fort, dort sind wir allein. Jetzt
mache ich auf Zustimmung. Wenn's denn so aussieht - wo ist
das Problem?

Inzwischen sind es nur noch ein paar Schritte auf das Lagertor
zu. Wir wollen beide das eine: Diesen Eingang passieren. Also

kann ich ja ein bissel Flirt an den Tag legen. Die amerikanischen Wachen, auch Männer fern der Heimat, mit vollem Verständnis für Mannesnöte, winken uns mit vielsagendem Augenzwinkern durch. Wir sind kaum an ihnen vorbei, da schwinge ich mich aufs Rad und strampele wortbrüchig davon, erst einmal egal, wohin. Um Hecken und Ecken, Hauptsache weg von den Wachen. Hinter mir wütendes Geschimpfe, Wut der ausgetricksten Männer. Ich radle hohe Zäune entlang, rufe den Namen meines Mannes, rufe dies und das in Deutsch. Hinter dem einen und anderen Zaun Ausgemergelte in zerlumpten deutschen Uniformen, aber keine Antwort. Und dann doch: "Hier". Gerufe, Geschubse, mein Mann wird in Richtung Zaun geschoben. Ich werfe ihm das mitgebrachte Stück Brot zu, drei gretzige Äpfel. Doch dann kommen auch schon Pfiffe, Chewing-Gum-Gebrülle. "My husband" rufe ich, zeige ich. Aber nur härteste Blicke, Abwinken, Schwenken mit der Maschinenpistole. Ich packe mein Rad, mache mich schnellstens davon, flinker als die klobigen Soldatenstiefel. Wieder radle ich sonstwohin, keine Ahnung, in welcher Richtung der Ausgang sein könnte. Aber da sehe ich ihn schon, ich radle durch, gleich geht es die lange Straße bergab, und ich bekomme einen unaufhaltsamen Vorsprung. Ich bin verscheucht und damit gut. Niemand kommt auf die Idee, mir noch mit dem Jeep nachzufahren. Beim letzten Rest der durchsichtigen Abenddämmerung bin ich wieder im Zuhause-Dorf. Eine Frau steht wartend vor meiner Tür. Zum jämmerlichen Grinsen rennen ihr die Tränen übers Gesicht. "Ich habe solche Angst gehabt um dich." Nach all dem Kummer, dem Unrecht, dem Leid, was wir bisher anderen angetan haben, fragt jetzt niemand danach, was uns Todesängste bereitet.

Am nächsten Morgen, kaum richtig ausgeschlafen, kommt mir schon die Frage: Und wie geht's jetzt weiter? Was könnte ich tun? Ob ich überhaupt etwas ausrichten kann? Jedenfalls fahre ich die nächsten Tage noch einmal los mit einer genau durchdachten Strategie. Ich gehe sofort auf die Wachen am Lagereingang zu. "Where is the Commander?" Verblüfftes Schweigen. Ich war ihnen mit der richtigen Losung gekommen. Dieses Stichwort hatte den hierarchischen Denk-Automatismus ausgelöst. Das Wort Commander bewirkte: Nichts mehr selber denken, nur noch parieren. Ohne Wenn und Aber bekomme ich die korrekten Hinweise auf den richtigen Weg. Und weitere Wachen fragen mich schon allemal nichts mehr. Wenn ich am Eingang durchgelassen worden bin, gibt es nur noch das ordnungsgemäße Weiterwinken. Und da ist auch schon die erwähnte Gruppe hoher Bäume als dekorative Umrahmung einer stattlichen Villa, jenseits von engbrüstigen Spinden und knarrenden Etagenbetten. Das standesgemäße Zuhause, einst für den deutschen Lagerkommandanten, und nun eben übergegangen an den ranghöchsten Ami. Neben der Tür eine Wache mit starrem Gesicht und strammer Haltung. Und zuvor sein Kollege beim deutschen Lagerkommandanten hatte sicherlich genau den gleichen Drill gehabt. Oder waren überhaupt nur die Uniformen ausgewechselt worden?

Ich werde eingelassen in eine große Halle. Locker gruppiert diverse Ledersessel. Wie viele Beine haben hier in feuchtfröhlichen Nächten schon über den strapazierten Armlehnen gelegen? Und eine Ordonnanz in weißer Jacke ist auch zur Stelle. Was für ein Unterschied besteht überhaupt zu dem Jungen, der bei unserer Hochzeitsfeier so zusammengerüffelt worden war? Mit einer Anstandsverbeugung werde ich zur Sitzmöglichkeit geleitet. Stille. Mittagshitze. Da schnurrt ein Ventilator. Ich antichambriere auf der Sesselkante.

Dann tritt er in Erscheinung, im Bademantel. Und sofort kommt: "Sorry, it´s hot.", und verschwindet noch mal. Da allerdings tun sich Welten auf. Ein amerikanischer Offizier im Bademantel. Aber ein deutscher Offizier im Bademantel... ?

Er kommt rasch zurück im Sommer-Khaki. Wie ist es mir bloß passiert, daß ich mir keine geeignete Eröffnungsfloskel überlegt habe? Aber er managt die Situation tadellos. "Coffee? Cigarette? Brandy?"

Ein Brandy wäre gut jetzt. Aber eine Dame ist eine Dame. Also Coffee. Thank you very much. Der Kaffee kommt im Nu. Als ich an der Tasse genippt habe, muß es aber bitteschön losgehen. Nun denn: Mein Mann war nicht bei der Waffen-SS. Und jetzt ist er hier. Ja, hier in diesem Lager. Aber er war nicht in der Waffen-SS. Das wurde behauptet. Ich weiß nicht, wieso. Ich wollte es Ihnen sagen, weil es nicht stimmt. Und ich wollte Sie bitten, das zu klären.

"Cigarette?" "0 ja, thank you."

Schweigen. Und dann tatsächlich der Griff nach dem Telefon. Der Name mit meiner Hilfe im englischen Alphabet. Hin und her. Es wird notiert, auch Zahlen. Eine Registriernummer, denke ich mal. Immerhin gibt es jetzt neben dem Telefon einen Zettel mit gekritzelter Notiz.

Pause. Der Telefonhörer an Ort und Stelle. "Also SS nicht?"

„No.“

Aber Offizier? Und was und wie?

Generalstabsausbildung.

Ah so. Und damit ist das Super-Zauberwort ins Spiel gekommen, ganz einfach und fix wie das Kaninchen aus dem Zylinder des Magiers. Wenn es so ist, also bitteschön, dann reden wir hier doch nicht von irgendeinem Schützen Arsch. Mirnichts, dirnichts umhüllt uns beide nun diese fabelhafte, weltumspannende Solidarität der edlen Epauletten. Und es ist durchaus vorstellbar geworden, daß nun vielleicht irgendwas ganz anderes, und dann jedenfalls etwas Besseres geschehen wird. Aber jetzt bloß nicht wer weiß was an Wunder erwarten. Und dann kommt der Rückruf, ganz kurz.

"It´s okay."

"Thank you".

Aber was ist denn nun okay?

"I think, your husband will be back within two or three days."

"0 thank you very much."

Keine Ahnung, was für ein wohlerzogenes Lächeln bei Kommandeursempfängen üblich gewesen wäre, aber ich tat mein Bestes, um mich in dieser Richtung zu versuchen, während er noch korrekt mit der Floskel kam "Don't mention it."

Diesmal ist die Radelrückfahrt ins Dorf für mich so triumphal wie die Ankunft der Tour de France in Paris.

Und tatsächlich steht mein Mann nach drei Tagen vor mir, ausgestattet mit mustergültigen Entlassungspapieren. Wir hörten, daß kurz darauf das Lager geräumt worden war. Man hatte die Gefangenen nach Frankreich überstellt, wo sie zu härtester Arbeit im Bergbau eingesetzt wurden. Und viele überlebten diese Strapaze nicht.

Bei Kriegsende war das ganze Land von gegnerischen Truppen besetzt, und für vorübergehende Zeit funktionierte auch keine

Nachrichtenübermittlung mehr. So erfuhren wir erst später, daß Hitler in seinem sicheren unterirdischen Bunker noch die Trauung mit Eva Braun vollzogen hatte, von der wir bis dahin nichts erfuhren. Hitler entzog sich jeglicher Verantwortung für das von ihm angerichtete Massengemetzel und erschoß erst Eva, und dann auch sich selbst.

Als in den allerletzten Kriegswochen jedermann klar war, daß es an der endgültigen Niederlage keinen Zweifel mehr gab, und wir der bedingungslosen Kapitulation entgegengingen, hatte Hitler noch den Befehl Verbrannte Erde erlassen.

Was durch Kampfhandlungen oder Bombardierungen noch immer nicht zerstört worden war, sollten wir nun mit eigener Hand in Schutt und Asche legen. Die letzten Reste an Brücken, Tunneln, Straßen oder Schienenwegen, auch größere Gebäude wie Schulen oder Kirchen, alles, was für die gegnerischen Truppen noch irgendwie von Nutzen hätte sein können, mußte nun gesprengt werden. Wer diesen grausamen Erlaß nicht befolgte, dem drohte die standrechtliche Hinrichtung. Nachdem uns das Naziregime jahrelang auf blinden Gehorsam eingeschworen hatte, war es durchaus nicht selbstverständlich, die Zivilcourage aufzubringen, um sich diesem Befehl zu widersetzen

Hitler hinterließ uns das politische Vermächtnis, daß wir als Deutsche versagt hätten und seiner nicht würdig gewesen wären. Wir hatten die Chance vertan, uns unter seiner Führung als das Herrenvolk der Geschichte zu erweisen, und deshalb wäre mit dieser fürchterlichen Niederlage die gerechte Bestrafung über uns gekommen.

Als es dann keine Handbreit deutschen Boden mehr zu verteidigen gab, standen wir Deutsche in der Tat vor allüberall verbrannter Erde. Das ganze Land lag in Trümmern, und es war solch eine Verwüstung über uns gekommen, daß es nirgendwo die geringste Chance gab, es mit ersten, noch so bescheidenen Anfängen für eine Rückkehr zur Normalität zu versuchen. Erst einmal wurde die Verknappung von Lebensmitteln noch härter als während des Krieges, allein deshalb schon, weil mit dem zerstörten Verkehrsnetz eine einigermaßen zuverlässige Versorgung der Bevölkerung ja überhaupt nicht möglich war. Jeder mußte zusehen, sich allein weiterzuhelfen, um irgendwie den

Kampf ums Täglich Brot zu bewältigen. Dabei ging es uns in dem Rhöndorf noch etwas besser als den Städtern. Denn Felder und Wälder waren in erreichbarer Nähe. Wir zogen los auf die Viehweiden, weil ich versuchen wollte, wie Mutter einen Vorrat an Sauerampfer anzulegen. Ebenso machten wir uns auf in die Wälder zum Heidelbeerensammeln. Stück für Stück brachten wir von den Nachbarn leere Flaschen und altersschwache Korken zusammen. Ich hatte einen Trick gefunden, das heiße Mus in die Flaschen zu füllen. Dann war mein Mann damit dran, mit aller Kraft die Korken in den Flaschenhals zu zwängen. Aber es zeigte sich bald, daß diese gebrauchten Korken eben nicht mehr einwandfrei abdichteten. Zusehends waren der Sauerampferbrei wie auch das Heidelbeermus hoffnungslos verschimmelt. Nun mußten wir auf eine Idee kommen, wie wir die Flaschen mit der übel stinken Füllung wieder loswerden konnten.

Nur bei Dunkelheit wagten wir es, loszuziehen, um hinter den Gärten unter überhängenden Zweigen nach Fallobst zu suchen, erleichtert erst wieder, wenn wir mit dieser Ernte unbehelligt zuhause anlangten. Wer weiß, ob man uns in dieser harten Zeit solch einen Mundraub nicht verübelt hätte. Aber mit Apfelmus war das glitschige Maisbrot eher zu ertragen, und es war schon etwas Besonderes, wenn uns die Arzttochter dazu auch noch ein paar Pillchen Süßstoff aus Vaters Praxis zugesteckt hatte.

Nichts zu mühselig, keine Arbeit zu schwer, keine Gedanke daran, ob wir ein Risiko eingingen. Wir bekamen die Genehmigung, im Gemeindewald drei schiefe Bäume zu fällen. Ein Nachbar vertraute uns Säge und Beil an, also fuhrwerkten wir unbedarft an den Stämmen herum, und tatsächlich ohne daß uns ein kippender Baum erschlagen hätte. Irgendwie gelang es auch, das Holz vor unsere Tür zu bekommen. Eine Schinderei, die Stämme in handliche Stücke zu zersägen. Das Zerkleinern zu Scheiten war doch bloß noch ein Kinderspiel. Ich kam mit dem Spalten bestens zurecht, bis mir die Axt ausrutschte und auf den linken Handrücken niederging. Mit einer klaffenden Wunde lief ich los zum Doktor. Seiner Aufforderung, mir anzusehen, daß ich fast einige Sehnen durchgehackt hätte, konnte ich überhaupt nichts abgewinnen. Und allemal war ich nicht neugierig darauf, ihm zuzuschauen, wie er da die Wundränder mit Klammern zusammenbastelte. Das mußte ohne Betäubung durchgestanden werden, denn längst war alles, was zur medizinischen Versorgung gehörte, ob Verbandmaterial oder wichtige Medikamente, zur Mangelware geworden. Erst nach dieser Prozedur kam der Gedanke auf, daß ich mir mit meinen Axthieben durchaus die halbe Hand hätte abtrennen können.

Wenn wir vor lauter Magenknurren gar nicht mehr weiterwußten, machten wir uns wieder mal auf den Weg zu der kleinen ausgemergelten Frau, die regelmäßig morgens wie abends unter unserem Fenster zur Messe huschte. Mit ihrer großen Kinderschar war sie pausenlos am Machen und Tun, und vielleicht begrüßte sie uns auch deshalb mit fröhlichem Gesicht, weil sie dann Grund hatte, sich die Hände abzutrocknen und für ein paar Minuten zum Plauschen an den Küchentisch zu lehnen. Zwei, drei Scheiben selbstgebackenes Brot, eine Handvoll Gemüse aus dem Garten, einen Becher Ziegenmilch, für deren herben Geschmack ich mich bei allem Darben damals nicht erwärmen konnte. Nie ließ sie uns mit leeren Händen fortgehen. Sie war es gar nicht anders gewohnt, als tagtäglich streng einzuteilen, und vielleicht holte sie sich in der Messe die Zuversicht, daß es schon reichen würde, selbst wenn sie noch an uns abgab.

Sie lebte zufrieden mit Mann und der immer größer werdenden Kinderschar in dem kümmerlichen Haus, und sie hatte ihren Frieden damit geschlossen, daß in der Ecke der mongoloide Sohn hockte. Ich zuckte zusammen, wenn plötzlich ein Schrei von ihm kam. Mir war es unbehaglich, wenn er mit einmal aufsprang und im Nu neben mir stand. Und ich mochte es überhaupt nicht, wie er versuchte, nach mir zu grapschen. Seine Mutter sah ihn sanft an und sagte zu mir: Der tut nichts. In meiner bisherigen Welt hatte es so etwas nicht gegeben. Ich wußte nicht, was ich damit anfangen sollte. So etwas konnte doch nur zu tun haben mit völlig heruntergekommenen Leuten. Auf den Zusammenhang mit bitterster Armut und Ausweglosigkeit ohne soziale Unterstützung wäre ich damals noch nicht gekommen.

KAPITEL 16

Der Tag kam, an dem abzuschätzen war, daß unser restliches Geld bald nicht einmal mehr ausreichen würde, die dürftigen Lebensmittelrationen zu finanzieren. Und wir mußten ohnehin zusehen, von hier fortzukommen. Denn auch in normalen Zeiten hätten wir in diesem armseligen Dorf keine Chance gehabt, uns jemals eine diskutable Existenzgrundlage zu schaffen.

Kissingen hatte die letzten Kriegswochen und den Einmarsch der Amerikaner unbeschadet überstanden. Der renommierte Kurort war dafür bekannt, daß Betuchte aus aller Welt gegen teures Geld abzuspecken versuchten, was sie sich mit kostspieligen Delikatessen an Leibesfülle draufgeschlemmt hatten. Man war also darauf vorbereitet, Unterkünfte für all diese Kurgäste bereitzuhalten. Schon während des Krieges hatte die Wohnraumbewirtschaftung eingeführt werden müssen. Es war genau geregelt, wieviel Quadratmeter dem Wohnungsinhaber für den Eigenbedarf zustanden. Die darüber hinausgehende Wohnfläche galt als beschlagnahmt, um erst einmal diejenigen unterzubringen, die bei den Luftangriffen das Dach über dem Kopf verloren hatten. Später kamen noch all die anderen hinzu, diese Millionen aus den östlichen Gebieten, die Hals über Kopf vor den einrückenden feindlichen Truppen die Flucht ergriffen hatten. Es lief keineswegs immer unproblematisch ab, wenn Menschen, die einander völlig fremd waren, nun in solch einer staatlich angeordneten Wohngemeinschaft miteinander zurechtkommen sollten.

Die Busverbindung nach Kissingen funktionierte noch nicht, aber es gelang uns irgendwie, nach Kissingen zu kommen, um uns vor Ort klüger zu machen und beispielsweise beim Wohnungsamt zu klären, ob wir überhaupt die Chance hatten, eine Zuzugsgenehmigung zu erhalten.

Aber schon bald glückte es, an ein Einzelzimmer in einem Einfamilienhaus zu kommen. Die Eigentümerin hatte sich ins obere Stockwerk zurückgezogen, im Erdgeschoß gab es schon eine andere Familie, und wir bekamen dann den anderen Raum. Und es lief sogar auf eine wesentliche Verbesserung hinaus. Wir hatten ein eigenes Handwaschbecken und brauchten nun nicht mehr jeden Topf Wasser ranzuschleppen. Es hatte sich auch eine Möglichkeit gefunden, unsere ausgeliehenen Möbel mit nach Kissingen zu bringen, und mein Mann konnte die Kurverwaltung dazu bewegen, uns diese Grundausstattung auch noch weiter zu überlassen. Von irgendwoher kam auch noch eine Kochhexe dazu. So nannte man damals diese kleinen stabilen Herde, die bereits im Krieg produziert worden waren, um ausgebombte Familien wenigstens mit diesem Notbehelf fürs Kochen und Heizen zu versorgen. So waren wir immerhin zu einer Grundlage gekommen, die viele Habenichts noch nicht erreicht hatten.

In der Unterkunft im Einfamilienhaus erlebten wir das erste Nachkriegs-Weihnachten. Damals waren wir ja in ständigem Austausch mit anderen über alle neu entdeckten Kniffe und Tricks, um sich weiterzuhelfen. Irgendwo hatte ich aufgeschnappt, daß sich aus Stearinresten Kerzen tüfteln ließen. Ich drehte also Papierrollen, fädelte als Docht einen Wollfaden durch und füllte dieses Papierrohr mit dem geschmolzenen Stearin auf. Nach dem Erkalten nahm ich die Papierummantelung ab, und tatsächlich sah das Ergebnis recht überzeugend aus. Wir waren losgezogen in den Wald und hatten uns als Ersatz für einen Weihnachtsbaum einen großen Kiefernzweig mitgebracht, an dem wir irgendwie diese selbstgefertigten Kerzen befestigten. Aber kaum hatten wir sie entzündet, kleckerte das Stearin im Nu weg, und die Kerzenflammen griffen sofort über auf den Zweig. Sehr rasch erhob sich ein kokeliger Gestank, und schon stand die Hauseigentümerin in der Tür, darum bangend, daß womöglich ihre Immobilie in Flammen aufgehen würde. Aber es gelang uns, cool zu bleiben, und dieses Feuerwerk sehr schnell zu ersticken.

Schon ein paar Monate kam wieder ein Glücksfall über uns, denn wir konnten umziehen in ein einstiges Luxussanatorium. Dabei kamen wir zu zwei Räumen mit einer Verbindungstür, und beide Zimmer hatten ein Handwaschbecken. Dies bedeutete den Luxus, nun Körperreinigung und Geschirrspülen getrennt zu haben. Ins kleinere Zimmer ließen sich so gerade eben unsere beiden Liegen, das Kinderbettchen und der Kleiderschrank zwängen, also konnten wir die größere Stube zu einer

Kombination von Wohnzimmer und Küche gestalten. Ja sicher, auf dem langen Flur gab es für alle nur zwei Gemeinschaftstoiletten, aber aufs ganze hatten wir doch einen großen Fortschritt gemacht.

In Bad Kissingen regten sich schon bald erste Ansätze zu neuem Leben und Treiben. Es gab kein ständiges optisches Erinnern daran, daß bis vor kurzen noch Krieg gewesen war. Wir liefen an unbeschädigten Häuserfronten entlang, und auf den intakten Fahrdämmen spielte sich mit den amerikanischen Jeeps schon so etwas wie Straßenverkehr ab. Nirgendwo wurde der Weg versperrt durch Trümmer oder verkohlte Balken, und bei uns waren auch - anders als in den Städten - keine Trümmerfrauen zu sehen, die mit bloßen Händen daran gingen, rußige Brocken wegzuräumen und im Schutt zu scharren, um überhaupt erste Trampelpfade durch chaotische Trümmerfelder herzurichten. Und es brachte für uns manch einen Vorteil mit sich, weil wir mit den Amerikanern an die wohlhabendste Besatzungsmacht geraten waren, die gleich manches an Friedenshülle und -fülle mitgebracht hatten. Also trachteten wir danach, uns an diese Völlerei anzukoppeln. Offiziell war es den GIs erst einmal untersagt, Kontakt zu Deutschen zu haben. An den meisten Lokalen gab es das Schild: No fraternization, keine Verbrüderung mit den Deutschen, und das hieß, daß wir diese Lokale nicht betreten durften. Andererseits aber gingen die Amerikaner sehr bald daran, Deutsche als Hilfskräfte einzustellen, und jeder versuchte, bei ihnen zu Lohn und Brot zu kommen.

Eines Tages hatte mein Mann davon gehört, daß in der Kaserne für die Massenverpflegung der Mannschaften Hilfskräfte für den Küchendienst eingestellt wurden. Als beruflichen Werdegang hatte er ja nur die Zeit beim Militär vorzuweisen. Aber inzwischen war es nicht mehr angebracht, davon zu sprechen oder womöglich diese Generalstabsgeschichte zu erwähnen. Denn es stellte sich mehr und mehr heraus, daß auch die Wehrmacht mit den Verletzungen der Menschenrechte und der Mißachtung des Völkerrechts zu tun gehabt hatte, und deshalb stand auch das Militär als zwielichtig da. Schließlich saß bei den Nürnberger Kriegsverbrecherprozessen ja auch die oberste Generalität der Wehrmacht mit auf der Anklagebank.

Mein Mann war fest davon überzeugt, daß dieser Küchendienst bei den Amerikanern ein Traumjob sein mußte. Da ging es bestimmt nicht nur um den Verdienst. Wenn man schon so nahe an die üppigen Fleischtöpfe der Amis herankam, sollte es ja wohl möglich sein, hier und da etwas für den Eigenbedarf abzuzweigen. Und im übrigen hatte mein Mann nicht den geringsten Zweifel, mit diesem Job zurechtzukommen, wo doch jedes Weibsbild dazu imstande war, das bissele Kocherei hinzukriegen. Entsprechend forsch marschierte er los zur Annahmestelle der Amis und behauptete, gelernter Koch zu sein. Wer hätte solch eine Selbstauskunft anzweifeln wollen, wo es damals, als alles in Schutt und Asche lag, kaum jemanden gab, der entsprechende Unterlagen hätte beibringen können.

Sein erster Arbeitstag verlief gut, aber nach dem zweiten kam er recht kleinlaut nach Hause. Und dann rückte er damit heraus, von den Kollegen nach Strich und Faden vermöbelt worden zu sein.

Zunächst hatten sie ihn kommentarlos beobachtet und immer wieder sein laienhaftes Hantieren festgestellt. Es hatte sie aufgebracht, daß hier ein völlig Unbedarfter meinte, sich in solch einen begehrten Job reinmogeln zu können. Aber mit dieser Abreibung war es dann auch getan. Man ließ es gelten, daß in dieser Zeit eben jeder zusehen mußte, sich weiterzuhelfen, egal wie.

Die ganze deutsche Küchenmannschaft war damit befaßt, sich an den amerikanischen Lebensmitteln zu bedienen. Es gab nur Unterschiede, wie unverfroren man daranging, und mitunter wurde auf alles oder nichts gesetzt. Eines Tages hieß es, des Nachts wäre in Teamwork mit amerikanischen Soldaten, die dafür ihren Anteil abbekamen, ein ganzer US-Laster, voll beladen mit Lebensmitteln, aus dem Kasernengelände davongefahren. Ebenso unerfindlich, wie einer der deutschen Köche aus einem der Gebäude sein erstes Nachkriegs-Bettgestell mit Matratzen fortgeschafft hatte. Wir hörten nichts davon, daß die Military Police solche Vorfälle energisch aufgegriffen hätte. Vermutlich waren die amerikanischen Truppen so gut versorgt, daß sich niemand groß Kopfzerbrechen darüber machte.

Aber die meisten Kochleute ließen es dabei bewenden, nach Feierabend eine Handvoll Lebensmittel unentdeckt durch die

Wachen zu mogeln. Mein Mann kam mit einem großen Beutel aus Baumwoll-Nessel an und erläuterte mir, diese Beutel würden, gefüllt mit gemahlenem Kaffee, in riesige Töpfe mit kochend Wasser abgesenkt. So wurden eben die Kaffeemengen für die Truppe zubereitet. Der Körperbereich, der für kontrollierendes Abtasten tabu blieb, war am ehesten sicher. Ich machte mich also ans Sticheln, um diesen Nessel zu Beuteln in noch einigermaßen glaubhafte Männlichkeitsgröße zu verwandeln. Damit ließen sich nun Tag für Tag ein paar Esslöffel Lebensmittel rausschmuggeln: Kaffee, Tee, aber auch Milch- und Eipulver. Diese täglichen Rationen waren ein Reichtum. Denn damit deckten wir ja nicht nur unseren eigenen Bedarf ab, sondern es reichte auch noch dazu, daß wir uns andere Lebensmittel, Ware gegen Ware, eintauschen konnten: Etwas frisches Gemüse, einen Korb Kartoffeln, oder was auch immer. Mit der Connection in die Ami-Küche blieb es uns erspart, in die Unterernährung abzurutschen. Aber ich wollte auch für mich einen Job. Ich hatte davon gehört, daß Frauen mit dem Wäschewaschen für Amis einen lohnenden Verdienst gefunden hatten. Denn so, wie bis heute die Bundeswehrsoldaten zusehen, ihre schmutzige Wäsche an ein hilfsbereites weibliches Wesen loszuwerden, so waren auch die GIs darauf aus, jemanden für ihr dreckiges Khaki zu finden. Für sie waren es damals peanuts, wenn sie diese Dienstleistung mit PX-Ware entlohnten, die sie bei ihrer Army-Ausgabestelle bekamen: Kaffee, Schokolade, vor allem aber Zigaretten, eben all das, was wir seit Jahren nicht mehr gesehen hatten, und was nun beim Schwarzmarktgekungele immer begehrt war. Sehr rasch hatte es sich eingespielt, daß amerikanische Zigaretten zu einer Art Zweitwährung geworden waren. Eine Stange Zigaretten, mit ein paar Cents bezahlt, wurde mit dem Überwechseln an uns zu einem stattlichen Schwarzmarktguthaben. Aber ebenso wanderten die Zigarettenschachteln hin und her, und mitunter reichten sogar die Zigaretten stückweise.

Eines Tages stand also der erste Wäschekunde vor mir, ein athletischer Farbiger wie ein Kleiderschrank, der mit fröhlichem Grinsen ein gewaltiges Bündel absetzte. So, wie mein Mann davon überzeugt gewesen war, daß er sich dieses bissele Küchendienst aus dem Ärmel schütteln würde, genauso unbekümmert ging ich daran, mich als Ami-Waschfrau zu betätigen. In den nächsten Tagen stand der erste Kunde vor mir, ein Farbiger mit einer Statur wie ein Olympiade-Sportler. Er legte mir gleich ein Stück Seife hin, also mußte er davon wissen, daß es für uns noch kein vernünftiges Waschpulver zu kaufen gab. Und so machte ich mich erst einmal daran, mit dem Küchenmesser an dieser Toilettenseife rumzuschaben.

Dann placierte ich auf dem winzigen Behelfsherd unsere beiden Kochtöpfe, glücklich, gleich zwei Wäschestücke bewältigen zu können. Aber wie sollte ich bloß mit den Overalls zurechtkommen? Dazu mußte ich noch unsere Email-Waschschüssel in Betrieb nehmen. Viel kochend Wasser, dazu noch eine Handvoll eigengefertigtes Waschpulver, und dann mit unserem einzigen Holzkochlöffel das Waschgut kraftvoll bearbeiten.

Der kleine Herd bullerte wie wahnsinnig vor sich hin, angetrieben von einer erschreckenden Menge Brennholz, so daß sich bei mir erste Zweifel regten, ob diese ganze Aktion überhaupt dafürstand. Als mein Mann vom Küchendienst heimkam, mußte er darangehen, unseren Wohn- Schlaf- und Eßraum kreuz und quer mit Bindfaden zu vernetzen. Denn immerhin war jedes Stück Kledage mit Wasser in Berührung gekommen und mußte ja nun wenigstens getrocknet werden. Der abkühlende Laugendunst brachte eine ungemütlich e feuchte Nacht über uns.

Nun stand mir ja noch bevor, diesem kraftstrotzenden Amerikaner unter die Augen zu kommen. Er starrte schweigend auf sein Hab und Gut, wie sich die meisten Stücke durch meine Behandlung in eine Art Western-Batik verwandelt hatten. In seinem Gesicht kam ein schlimmer Zorn hoch, irgendwie raffte er sein Bündel zusammen und ging stumm zur Tür. Aber er hatte tatsächlich die Stange Zigaretten auf dem Tisch liegen lassen. Also was schon. Aber meine Karriere als Waschfrau hatte sich erledigt.

Dann erfuhren wir, daß die Amerikaner auch Frauen für ihre Schreibstuben suchten. Das hörte sich schon besser an. Und sobald ich bei dem zuständigen Sergeant im Annahmebüro auch noch mit meinem Schul-Englisch herumbrillierte, war ich sofort angenommen. Schon war per Telefon mein künftiger Chef herbeizitiert worden, mit rotblond und Sommersprossen wohl irischer Herkunft, dachte ich mal so. Aber es verschlug mir alle weiteren Mutmaßungen, sobald er mich in seinem offenen Jeep untergebracht hatte und in aberwitzigem Tempo durch die enge Altstadt kurvte. Wieder und wieder ließ er einen Satz los, aber, bitte, was bedeutete der? Immer wieder: Do you typewrite? Was um Himmels willen ist Typewrite? In den Shakespeare-Sonetten der Schule war dieses Wort jedenfalls nicht vorgekommen. Das Kaugummi-Geknautsche wurde allmählich ungemütlich und schließlich gereizt. Aber als Reaktion fiel mir nichts anderes ein als ein strahlendes Lächeln und zustimmendes Kopfnicken. Wir landeten in dem riesigen Kasernengelände, in dem auch mein Mann seinen Küchenjob tat. Und hier sollte es nun mit Typewrite losgehen. Also aussteigen, und schaun wir mal.

Der Stuff-Sergeant marschierte mit mir ein paar lange Korridore entlang und schließlich in einen größeren Büroraum, um mich an einen griesen Schreibtisch zu setzen. Vor mir eine Schreibmaschine und ein gewaltiger Karteikasten. Jetzt war es also klar: Typewrite gleich Tippen. Ich tat mein Bestes, um mich mit beiden Zeigefingern auf die Tastensuche zu machen. Nach ein, zwei Stunden hatte mein Schreibstubenchef genug von diesen Faxen und quartierte mich noch einmal um. In diesem Raum herrschte schon eine ganz andere Atmosphäre.

Der Corporal nahm sofort zwinkernden Blickkontakt zu mir auf, und er war sehr davon angetan, daß ich ihn dank meiner Englisch Kenntnisse gleich in seinem Sinne verstand. Auch die WAX freute sich, jetzt ein weibliches Wesen zum Schwätzen bekommen zu haben. Bei der US-Army gab es damals schon Soldatinnen, Ann hatte den Leutnantsrang, aber alles Dienstliche lief über den Corporal, und mir wurde nie klar, welch eine Kompetenz sie eigentlich hatte.

Ich merkte bald, daß sie sich nicht sonderlich wohl dabei fühlte, über den Ozean bis in die alte Welt beordert worden zu sein. Was hatte sie schon davon, zu den Gewinnern zu gehören? Denn für all die Männer um sie herum gab es jetzt ein Überangebot an besiegten Frauen, die sie jetzt zur Looserin gemacht hatten. Des Führers sittsame deutsche Mädels hatten nicht lange damit gefackelt, überzuwechseln auf die Seite von Bert Brecht: Erst kommt das Fressen und dann die Moral. Gegen Kaffee und Zigaretten, Schokolade und Nylonstrümpfe hakten sie die ihnen bisher gepredigte Tugendhaftigkeit ab, um anderseits aber doch die traditionelle Frauenrolle der liebevollen Fürsorge für Mann und Kind einzusetzen. Die Ami-Soldaten wußten nicht, wie ihnen geschah, als sie über die Schäferstündchen hinaus auch noch mit frisch zubereiteter deutscher Küche statt mit Fast Food aus Dosen und Tüten verwöhnt wurden, und sie fühlten sich wohlig-warm aufgenommen in die deutsche Sofa-Gemütlichkeit. Wie sollten sie nicht auf den Gedanken kommen, sich solch einen lieben Bettschatz auf Lebenszeit zu sichern. Und auch die deutschen Fräuleins hatten ihre Chance erkannt, die Trümmerheimat einzutauschen gegen eine neue heile Welt. Wir sahen in Filmberichten, wie da Schiffsladungen junger Frauen mit Kindern in Bremerhaven über den großen Teich zu ihrer neuen Heimat fortschipperten. Was wurde dort aus all diesen Familienfrauen deutscher Herkunft? Etliche Jahre später kam die amerikanische Autorin Betty Freedan mit dem Bestseller "Der Weiblichkeitswahn" auf den Markt. Ihr Buch wurde weltweit diskutiert, denn sie warf die Frage auf, ob Frauen noch immer an ihrem traditionellen Rollenverständnis festhalten könnten, nachdem ja doch erhebliche Veränderungen ihrer gesellschaftlichen Position eingetreten waren: Mit dem Wahlrecht oder auch mit dem Zugang zum Studium eine beträchtliche Verbesserung ihrer Bildungschancen. Betty Freedan war der Auffassung, daß sich die jungen Frauen nun nicht mehr auf Heim und Herd beschränken könnten und sollten. Ob sie bei ihren Recherchen auf die Muttis deutscher Nazi-Erziehung gestoßen war und auch von ihnen einen Anstoß bekommen hatte?

Damals in der amerikanischen Schreibstube bekam ich bald mit, daß die WAX hier und da in ihre unterste Schreibtischschublade griff, um sich einen tröstenden Schluck zu gönnen. Sie sprach davon, daß ihr ein sanfter Likör lieber wäre als der Männer-Whisky. Das brachte meinen Mann auf die Idee, ihr selbstgebrauten deutschen Likör anzubieten. Der Kontakt zu ein paar Leuten aus dem Röhndorf hatte sich fortgesetzt. Mit ihnen lief der Deal, frische Ware gegen Kaffee aus der Ami-Küche. Die Dörfler wiederum hatten sich zum Mitmischen auf dem Schwarzmarkt einfallen lassen, ihre Unmengen an Birnen und Äpfeln der Schnapsdestillation zuzuführen und reine Obstbrände zu produzieren. Diese Obstler bearbeiteten wir mit Ami-Zucker, Kaffee- oder Eipulver, um sie dann der WAX als Mokka- oder Eierlikör zu offerieren.

Als Gegengabe beschaffte sie mir ein Paar Uniformpumps, rehbraun und aus edlem Leder, die ersten diskutablen Schuhe seit Jahren. Keine ausgelatschten Treter mehr, sondern Schuhe, mit denen ich mich sehen lassen konnte. Und so nahm das auch der Corporal Stuben-Kollege wahr und begann mit Annäherungsversuchen, die immer unmißverständlicher wurden. Eines Tages ergab sich die riskante Situation, daß die WAX für einige Stunden fortgegangen war, und diese Gelegenheit nutzte er, um mich heftig zu attackieren. Als er mich schon fast mit dem Rücken an die Wand bugsiert hatte, fiel mir nichts mehr ein, wie ich mich aus dieser Bedrängnis hätte befreien können, und ich war derart konfus, diesem Anstürmer ausgerechnet damit zu kommen, daß ich seit kurzem schwanger wäre. Diesen Umstand fand er gerade zu fabelhaft, doch glücklicherweise erschien ein Vorgesetzter, der dem einseitigen Tete-a-Tete ein Ende bereitete.

Mit abgeblitzten Männern ist das ja immer so eine liebe Sache. Jedenfalls erlebte ich diesen Corporal jetzt nur noch als mißmutig. Möglicherweise hatte er dafür gesorgt, daß ich nochmals versetzt wurde. Diesmal fiel ich die Treppe rauf , weil ich nun einen Arbeitsplatz im noblen Kissinger Kurhaus bekam. Sämtliche Räume waren als Büros für Stabsoffiziere hergerichtet worden. Jeden Morgen Sicherheitskontrollen, ehe ich das pompöse Treppenhaus hochsteigen durfte, um mein Tagewerk für einen großen blonden Major zu beginnen. Es gefiel ihm gut , daß sich mein Wortschatz in Englisch nicht mit "Honey" und "Baby" erschöpfte, und daß ich mich auskannte mit der Rechtschreibung und ihm das Vorbuchstabieren ersparte. Denn so, wie sich mein Mann in diesen Küchenjob gemogelt hatte , so gab es auch unter den Schreibstubenfrauen viele, die sich bei der Bewerbung mit guten Englisch-Kenntnissen durchgeschwindelt hatten. Und schließlich war ich selber beim Maschineschreiben auch nicht mit der Wahrheit herausgerückt. Allerdings hatte ich es inzwischen mit meinem Zweifinger-Sichtsystem doch schon zu einiger Routine gebracht. Jedenfalls war dieser Job, in einem Dienstzimmer zusammen mit drei

Ami-Offizieren, wirklich angenehm. Auch wenn die Fraternisation strikt untersagt war, blieb es gar nicht aus, daß wir mitunter ein paar private Sätze wechselten, wenn beispielsweise einer von ihnen erwähnte, deutsche Vorfahren zu haben, und so lernten wir uns gegenseitig etwas genauer kennen.

Ein paar Monate später lief die Entnazifizierungskampagne an. Jeder Deutsche mußte eine seitenlange Liste mit 131 Fragen beantworten. Da waren alle nur erdenklichen NS-Organisationen aufgeführt, und etliche, von denen ich noch nie gehört hatte.

Sämtliche Berufsstände, alle Interessengebiete und soziale Gruppierungen waren vertreten. Offenbar wußten die Besatzungsmächte mehr als wir. Also hatten sie wohl längst alle Nazi-Akten gefunden und wären dazu in der Lage gewesen, unsere Angaben nachzuprüfen. Mit Schwindeln oder Verschweigen hätte man sich erst recht verdächtig gemacht.

Wir sorgten uns sehr darum, daß mein Mann mit seiner Militär-Vergangenheit womöglich Schwierigkeiten bekommen könnte. Doch was sollte mir schon groß geschehen. Wahrheitsgemäß hatte ich meine Zugehörigkeit zum Bund Deutscher Mädel angegeben. Aber es mußte ja bekannt sein, daß für uns Jüngere die Mitgliedschaft in diesen NS-Jugendorganisationen obligatorisch war. Aber aus meinem Fragebogen ging hervor, daß ich eben nicht zur NSDAP überstellt worden war. Und daraus ließ sich doch nur der Schluß ziehen, daß es diesen Bruch in meiner NS-Vergangenheit gegeben hatte, und daß mir ja nun niemand den Vorwurf machen konnte, zu den linientreuen Nazis gehört zu haben.

So wußte ich überhaupt nichts damit anzufangen, als mir mein Major-Chef eines Morgens eröffnete, daß meine Tätigkeit für ihn beendet sei. Er sprach ruhig, liebenswürdig, vielleicht sogar mit einem Anflug an Bedauern, als er mir erläuterte, daß ich jetzt durch meinen Fragebogen mit meiner Nazi-Vergangenheit untragbar geworden sei.

Ich war lichterloh empört. Hier konnte doch nur ein Mißverständnis vorliegen. Offenbar waren meine Angaben nicht sorgfältig gelesen worden. Oder aber die Amis hatten eben doch nicht die geringste Ahnung, wie die Dinge bei den Nazis abgelaufen waren. Wenn ich verglich, wie da immer mehr Mädels aus meinem Umfeld zugesehen hatten, sich bei den Nazis lieb Kind zu machen, dann empfand ich meinen Rausschmiß aus dem Job als eine einzige Ungerechtigkeit, und mir lag daran, diese Sache zu klären. Ich wetterte immer ärger, und dem Major blieb gar nicht anderes übrig, als sich auszuschweigen. Derweilen war ich längst dabei angelangt, immer wieder zu fordern, mit dem obersten Zuständigen sprechen zu wollen. Und schließlich wußte sich mein Major nicht anders zu helfen, als sich mit mir auf den Weg zu machen durch zig lange Flure, und dann tat sich wirklich die Tür auf zu einem US-General mit Sternen-Schulterstücken. Nach dem ersten halben Satz schnitt er mir das Wort ab und setzte mich mit der Feststellung "You are Nazi" an die Luft.

Natürlich habe ich es damals so empfunden, von einem Offizier der Sieger einfach niedergemacht worden zu sein. Es brauchte seine Zeit, bis ich begriff, wie es jeden von der anderen Seite aufbringen mußte, von Deutschen wieder und wieder zu hören: "Ich war kein Nazi. Ich nicht. Ich habe von nichts gewußt". Es waren ja kaum ein paar Monate her, seit die gegnerischen Truppen bei ihrem Einmarsch immer wieder auf Konzentrationslager gestoßen waren und dabei die geschundenen mißhandelten Häftlinge wie auch die entsprechenden Anlagen für diesen unvorstellbaren Massenmord vorgefunden hatten. Da waren diese grauenhaften Verbrechen geschehen, aber keine Spur von Einsicht oder Reue, nur immer wieder diese sture Zurückweisung: Ich nicht.

Die Amerikaner gingen hin und machten sich daran, uns beizubringen, wessen Deutsche fähig gewesen waren. Sie hatten all das, was sie vorfanden, mit der Kamera festgehalten und aus diesem Filmmaterial einen Dokumentarbericht zusammengestellt. Wir alle mußten an dieser Filmvorführung teilnehmen, denn nur wer die gekennzeichnete Eintrittskarte vorweisen konnte, erhielt die nächste Lebensmittelkarte.

Es war unmöglich, sich diesen furchtbaren Bildern zu entziehen. Da standen wir vor dem Kinoeingang, stumm und starr vor Grauen und rückten langsam weiter vorbei an der Reihe der bulligen Military-Police-Männer in ihren klobigen Stiefeln, die jetzt uns Angst und Schrecken einflößten. Ich denke, jeder fragte sich, wie er diese unvorstellbar schrecklichen Bilder überstehen würde. Als sich der Zuschauerraum gefüllt hatte, kamen uns die MP-Männer nach und postierten sich in den Seitengängen, die weißen Helme und Handschuhe beim ständigen Patroullieren auch noch im abgedunkelten Raum genau zu erkennen. Sie hatten uns alle im Blick mit diesem feindseligen intensiven Beobachten, und es kam sofort eine barsche Zurechtweisung, wenn denn jemand versuchte, den Kopf zu senken oder auch nur einen Moment die Augen zu verschließen vor diesen grauenhaften Bildern. In der Reihe vor mir rutschte eine junge hochschwangere Frau unter das Gestühl. Sofort zwängte sich ein MP zu ihr durch, zog sie hoch und placierte sie zurück in ihren Klappsitz. Ich hielt mich dazu an, bei all den Frauen zu bleiben, die zusammen mit ihren Kindern in diese KZs gebracht worden waren. Die das eigene Umgebrachtwerden vor sich hatten, ohne zu wissen, ob dies ihren Kindern schon angetan worden war, oder ob die Todesangst noch über sie kommen würde und dann niemand mit ihnen war.

Von meinen Eltern ist nie eine eindeutige Aussage zu den Nazis gekommen. Ich wußte, daß Vater nicht Parteimitglied war. Ich wüßte nicht, daß es unter ihren Freunden und Bekannten, unter den Nachbarn, zu denen sich ein engerer Kontakt ergeben hatte, wirkliche Nazi-Fanatiker gegeben hatte.

Ich kann mich nicht daran erinnern, daß in meiner Gegenwart überhaupt die Rede auf Hitler und die NS-Regierung gekommen wäre. Ich bin nie danach gefragt worden, wie es mir denn bei den HJ-Heimatabenden für uns Mädels erging, oder daß ich dazu angehalten worden wäre, mich dort doch häufiger sehen zu lassen. Ich bekam mit, daß meine Eltern irgendwie in loser Verbindung zur Bekennenden Kirche standen, zu der Gruppe einiger evangelischer Pastoren, die sich von dem NS-Regime recht vorsichtig, aber doch unmißverständlich distanziert hatten, so, wie es dann auch über die letzten DDR-Jahre in ostdeutschen Gemeinden geschah.

Ich schnappte auf , daß Vater wütend war und erbost davon sprach, beim beruflichen Vorankommen wieder einmal von den Parteigenossen überrundet worden zu sein.

Was ich nicht wusste und erst Jahre nach dem Krieg erfuhr: Daß Vater schon vor der Machtergreifung Hitlers Mitglied der NSDAP geworden war, aber bald auch wieder austrat. Ich denke, daß es in erster Linie die Demagogie Hitlers war, der nun nicht mehr vom verlorenen Ersten Weltkrieg sprach, sondern der jetzt mit der Dolchstoßlegende kam, mit diesem schnöden, heimtückischen Verrat an den todesmutigen, unschlagbaren deutschen Soldaten. Solch eine Version wird für Vater mit seiner schweren Verwundung, ebenso wie auch für viele andere Kriegsteilnehmer eine Art von Aufwertung und ein wohltuendes Trostpflaster gewesen sein.

Aber Vaters wichtigste Heimat war seine Burschenschaft. Diese studentischen Verbindungen hielten es auch mit einer antisemitischen Tonart, und das müßte Vater entgegengekommen sein. Es war schockierend für mich, mit welchen bösartigen Aussagen er den Holocaust kommentierte. Also gab es da doch schon weltanschauliche Gemeinsamkeiten zwischen Burschenschaften und Nazis.

Andererseits nun wieder bekam ich mit, daß zu Vaters Burschenschaft auch ein jüdischer Anwalt gehörte. Solange wir ihn kennen, wollen wir ihn Bruder nennen, eine dieser Liedzeilen der Burschenschaft. Und so wurde es auch mit dem Anwalt praktiziert. Einige der Burschenschaftler hatten sich zusammengetan, und immer wieder gelang es ihnen, diesen jüdischen Burschenschaftsbruder irgendwo in Berlin verschwinden zu lassen, und ihn so dem Zugriff der Nazis zu entziehen.

Ich selber lernte ihn kennen bei einer Veranstaltung, an denen auch Damen teilnahmen. Jeder wußte, daß er Jude ist. Darüber wurde stillschweigend hinweggegangen. Niemand wäre auf die Idee gekommen, ihn zu denunzieren, und niemals hätte er daran gedacht, in diesem Kreis mit einem Risiko rechnen zu müssen. Und tatsächlich gelang es, ihn vor dem Verbringen in ein KZ zu bewahren.

Zu dieser Burschenschaft gehörte auch Werner. Mein Vater hatte sich ja von der übrigen Familie in Ostpreußen abgesetzt, um in Berlin noch sein Studium fortzusetzen. Er hatte es abgelehnt, dem Wunsch der Eltern entsprechend Lehrer zu werden, und hatte sich damit das große Zerwürfnis mit den Eltern eingehandelt, von denen nun keinerlei Zuschuß zum Studium mehr kam. Werner, genauso aufmüpfig, war nicht dazu bereit gewesen, die väterliche Firma zu übernehmen und fortzufahren, sondern hatte sich auch für seine Neigungen entschieden und stand nun genauso geldlos da. Die beiden mußten zusehen, wie sie als arme Schlucker irgendwie gemeinsam über die Runden kamen. Dazu gab es dann bei Aschinger, dem damals stadtbekannten McDonalds von Berlin, eine geteilte Terrine Erbsensuppe für vierzig Pfennige, den kostenlosen Korb Brötchen und zum Dessert noch eine Handvoll Zuckerwürfel aus der Dose.

Unser Umzug ins Grüne hatte an dieser Männerfreundschaft nicht rütteln können. Werner war der erste Autobesitzer, den ich erlebte. Für ihn war es ein Spaß, mit dem altersschwachen Vehikel die Avus, die erste Rennstrecke Berlins, entlangzutuckern, um am Sonntag immer wieder mal vor unserer Tür zu stehen.

Werner hörte sich nochmals und nochmals Vaters Gejammere über den beruflichen Stillstand an und begann schließlich damit, ihn zu seiner Sicht der Dinge herüberzuziehen. Mitmachen, nicht in Ungnade fallen - das war für ihn der Grund gewesen, sich der Berliner Motorrad-SA anzuschließen. Und nun versuchte er es damit, aus freundschaftlicher Fürsorge auch Vater so weit zu bringen. "Menschenskinder, mit dieser traumhaften Mitgliedsnummer bei der NSDAP damals könnest du heute schon sonst was für einen Posten haben. Anstattdessen ärgerst du dich immer wieder damit ab, daß andere dich überrunden. Nun sei doch vernünftig und sieh zu, daß du mit den Nazis deinen Frieden schließt". Mit dieser Debatte ging es immer wieder von vorn los, sobald die beiden zusammentrafen.

Trotz einiger weltanschaulicher Übereinstimmungen hatte sich zwischen Nazis und Burschenschaften längst eine entscheidende Kluft aufgetan. Als Hitler schon kurze Zeit nach der Machtübernahme das Ermächtigungsgesetz durchgebracht hatte, waren davon ja nicht nur die anderen politischen Parteien betroffen. Sämtliche Klubs, Vereine oder was auch immer an Interessengemeinschaften sollten ausschließlich auf den Nationalsozialismus eingeschworen sein. Hitler duldete keine anderen Götter neben sich, sondern wollte auf die totalitäre nationalsozialistische Vereinheitlichung hinaus. Und so wurde denn auch von den studentischen Verbänden erwartet, ihre Ansichten und ihre Zielsetzungen aufzugeben, wenn sie den Nazi-Anschauungen entgegenstanden. Es gab Gruppierungen wie beispielsweise die Freimaurerlogen oder die Zeugen Jehovas, die sich solch einer

Unterordnung nicht fügen wollten, und auch manche studentischen Verbindungen lehnten es ab, in einem einzigen NS-Verband aufzugehen.

Vaters Burschenschaft hatte ihr Heim in einer riesigen pompösen Jugendstilwohnung, in der davor eine russische Adelsfamilie gewohnt haben sollte. Diese Bel-Etage war so ausgestattet, wie es früher für eine großbürgerliche Lebensführung als angemessen betrachtet wurde. Da gab es die Hintertür für Lieferanten und ein paar bescheidene kleine Räume fürs Hauspersonal, und die eigentlichen Wohnräume waren in Ballsaalgröße gehalten. Und dann gab es da noch eine Tapetentür, die in den Pauksaal führte. Alle wußten davon, aber alle taten so, als existiere diese Tür nicht und schon gar nicht dieser Paukraum. Es hieß, mitunter würden da auch noch Mensuren geschlagen. Die Solidarität unter den Burschenschaftlern war so selbstverständlich und so verläßlich, daß nichts nach außen drang. Denn die Nazis lehnten solche studentischen Fights ab und machten sie als Kinkerlitzchen von spinnerten Intellektuellen lächerlich. Ob nun pro oder kontra Mensuren - es hatte sich sehr bald gezeigt, daß die Intellektuellen den Nazis ein Dorn im Auge waren. Intelligenz war nur solange genehm, wie sie sich unbesehen in den Dienst Hitlers stellte. Sie hatte sich dafür einzusetzen, Argumente für die Weltanschauung der Nazis zu liefern, die Vorgehensweise Hitlers und seiner Gefolgsleute zu propagieren und dem Volk einzuhämmern. Intelligenz durfte doch nicht etwa dazu führen, sich eine eigene Meinung zu bilden, Kritik zu üben und womöglich auch noch andere von abweichenden Ansichten zu überzeugen. Wieder und wieder sprach Hitler in seinen demagogischen Reden Lob und Anerkennung für Arbeiter und Bauern aus, und stellte die Intellektuellen als abgehobene und für das Volk gefährliche Wirrköpfe hin.

Vater hatte für diese ganze Bevormundung durch die Nazis nichts übrig, und eines Tages ließ er sich dazu hinreißen, sich für seine Burschenschaft unmißverständlich ins Zeug zu legen.

Die Männer unserer Straße hatten ihre Arbeitsplätze in Berlin und trafen als Pendler morgens auf dem kleinen Bahnhof zusammen, um sich gemeinsam auf den Weg zu machen.

Eines Tages entwickelte sich ein Wortwechsel zwischen den NSDAP Nachbarn und Vater. Sie alle wußten genau von seiner

Zugehörigkeit zur Burschenschaft, weil, jeder, der mal zu uns kam, Band und Mütze wahrnahm, die Vater im Flur dekoriert hatte. Vater verstieg sich zu der Anmerkung, daß beim beruflichen Vorankommen nicht mehr das Können zählte, sondern nur noch ums Hakenkreuzabzeichen im Knopfloch. Und tatsächlich ging einer der Nachbarn hin und denunzierte Vater beim Ortsgruppenleiter. Von all dem wußte ich nichts, und ich hatte keine Ahnung, daß die Familie in eine Katastrophe geraten könnte. Denn gegen Vater wurde Anklage erhoben, und zwei, drei Jahre lang war er damit befaßt, den Kopf aus der Schlinge zu ziehen. Er nutzte seine juristischen Kenntnisse dazu aus, immer wieder irgendwelche Verfahrensfehler aufzusparen und es dann erneut mit einer Revision zu versuchen. Schließlich landete der Prozess vor dem Reichsgericht in Leipzig. Das war seine letzte Chance, und dort konnte er nur noch das Argument vortragen, er habe im Ersten Weltkrieg seinen Blutzoll entrichtet, zwei Brüder, die auf dem Felde der Ehre geblieben waren, und die letzten beiden hätten ebenfalls schwere Verwundungen davongetragen. Sie alle hatten ihre Treue zum Vaterland unter Beweis gestellt, und wie könnte man ihm jetzt einen Verrat am Vaterland zutrauen?! Und tatsächlich gelang es ihm, das Reichsgericht dazu zu bewegen, es bei einer ernsten, massiven Verwarnung zu belassen.

Es blieb mir erspart, zu erleben, daß Vater in einem Zuchthaus oder KZ verschwand. Als ich Jahre nach dem Ende des Dritten Reiche von diesem ganzen Vorgang erfuhr und mir Vater auch einige Papiere zeigte, konnte ich es mir durchaus vorstellen, daß es meinen Eltern besser erschienen war, sich mir gegenüber zum Thema Nationalsozialismus auszuschweigen. Vater hatte keine Meinung mehr, sich nochmals mit den Nazis zu befassen. Und was hätte es auch bringen sollen, da er für sie zum Looser geworden war. Und in diesem Vorort wußte auch jeder über jeden Bescheid. Über den Ortsgruppenleiter war die Denunziation gelaufen, und die Nachbarn hatten ja mit eigenen Augen gesehen, was sich da getan hatte. Freund Werner aber grämte sich unverändert weiter über Vaters berufliches Auf-der-Stelle-Treten und ließ nicht locker, über Abhilfe zu sinnieren. Und schließlich fing er damit an, einen handfesten Plan zu schmieden. Wenn in unserem Vorort nichts auszurichten war, mußte erst einmal dafür gesorgt werden, Vater umzuquartieren in die Millionenstadt Berlin, wo niemand seine mißratene Nazi-Vergangenheit kannte. Inzwischen hatten sich die Luftangriffe der Westmächte immer weiter gesteigert, so daß die Wohnraumbewirtschaftung angeordnet worden war, um den Ausgebombten erst einmal ein Dach über dem Kopf zu verschaffen. Wer sonst an einen Umzug dachte, der mußte einen ganzen Wust an Bescheinigungen über die Notwendigkeit vorlegen. Aber Werner brachte es zustande, für Vater ein von den Behörden genehmigtes Untermieterverhältnis in seiner Wohnung hinzukriegen. Alle paar Tage machten sich die beiden auf den Weg in Werners Stammkneipe, denn Werner traf dort auf seine Nazi-Motorradfreaks, und mit denen sollte Vater erst einmal warm werden. Zu gegebener Zeit würde man dann mit einem von ihnen, der etwas zu sagen hatte, ein paar vernünftige Worte wechseln. Denn für Berliner Männer gibt es kein Dilemma, was man nicht bei Molle und Korn bereden kann.

Nachdem sich Hitler mit seinem Selbstmord in der Berliner Reichskanzlei so erbärmlich davongemacht hatte, nachdem die letzten grauenhaften Häuserkämpfe in Berlin ans endgültige Ende gelangt waren und das gesamte Tausendjährige Nazireich ins Chaos der bedingungslosen Kapitulation abstürzte, stand Vater da mit einem Antrag auf Mitgliedschaft in der NSDAP. So manches Mal kam man ihm mit harschen Vorhaltungen, er müsse ein total verbissener Nazi-Fanatiker gewesen sein, bei der immer kritischer werdenden Kriegslage sich noch so bemüht zu haben, NS-Parteimitglied zu werden.

Aus der Sowjetunion kehrten die deutschen Kommunisten zurück, denen es gelungen war, noch rechtzeitig vor der Verfolgung durch die Nazis nach Rußland zu emigrieren. Nun kamen sie aus Moskau zurück, um die Verwaltung der sowjetischen Besatzungszone zu organisieren. Für Vater war alles, was sich links von der Mitte orientierte, ein rotes Tuch, und es dauerte gar nicht lange, bis er sich mit dieser neuen herrschenden Klasse auch wieder Ärger eingehandelt hatte. Da waren SED-Wahlplakate auf unsere Gartenpforte geklebt worden, und Vater hielt es für rechtens, diese Plakate von seiner Gartenpforte abzureißen. Die Reaktion kam prompt. Wie in einem grausligen Horrorfilm fuhr nachts ein LKW vor, Vater mußte aus dem Bett steigen und sich anziehen, dann fuhr dieser Laster mit ihm auf und davon. Genauso überraschend stand Vater dann eines Tages wieder vor der Tür, nachdem er sieben Monate bei der Stasi in Kellerhaft verbracht hatte. Die Berliner Mauer gab es noch nicht, und schon in der nächsten Nacht ließen die Eltern alles stehen und liegen und bestiegen mit den allernötigsten Papieren in den Manteltaschen den Vorortzug nach West-Berlin. Sie waren übergewechselt von Ost nach West, hatten damit die Heimat und Hab und Gut aufgegeben. Vater, der schon fast das Pensionsalter erreicht hatte, war nun auch zu einem der Deutschen geworden, der zusehen mußte, am Nullpunkt wieder anzufangen. Die Eltern saßen im Aufnahmelager Berlin-Marienfelde. Sie entdeckten in den nächsten Tagen, daß britische Soldaten ihre geleerten Flaschen einfach liegen ließen, und daß sich mit der Rückgabe dieser Leihflaschen die ersten D-Mark-Groschen verdienen ließen.

KAPITEL 17

D as Land lag in Schutt und Asche, und das Verkehrsnetz war weitestgehend zerstört. Es dauerte Monate, bis hier und da schon einmal Post zugestellt wurde. Die vielen, die in den Kriegswirren ihre Angehörigen verloren hatten, blieben lange in der Ungewißheit, wer denn überhaupt noch am Leben war. Es dauerte einige Jahre, bis das Rote Kreuz all die Kinder erfaßt hatte, die noch in den letzten Monaten zu Waisen geworden waren, beispielsweise durch die Flucht dieser hunderttausende von Menschen aus den ostdeutschen Gebieten. Über Jahre und Jahre brachte der Rundfunk Tag für Tag für Tag Meldungen über diese Kinder, und wenn möglich noch ergänzt um die eine oder andere Einzelheit, die man mühselig hatte auftreiben können, um die Chancen solcher Suchaktionen zu verbessern.

Nach einem halben Jahr etwa erreichte uns über diverse Umwege eine erste Postkarte von den Eltern, daß sie das Kriegsende unbeschadet überlebt hatten. Und eines Tages standen sie dann tatsächlich zu einem ersten Wiedersehen vor unserer Tür. Zunächst berichteten sie lang und breit über ihre mehrtägige abenteuerliche Anreise. Denn die Züge kamen ja immer nur über kurze Teilstrecken voran, wegen der zerstörten Gleisanlagen mußten sie die verrücktesten Umwege einschlagen, wie immer sich die Möglichkeit bot, wieder ein Stück in Zielrichtung voranzukommen. Und es gehörte auch dazu, daß die Reisenden aussteigen mußten, um mit einem Fußmarsch über den Schotter das nächste heile Gleis zu erreichen. Was für ein unfaßbares Geschenk, als eine Frau in einem Dorf Mutter anbot, bei ihr zu übernachten.

Zu dieser ohnehin schon strapaziösen Tour hatte sich Vater obendrein noch in den Kopf gesetzt, uns mit einem Mitbringsel zu bedenken. Er hatte mein Fahrrad in zig Teile zerlegt und in zwei Säcke eingenäht, um diese schweren Bündel auf Mutters und seinem Buckel festzuschnüren. Denn ein Fahrrad war damals eine Kostbarkeit. Gerade bei dem so schwer zerstörten Netz der öffentlichen Verkehrsmittel war es immer wieder nützlich und womöglich noch mehr wert als heute ein Auto.

Dann begannen die Eltern zu berichten, wie sie die letzten Kriegsmonate und das Kriegsende am Rande von Potsdam erlebt hatten. Als die Umklammerung der roten Truppen immer stärker nach Berlin heranrückte, wurden die Frauen abkommandiert zum Ausheben von Schützengräben. Die immer kümmerlicher gewordene Versorgung mit Lebensmitteln hatte doch schon sehr an den Kräften gezehrt, und dieser völlig unsinnige Einsatz war eine einzige Schinderei. Mutter hatte sich Seite an Seite mit anderen buddelnden Frauen zu der Anmerkung hinreißen lassen, daß sie frühmorgens beim Anstehen nach Marmelade nichts mehr abbekommen hatte. Das führte sofort zu einer Denunziation. Der Ortsgruppenleiter bestellte sie zu sich und warf ihr Zersetzung der Wehrkraft vor. In diesen letzten dramatischen Kriegswochen war das eine Anschuldigung, die durchaus zu einer standrechtlichen Hinrichtung hätte führen können.

Nachdem Potsdam bis dahin fast unbeschädigt geblieben war, führte die englische Luftwaffe wenige Tage vor dem Einrücken der sowjetischen Truppen einen so massiven Bombenangriff auf die Stadt durch wie einige Wochen zuvor auf Dresden. In einer langen Nacht wurden an den historischen Bauten endgültige schwere Schäden angerichtet. Dann brachten die sowjetischen Truppen in unserer Straße noch für ein paar Tage die Stalinorgel in Stellung, diese besonders schweren Geschütze, die die Häuser erbeben ließen.

Die Russen quartieren sich bei uns ein. Für ein paar Tage dürfen die Eltern noch oben in einem der Zimmer bleiben, und so erleben sie mit, wie die Soldaten ihre Siegesfeier organisieren. Eine Offizierin drapiert sich aus den duftigen Wohnzimmergardinen eine Abendrobe.

Derweilen füllen die Kameraden die Badewanne, die damals noch nicht eingekachelt war, und mühten sich damit ab, zwischen den geschwungenen Badewannenfüßen ein Feuer zum Erhitzen anzufachen, bis Vater sich schließlich traut, ihnen zu erklären, wie der Kohle-Badeofen funktioniert. Frisch gebadet und geschmeckt kommt die Einladung an die Eltern, mitzumachen bei der Siegesfete, zuzugreifen bei dem bissele Essen und dem reichlichen Wodka.

Die Russen, durch unseren Überfall völlig niedergemacht, betrachteten nun umgekehrt alles nur irgend Brauchbare als Entschädigung für das, was wir zuvor in ihrem Land zerstört hatten. Sie sahen es als rechtens an, zu nehmen, was ihnen ins Auge stach: Uhren, Schmuck, Radiogeräte. Den Siegern gehört die Beute, und zur Beute gehören auch die Frauen. Jahre später spricht man davon, daß es beim Überschreiten der deutschen Ostgrenzen einen Tagesbefehl an die sowjetischen Truppen gegeben haben soll, Vergeltung zu üben an den Frauen der Besiegten. Und noch viele weitere Jahre vergingen, ehe sich betroffene Frauen äußerten. Längst gab es Berichte über die Bombardierung der deutschen Städte oder auch über die Flucht von Abertausenden aus dem Osten Deutschlands gen Westen. Aber was den Frauen widerfahren war, das blieb verschwiegen. Es ist, als ginge es um eine Verschwörung. So seltsam wie die Aussagen junger Frauen, die vom Vater mißbraucht worden sind. Das gibt es auch bei ihnen: Daß sie sich schämen, daß sie sogar meinen, mitschuldig geworden zu sein. Inzwischen ist es bei den kriegerischen Auseinandersetzungen im einstigen Jugoslawien erneut dazu gekommen, daß hunderte von Frauen vergewaltigt und aufs Brutalste umgebracht wurden. Diesmal werden ihre Leiden wahrgenommen, in erster Linie solidarisierten sich Frauen aus anderen Ländern mit ihnen. Aber nach einiger Zeit, wenn sehr wohl noch die Ahndung von Kriegsverbrechen und anderen Verletzungen von Menschenrechten diskutiert werden, sind die an Frauen begangenen spezifischen Greuel kein Gesprächsthema mehr. Ist das, was den Frauen im Krieg angetan wird, nicht mehr der besonderen Erwähnung wert?!
Die Eltern berichteten, was sich nach dem Einmarsch der Russen getan hatte. Eine Nachbarin brachte nach der Vergewaltigung ihre beiden Kinder und sich um. Eine andere arrangierte sich nach ein paar Tagen mit einem jungen Offizier, weil sie hoffte, daß ihr mit einem Mann zur Seite weitere Vergewaltigungen erspart bleiben würden. Der honorige, in Potsdam stadtbekannte Frauenarzt ließ sich darauf ein, bei Frauen, die bei der Vergewaltigung schwanger geworden waren, einen Abbruch auszufahren, und die Frauen standen Schlange bei ihm. Eine junge Frau, die erst kurz davor Unterkunft bei einer Nachbarin meiner Eltern gefunden hatte, wurde mit Syphilis ange-

steckt und brachte es dennoch nicht fertig, die Schwangerschaft abbrechen zu lassen.

Ich traf noch einmal zusammen mit einer Klassenkameradin. Sie erzählte von zwei anderen, beide Pastorentöchter. Die eine war in der Psychiatrie gelandet, die andere hatte sich selbst umgebracht.

Nach der Wiedervereinigung, als ich mich auf den Weg machte in die einstige Heimat, begegnete mir, nach fünfzig Jahren, zum ersten Mal eine Kindheitsfreundin. Beim Einmarsch der Russen hatten sie sich zu mehreren in ihrem Keller zusammengetan. Die Großmutter hatte versucht, die beiden jungen Frauen zu Omas auszustaffieren, mit abgetragenen griesen Kleidungsstücken, mit dreckverschmierten Gesichtern, das Haar mit Mehl zur Greisin bestäubt. Aber die sowjetischen Soldaten verwiesen auf die beiden Kinderwagen in der Ecke und bedeuteten, daß es bei Babys auch junge Mütter geben müsse. Während ein Kamerad die Kalaschnikoff auf die Säuglinge gerichtet hatte, machten sich die anderen über ihre Mütter her.

Ein Jahr nach dem Besuch meiner Eltern nahm ich mir vor, sie zur Silberhochzeit zu überraschen. Die Siegermächte hatten eine Aufteilung Deutschlands in vier Besatzungszonen durchgeführt, und nach offizieller Version war eine Genehmigung erforderlich, um von einer Zone in eine andere überzuwechseln. Schon bald nach dem Krieg kamen erste Unstimmigkeiten darüber auf, wie mit dem besetzten Deutschland weiter verfahren werden sollte. Und es zeigte sich, daß die drei Westmächte bei solchen Entscheidungen sehr viel rascher zur Übereinkunft kamen, während die Sowjetunion oft ganz andere Vorstellungen hatte. Unter den vier Siegermächten begannen sich recht bald die ersten Anzeichen für die Ost-West-Aufspaltung abzuzeichnen. Schon nach kurzer Zeit nahmen es die Westmächte mit dem Überwechseln in eine andere Zone immer weniger streng, während das Überschreiten der Grenze zum sowjetischen Gebiet schwieriger und riskanter wurde. Allerdings war diese Grenze damals noch nicht annähernd so rigoros befestigt und bewaffnet wie später dann.

Es hatte sich herumgesprochen, an welchen Orten diese grüne Grenze noch einigermaßen gut zu laufen und ungefährlich zu überqueren ist. Auch diese Fahrt ins Ungewisse ging nur in Etappen vor sich. Je länger wir unterwegs waren, je näher wir der Grenze kamen, desto mehr nahm die Tonart der erfahrenen Grenzgänger an Eigensinnigkeit zu, welche Route zur Zeit die günstigste wäre. Als wir auf einem öden Dorfbahnhof den Zug endgültig verlassen müssen, weiß ich nach all den Erwägungen überhaupt nicht mehr weiter. Ein junger Mann bietet mir an, mich mitzunehmen durch Feld und Wald. Wir laufen, schleichen, kriechen durchs Halbdunkle, in einiger Entfernung um uns herum Schemen, Schatten von anderen. Jetzt ein unerklärliches Geräusch. Ich bin randvoll Angst und Bangen, was uns bei einer Entdeckung durch russische Patrouillen widerfahren würde. Was für ein Laut war das eben wieder? Mein Marschhelfer packt mich grob, drückt meinen Kopf in eine Mulde. Lange lautlose Minuten, bis wir es wagen, uns weiterzubewegen. Schließlich gelangen wir an einen Kleinstadtbahnhof, da parkt ein Zug auf dem Nebengleis. Mein Begleiter zwängt mich mit in den schon übervollen Warteraum. Die Nächte sind noch eiskalt. Längst hat man es gelernt, in völlig unbequemen Positionen einschlafen zu können. Panik, als zwei russische Soldaten reinkommen. Wir alle stellen uns tief schlafend. Mein Begleiter hatte für mich noch ein Eckchen auf dem Betonboden freigerangelt, hatte mir noch, ich weiß nicht was, übergedeckt. Spontan legt er mir beruhigend den Arm über die Schulter und läßt ihn dort liegen, als die Russen verschwunden sind. Der Arm gibt doch schon etwas Wärme ab. Noch zwei, drei restliche Nachtstunden Schweigen, dieses quälende Achten auf weitere bedrohliche Geräusche.

Beim allerersten Morgengrauen gibt es gedämpfte Zurufe hier und da. Mein Hilfsmann zieht mich energisch hoch, treibt mich über gefährlich abgebröckelte Stufen in einen kaum dämmrigen Tunnel, wieder atemberaubende Treppenreste hoch, zerrt mich über Schutthaufen und Gleise, Schotter und Weichen, egal, wohin die Füße geraten. Bloß mithalten bei dem Ansturm auf den Zug drüben, und Knuffen, um sich noch mit in einen der längst vollen Waggons zu zwängen.

Allmählich wird das Morgenlicht heller und schließlich taucht ein Bahnmensch auf. Ja, der Zug fährt. Ja, in Richtung Berlin. Nein, wann kann er nicht sagen. Also nochmal endlose Zeit, bis wir dann tatsächlich anfahren. Wir zuckeln Stunden um Stunden, halten mehrmals ewig lange an, mit und ohne Bahnhof. Jeder könnte vor Erschöpfung umfallen, aber in diesem Eingekeiltsein findet Umfallen nicht statt. Der Mann hat meine Hände gepackt, wir stehen die ganze Zeit eng aneinandergepreßt. Kein Gefummele, keine Geste, kein Blick, keinerlei Versuch, irgendetwas dafür zu erwarten, daß er all die Stunden an meiner Seite war. Ich steige früher aus als er. Ich schaue noch einmal zu ihm zurück. Da hat es zwischen uns eine Nähe gegeben, die bei Unzähligen nicht zustande gekommen ist, wenn sie sich am nächsten Morgen, auf der Bettkante sitzend, wieder die Schuhe anziehen.

Ich bin entsetzt, als ich die Eltern wiedersehe, total elend und abgemagert. Im Nu hängen ihnen Freudentränen am Kinn über dieses unerwartete Wiedersehen, und ich heule mit über ihre vom Hunger so scharf gezeichneten Gesichter. Vater zeigt mir, was er unternommen hat, um für ein wenig Selbsthilfe zu sorgen. Jetzt gibt es im Garten einen Karnickelstall, und sogar ein Single-Huhn. Vater schickt mich ins Haus, nachdem er im Karnickelstall ein totes Junges gefunden hat. Ich soll nicht mit ansehen, wie er den Kadaver zerstückelt und dem Huhn zum Aufpicken hinwirft.

Irgendwann hat das Huhn ein Ei gelegt. Mutter hat es schon für mich gekocht. Die Eltern sitzen neben mir, können es gar nicht oft genug hören, wie wundervoll dieses Ei schmeckt.

Vater nimmt mich mit auf einen Spaziergang tief in den Kiefernwald. Bei der Enteignung von Grund und Boden hat er hier eine Parzelle abbekommen. Was ihm im eigenen Garten nie geglückt ist, ist jetzt gelungen. Da steht eine Reihe strammer Himbeerbüsche mit dicken Früchten. Er stopft sie mir in den Mund, satt vor Freude, während ihm vom Zuschauen der Speichel aus den Mundwinkeln rinnt.

Ich fahre mit der Straßenbahn nach Potsdam. Da stehen noch die Reste vom Stadtschloß, egal, ob nun durch britische Bomber oder die sowjetische Stalinorgel zertrümmert. Die Bittschriftenlinde, um die die Straßenbahngleise herumführten, ist völlig verschwunden. Einst konnten hier die preußischen Bürger die Gesuche an ihren König niederlegen. Im Gegensatz zu all den absolutistischen Monarchen rundum in Europa nahm er solche Bitten seiner Untertanen entgegen und sah zu, manch eine zu gewähren. Ich sehe nur diese leere Stelle. Damals fange ich noch nicht einmal an zu ahnen, daß später einmal ein langer Weg beginnen und für mich in dem Schmerz enden wird, den später Geborenen wohl kaum erklären zu können, welch ein unsagbar wertvolles Erinnerungsstück hier verloren gegangen ist. Ich sehe damals nur, daß an den verkohlten Wänden des Schlosses ein riesiges rotes Tuch drapiert ist, um mit Hammer und Sichel von Stalin/Lenin zu künden. Ein furchtbares Grabtuch für Potsdam.

Ich ertrage es nicht, diesen preußischen Leichnam anzuschauen. Ich kann nie wieder hierher kommen. Ich kann es kein weiteres Mal ertragen.

KAPITEL 18

Nach der Rückkehr aus der einstigen Heimat weiß ich, daß wir im Westen jedenfalls ein ganzes Stück besser dran sind. Aber auch für uns blieb es über Jahre bei diesem Elendsnotstand. Jahrelang ging es mit den Lebensmittelkarten weiter, wobei die Rationen nach Kriegsende noch weiter herabgesetzt worden waren. Wir mußten ständig erfinderisch sein, um uns irgendwie weiterzuhelfen, und um einigermaßen unbeschadet diese Alltagsmisere durchzustehen. Und dabei hatten wir längst auch die letzten Reserven, beispielsweise an Kleidung oder Schuhen, aufgebraucht.

Mit einmal entwickelten sich ungeahnte Talente, da wurden Möglichkeiten ausprobiert, die wir früher als absurd abgetan hätten. Eine alte Frau zeigte mir, wie sich noch Reststücke von gewirkten Strümpfen aufrebbeln ließen, um dann zig dieser Spinnwebfäden zusammenzunehmen und wieder zu verstricken. Es ging bei ihr zu wie im Taubenschlag, weil sie es verstand, aus gestrickten Kleidungsstücken hier und da an versteckter Stelle noch ein paar Fäden herauszuzupfen, und damit im Strickstich Schäden zu reparieren, so daß diese Stücke doch noch einige Zeit weitergetragen werden konnten.

Wir sammelten alles, und wir verwerteten alles, was nur irgend eßbar war. Löwenzahn, Brennesseln, Sauerampfer. Wie oft habe ich mit klammen Händen Schlehen gesammelt, weil sie erst mit dem Frost ihr edles Marmeladenaroma bekamen. Was machte es schon aus, wenn Stunden darüber hingingen, bis ich mich im kaum beheizten Raum auch nur annähernd wieder durchwärmt fühlte.

Irgendwie schlugen wir uns durch im Kampf ums Überleben. Uns war bewußt, daß die Ärzte nur sehr bescheidene Möglichkeiten gehabt hätten, uns zu helfen. Im Nachhinein ist es unbegreiflich, wie wir bei völlig unzureichender Ernährung und dürftigen, hygienisch oft zweifelhaften Wohnverhältnissen diese jahrelange Misere überstehen konnten. Wie schafften wir noch das stundenlange Schlangestehen, wenn es denn hieß, dieser oder jener Laden habe eine kleine Lieferung bekommen?

Wie bewältigten wir so viele Dinge, und wie konnten wir sie damals für selbstverständlich ansehen, die wir heute als völlig undiskutabel zurückweisen würden?

Unsere gewohnten moralischen Werte waren längst abgehakt. Auf Schwarzmarktkungeleien stand handfeste Bestrafung. Aber wer ließ sich davon beeindrucken? Uns schreckte der Gedanke ans Verrecken, aber doch nicht, ob wir zu Vorbestraften hätten werden können. Ich erinnere mich an den Bericht einer Hamburgerin, die beim Kohleklauen erwischt und zu Knast verurteilt worden war. Sie hatte einen Säugling, den sie noch stillte, und sie beschrieb die ganze Rangelei, bis es geschafft war, daß ihr Mann an ihrer Stelle die Strafe absitzen konnte.

Wir hörten immer wieder, daß die Ami-Soldaten auf deutsche Kameras scharf waren, insbesondere auf die aus den Zeiss-Werken in Thüringen, die Weltruf hatten. Sie standen bei den GIs hoch im Kurs und gehörten zu den Dingen, die sie nur allzu gern als Erinnerung an die Zeit in Deutschland mit nach Hause nahmen. Irgendwie war es meinem Mann gelungen, seine Leica gen Westen mitzunehmen. Und nun beschloß er, sich von ihr zu trennen. Dafür gab es gleich diverse Stangen Ami-Zigaretten, also ein Schwarzmarktvermögen. Am Ende unseres langen Hausflurs lebte ein Sechzehnjähriger in einem Zimmer, ein durchtriebener, von dem es hieß, er könne alles und jedes besorgen. Ich nahm zu ihm Kontakt auf, um mal zu hören, was wir denn wohl so für unsere Ami-Zigaretten kriegen könnten, und die ersten Tauschereien waren abgewickelt. Ich weiß es nicht mehr, wie wir beide Zoff bekamen, jedenfalls aber, weil er mich um ein Päckchen Zigaretten anschmieren wollte.

Da stehe ich in der Küchenecke unseres Wohnzimmers und bruzzele fürs Abendbrot herum. Mit einmal resolutes Klopfen an der Tür. Unerklärlich, wer das sein könnte. Vor uns stehen zwei Polizisten, stecken ruckzuck ihre Dienstmarken weg und fangen an, sich genauestens umzusehen. Es geht weiter ins Schlafzimmer. Auf der Konsole über dem Waschbecken liegen zwei winzige Glasröhrchen, Inhalt Klebstoff, irgendwann einmal als Gelegenheitskauf mitgebracht. Daran beißen sich die beiden fest, nehmen uns das nicht ab. Endloses, ungutes Gerede mit meinem Mann. Also verziehe ich mich zurück in den Wohn-Küchenraum. Mein Herz rast, ich greife in die alte ausgeleierte Couch, grabbele unter der Rücklehne die drei restlichen Zigarettenstangen raus und schiebe sie ins Herdfeuer. In dem Moment kehren die Männer zurück, die Fuhre trockner Tabak prasselt los, unser Zigarettenreichtum auf einen Schlag dahin.

Die Polizisten haben nichts bemerkt, haben keine Fragen mehr, bestellen mich fürs Protokoll auf die Wache, und schließlich sprechen sie davon, daß der Sechzehnjährige Anzeige gegen mich erstattet hatte, ich wäre ihm mit Rauschgift gekommen. Und deshalb wären ihnen die Glasröhrchen verdächtig erschienen.

Neben all diesen Kungeleien und dubiosen Machenschafen auch noch das eine und andere bis heute widerlich gebliebene Erlebnis, auch bei diesen paar Eisenbahnfahrten. Da hingen die Menschen wie Schmeißfliegen an den Zügen, auf den Trittbrettern, den Dächern, den Puffern. Ganz egal wie, hinkommen zu irgendwelchen Leuten auf dem flachen Land, die vielleicht vom Bauernhof, vom eigenen Garten etwas Selbsterzeugtes hergeben würden.

Natürlich nur selten Züge, und natürlich noch keine Fahrpläne. Aufs Geradewohl fanden sich Unmengen an Wartenden auf den Bahnhöfen ein. Der Zug kam schon überfüllt an, und um überhaupt mitzukommen war, entschied sich in einem lebensgefährlichen Gerangele. Einmal war ich gut dran, weil der Zug so zum Stehen kam, gleich vor mir die Wagentür. Also kann ich sofort die Stufen hochklettern, andere schieben nach, quetschen, schubsen. Ich kann wirklich nicht mehr weiter. Die Klotür wird aufgedrückt. Das wird eine Fahrt von vielen Stunden und nachtüber, also lasse ich es darauf ankommen, daß ich zum Sitzen runtergerangelt werde auf dieses eklige vollgeschissene Becken. Immer noch besser, als all diese Stunden eingekeilt stehen. Die Tür läßt sich nicht mehr schließen, aber da wurscheln sich doch welche durch mit ihrer Notdurft. Und natürlich fangen sie an zu schimpfen und zu mosern. Nur daß das nichts ändert. Ich kann bloß versuchen, den Kopf etwas abzuwenden, um nicht noch zu sehen, was ich höre und rieche.

Ein andermal das ganz große Glück. Da reißt jemand in einem Abteil die Wagentür auf und ruft mir zu, man könne noch etwas zusammenrücken. Was für ein netter Mann, der sich gegen die

Fensterwand quetscht, und der mir hilft, mich in die schmale Lücke einzufügen, auch wenn wir alle in dieser Reihe kaum noch Luft holen können. Als es dunkel geworden ist, tastet er nach meiner Hand, drückt sie fest über seinen Pimmel, übernimmt das Rubbeln, bis es dann loskleckert auf meinen Unterarm. Der Kleister wird schließlich eiskalt, ist völlig festgetrocknet in meinem Mantelärmel und bleibt mir noch weiter erhalten, so, wie dieses Mann-Ferkel an meiner Seite, bis wir am Ziel sind.

Vor allem aber gingen die Tugenden der Frauen dahin. Im Handumdrehen hatte sich erledigt, was ihnen von den Nazis so nachdrücklich gepredigt worden war. Gerade wo die Amerikaner einmarschierten, erkannten die Mädels im Nu, daß da mit Sittsamkeit nichts zu machen war. Viele, denen bisher Bettgeflüster gegen Entgelt völlig unvorstellbar gewesen wäre, stiegen in eine Art Notstandsprostitution um. Sie hatten die Bombenangriffe hinter sich, oder die grausame wochenlange Flucht mitten im harten Winter überstanden. Wie hätten sie nach solchen Erfahrungen noch groß Skrupel haben sollen, sich jetzt auf einen Ausweg einzulassen, der ihnen das weitere jahrelange Darben der Nachkriegszeit ersparte. Wenn auch die Verbrüderung mit den Deutschen verboten war, so hätte es niemand unterbinden können, daß sich rasch das älteste Gewerbe der Welt etablierte. Es kam vor, daß auch Ehefrauen, um ihre Kinder durchzubringen, sich auf diesen Minnedienst gegen Ami-Waren einließen. Und es kam vor, daß manch ein Ehemann, der aus der Kriegsgefangenschaft zurückkehrte, das überhaupt nicht verwinden konnte und mit der Heimkehr auch gleich wieder das heimelige Familienglück verlor. Und ebenso war es vorbei mit der von den Nazis geforderten Reinerhaltung des deutschen Blutes. Denn auch die farbigen US-Soldaten wurden sofort akzeptiert. Manch einer dürfte verblüfft darüber gewesen sein, wie leicht er hier an ein weißes Girl-Friend kam. In erster Linie gehörte Bayern zur amerikanischen Besatzungszone. Wenn dort auch streng katholisches Gebiet war, so ließ sich doch nichts gegen all diese Unzucht ausrichten. Jedenfalls stellte es sich heraus, daß in Bayern etliche Mischlingskinder zurückblieben, und manch einer hatte so seine Schwierigkeiten damit, daß um ihn herum, dunkelhäutige deutsche Kinder heranwuchsen.

Ich hatte Ina kennen gelernt, Ina, frisch und fröhlich, die nicht anbaggerte, aber doch hier und da mit kurzen Beziehungen zu GIs deren Kaffee und Zigaretten mitnahm. Eines Tages kommt ein Brief von einem Tom-Fred-Mike an, den sie gar nicht mehr so recht in die Reihe bringen konnte. Wer denn bloß war dieser Tommy? War der, den sie vor Augen hatte, nicht Fred? Oder Mike? Nach zwei, drei Tagen kam der nächste Brief. Er habe ihr doch gesagt, er würde sich nach der Versetzung in eine andere bayerische Ecke wieder bei ihr melden. Ehe Ina begreift, wie ihr geschieht, steht der GI vor der Tür, und bald spricht er von Heiraten und kommt mit den ersten Papieren an. Er habe ihr doch gesagt, er könne sie nicht vergessen, und was denn nun sei, und ob sie denn nun mitkäme über den Atlantik. Ina will. Und nach ein paar Wochen Pause erhalte ich einen dicken Brief, der belegt, wie Ina zur amerikanischen Ehefrau geworden ist. Fotos von ihr in einem atemberaubenden Brautkleid, mal mit, mal ohne Reisregen. Dann der Angetraute dazu, und beide neben einem amerikanischen Luxusschlitten. Fotos von dem beachtlichen Bungalow, Bilder von der Familie. Die war zwei Generationen zuvor von Deutschland in die neue Welt ausgewandert, und der Schwiegervater fand es toll, daß jetzt deutscher Nachschub eingetroffen war.

Im Stockwerk unter uns Gerda. Vielleicht hat Sam auch deutsche Ahnen gehabt, jedenfalls läuft der Alltag der beiden so richtig treudeutsch ab. Das Kind ist da, also wurde auch geheiratet. Gerda ist genervt von dem Säugling, sobald sie mit dem Kochen der deutschen Hausmannskost etwas spät dran ist. Schließlich soll das Essen, so, wie sich's gehört, pünktlich auf dem Tisch stehen, wenn Sam vom Dienst kommt. Aber der ist schon glücklich, wenn er am Feierabend die Beine auf den Tisch legen kann. Von Zeit zu Zeit lädt Gerda uns mit zum Abendbrot ein. Dann wuselt sie stolz herum und genießt es, uns beweisen zu können, daß jetzt sie zu den Privilegierten gehört, die eine deftige Mahlzeit auf den Tisch bringen kann.

Zwei Etagen unter uns wohnt Rosemarie, eine sehr attraktive Frau mit viel Charme und Verstand. Die Natur hat sie zur eleganten Blondine bestimmt. Ihr Mann war gefallen, und sie hatte sich allein mit ihrer zweijährigen Tochter aus Schlesien auf die Flucht machen müssen. Dabei waren beide, zusammengekauert in einer Telefonzelle, in den Bombenhagel auf Dresden geraten. Rosemarie ging systematisch daran, nach einer neuen Zukunft für sich und die Tochter Ausschau zu halten. Dazu ergab sich eines Tages der maßgeschneiderte Job. In einer großen Jugendstilvilla, Unterkunft für eine Reihe amerikanischer Offiziere, machte sie die honneurs. Lächelnd und lässig agierte sie als Hausdame, reagierte hier und da auch schon mal auf Komplimente mit einer vielsagenden Lächelei, wobei sie aber stets im Auge behielt, wer möglicherweise ernsthaft als Bewerber in Frage kommen könnte.

Wir beide kannten uns recht gut, von Zeit zu Zeit ließ sie mich teilhaben an ihrem reichlichen Vorrat an Kaffee, Zigaretten und sonstigen amerikanischen Lebensmitteln, und dann erzählte sie mir von ihrem Job. Und eines Tages war es soweit, daß sie mir ihren künftigen Ehemann vorstellt. Einen Oberstleutnant, dessen Familienname später in der großen amerikanischen Politik genannt wurde. Rosemarie war dabei, aus dem am Boden liegenden Deutschland überzuwechseln in die amerikanische High Society.

Eines Tages sprach Rosemarie davon, daß sie für die Herren Offiziere eine Party auszurichten habe. Und dazu wolle man ein paar Damen mit Niveau. Ich könne doch mitmachen. Diese Leute wüßten sich schließlich zu benehmen, und warum nicht für ein paar Stunden die ganze Nachkriegsmisere vergessen. Ja, warum eigentlich nicht?!

In der Eingangshalle ergrautes Plüsch- und Troddelmobiliar, irgendwie die amerikanischen Uniformen nicht so recht dazu passend. Aber das ist mir nun wieder vertraut: In der beginnenden angeheiterten Stimmung die Lockerung des Krawattenknotens, der leger geöffnete oberste Hemdenknopf. Wie sich das deckt mit der Erinnerung an unseren Polterabend mit den Offizierskameraden. Bei den Kriegern gibt's nun mal weltumspannende Sitten und Gebräuche.

Es haben sich schon erste Paarbildungen ergeben, also führt mich Rosemarie einem Solositzer zu, und, wie es aussieht, auch schon mit einem gewissen Alkoholpegel. Die Beine schräg in den Raum gestreckt, die Hand wie festgeklebt am Glas. Mich an seiner Seite feststellend: "How are you?", und schon wieder zurück ins alkoholische Schweigen.

Rosemarie streckt den Arm aus nach einem Sessel, selbstverständlich springen sofort zwei Herren auf, rücken den Sessel für mich zurecht. Rosemarie versorgt mich ebenfalls mit einem Glas, und nun wird zu zweit geschwiegen, bis ich dann ein mühseliges Gemurmele wahrnehme. Ich beuge mich rüber, aber dieses Whisky-Gebrabbele verstehe ich nicht. Es kommt mir so vor, als ob sich der genuschelte Satz wiederholt. Worum um Himmels willen geht es ihm denn? Und endlich meine ich herauszuhören: "You need a rubber?

The pencil, the basket, the rubber, das war damals in der Schule schon in den ersten Englisch-Stunden vorgekommen. Aber wieso ist dieser stinkbesoffene Kerl jetzt bei einem Radiergummi? Noch drei-, viermal bleibt er störrisch dabei. Dann hat er genug vom Thema Rubber, ist beleidigt, quält sich hoch aus dem abgewetzten Sessel, schwankt, von Rosemarie fürsorglich gestützt und geleitet, durch die schweigende Halle und ist im dunklen Flur verschwunden.

Und da kommt mir endlich der Geistesblitz, ich springe auf, nichts wie weg hier. Was habe ich mir bloß dabei gedacht, hierher zu geraten? Wieso bin ich nicht von vornherein darauf gekommen, daß siegreiche amerikanische Männer, in solch einer Situation allemal, selbstverständlich auch nur an das eine denken.

Aber die ganz große Mehrzahl von uns Frauen war ja damals zum Thema Sexualität noch völlig unbedarft. Von den Müttern war nicht das Simpelste an Aufklärung gekommen. Wenn wir selbst schon verheiratet waren und Kinder hatten, sprachen wir vielleicht hinter vorgehaltener Hand davon, was für skurile Vorstellungen wir uns als junge Dinger zusammengereimt hatten. Beispielsweise daß man schon vom Küssen schwanger wird, oder aber daß die Babys durch den Bauchnabel geboren werden.

Damals nahmen wir sehr rasch wahr, daß die Amerikaner schon ein ganz anderes Frauenbild hatten als wir. Man überhäufte uns mit Hollywood-Filmen, und da kam von den biederen Muttis nichts mehr vor. Die frisch-fröhlichen Familienfrauen waren genauso gestylt wie die Revue-Stars in den glamourösen Musikfilmen. Alle mit der geschnürten Wespentaille, die den Busen aufreizend hoch- und hervorschob. Beim Werkeln in der

Küche waren die amerikanischen Frauen nicht als Heimchen am Herd ausstaffiert, sondern präsentierten sich auch dabei in erster Linie mit ihrer weiblichen Attraktivität. Neckische Tändelschürzchen statt -solidem Kittel. Sogar die Töchterchen hatten keine braven Zöpfe mehr, sondern führten ihre niedlichen Friseur-Löckchen vor.

Nach der Nazi-Tonkunst mit Wagner-Posaunen und vaterländischen Marschtritt-Kesselpauken kamen uns die Amerikaner mit einem totalen akustischen Kulissenwechsel. Ihre Swing-Musik, ihre einschmeichelnden Schlagermelodien, von denen manche auch heute noch klassische Hits sind, hatten schon eine unverkennbar erotisierende Wirkung. Love is in the air.

Als die No-Fraternisation aufgehoben worden war, durften wir nun auch die Lokale besuchen, zu denen uns der Zutritt bisher untersagt war. Wir trafen mit den Amis zum Schwoofen auf gemeinsamem Parkett zusammen. Und wir meinten, unseren Augen nicht zu trauen, als wir ihr Cheek-to-Cheek-Geschleiche erlebten. Wenn einer, der eine Unbekannte aufgefordert hatte, seine Wange sofort an ihrem Gesicht placierte und sie wie eine Geliebte mit den Armen eng an sich presste. Dieses ungewohnte Geklammere empfanden wir als peinlich intim, fast schon wie eine Art Vorspiel.

Nach und nach kehrten die deutschen Männer aus der Kriegsgefangenschaft zurück, und manch einer fing an, von der Besatzungszeit in Frankreich zu schwärmen, von den einfallsreichen Liebestechniken der Französinnen. Die deutschen Ehefrauen fühlten sich in ihrer Tugendhaftigkeit gekränkt, wenn jetzt von ihnen sexuelle Praktiken erwartet wurden, die bisher als unanständig und verkommen galten. Adolf Hitler war doch noch taufrisch in Erinnerung, der gesagt hatte, eine Frau, die bei der Liebe Lust empfindet, gehört nicht ins Ehebett.

Auf jeden Fall hatten die Männer nach den Kriegsjahren und nach dem grauenhaften Ausgang des Krieges Lebenshunger und Nachholbedarf. Aber die Frauen standen am äußersten Ende der anderen Seite. Ihr größtes Problem war, daß es noch keine verläßlichen Verhütungsmittel gab. Das Eheleben war für sie die ständige Angst davor, in dieser Nachkriegsmisere unerwünscht schwanger zu werden, und dieser Alptraum blockte sie völlig darin ab, auch noch die geringste Bereitschaft zu entwickeln, sich auf einen unbefangenen Umgang mit Sexualität einzulassen. Das Hangen und Bangen machte es unmöglich, Lust und Freude am Sex zu empfinden. Ich höre mich "Nein" schreien, als ich mit Blutungen in der kleinen Klinik eines Frauenarztes gelandet bin. Er hat mich untersucht und steht neben meinem Bett mit der Frage, ob er mit einem Eingriff versuchen soll, den Drei-Monats-Embryo noch zu retten. Ich schreie sofort "Nein" . Wie denn in der eigenen erschöpften Verfassung ein Kind austragen? Woher auch nur die einfachste Babyausstattung nehmen, und wie später für den Säugling die angemessene Ernährung beschaffen?

Aber dieser Abbruch war ja keine Lösung. Wie sollte es danach weitergehen? Da waren die Methoden zur Schwangerschaftsverhütung völlig unzuverlässig, doch es wurde ja nicht einmal offen über diese Möglichkeiten gesprochen. Die Nazis hatten den größten Wert auf den ungebremsten Nachschub der deutschen Herrenrasse gelegt, und so war eben auch das Thema Schwangerschaftsverhütung unerwünscht und dazu angetan, sich damit suspekt zu machen.

Damals fing Beate Uhse damit an, das Dilemma aufzugreifen, und sie ging daran, das erste simple Informationsmaterial zu verschicken. Davon erfuhr ich nichts. Ein Gynäkologe empfahl Spülungen mit einer mörderischen chemischen Substanz. Ich wurde trotzdem schwanger. Ein anderer kam mit der Muttermundkappe. Ich wurde schwanger, genauso wie bei der Errechnung der empfängnisfreien Tage. Ich gehörte mit zu der riesigen Schar der total verzweifelten, heulenden Frauen, denen jeglicher Spaß am Sex vergangen war, und denen der Graus vor den ehelichen Pflichten über Jahre erhalten blieb, auch als die schlimmste wirtschaftliche Not hinter uns lag.

KAPITEL 19

Die rationierten Nahrungsmittel wurden auch weiterhin nur gegen Lebensmittelmarken abgegeben. Aber es dauerte gar nicht lange, bis man sich über die vorgeschriebenen Mengen hinwegsetzte. Da wurde stillschweigend eine weitere Packung Butter über den Tresen geschoben. Kein Metzger schnibbelte mehr grammgenau an der Wurst herum, es durfte gern wieder etwas mehr sein. Handel und Wandel spielten sich immer weiter ein und ließen immer mehr die Lebensmittelkarten zu wertlosem Papier werden.

Manch ein Geschäft wurde geöffnet, das wir über die Jahre nur als stillgelegt erlebt hatten. Allmählich lief auch die Produktion von sonstigen Konsumgütern wieder an. Die Situation hatte sich völlig gewendet. Nicht wir mußten uns damit abmühen, um irgendwie das Allernötigste zu beschaffen, sondern umgekehrt wurde das Angebot immer größer, um uns zum Ausgeben unseres neuen Geldes zu verlocken.

Eines Tages wurde in der Hauptgeschäftsstraße ein Laden eröffnet, der bisher auch leergestanden hatte. Dort stapelten sich Unmengen an Kartons, und wie sich sehr bald herausstellte, wurden all die Artikel verkauft, die die US-Soldaten als Marketenderware erhielten: Zigaretten, Kaffee, diverse Schokoladensorten, edle Konserven, all das konnte nun jeder von uns gegen die neue Währung bekommen. Diese Ami-Waren gingen reißend weg, die Kunden drängelten sich in Scharen. Wir nahmen wahr, daß dieser schwunghafte Handel von einer jüdischen Familie betrieben wurden. Möglicherweise waren sie aus Amerika gekommen. Ich weiß es nicht, weshalb ich diesen Deal als unbehaglich empfand. Da war dieses Gefühl, daß nach allem, was wir dem jüdischen Volk angetan hatten, erste Kontakte besser auf einer ganz anderen Ebene und sehr behutsam hätten erfolgen sollen.

Nachdem uns die Nachkriegsnot drei Jahre lang zugesetzt hatte, kamen hier und da Gerüchte auf, daß man die Unmengen an wertlosem Geld einziehen und durch eine neue Währung ersetzen wolle. Darunter konnten wir uns überhaupt nichts vorstellen. Und als es dann noch hieß, als Startkapital bekäme jeder vierzig Mark, stand für mich fest, daß wir nun ins totale Elend geraten würden. Ich nahm mir unsere Lebensmittelmarken vor und rechnete zusammen, was diese kümmerlichen Rationen zu den damaligen offiziellen Preisen kosteten, um dann meinem Man zu erklären, daß wir schon nach wenigen Wochen nicht einmal mehr diese bescheidenen Lebensmittelmengen würden bezahlen können. Mit diesem Geld hätten wir es noch mieser als mit der Schwarzmarktkungelei. Denn wie sollten wir zu weiterem Geld kommen? Bis dahin hatte man ja noch nicht einmal damit angefangen, die Infrastruktur wieder herzurichten, geschweige denn neue Fabriken und Unternehmen zu schaffen. In den Großstädten war man froh, die Trümmer so einigermaßen beiseite geräumt zu haben so daß es wenigstens Fußsteige durch die Ruinenfelder gab.

Der Termin für die Ausgabe der neuen Währung war auf einen Sonntag gelegt worden. Und wir trauten unseren Augen nicht als wir schon am Montag morgen hier und da die ersten gefällten Schaufenster vorfanden. Zunächst gab es ein reichhaltiges Angebot an Obst und Gemüse. Diese einheimischen Erzeugnisse waren auch bisher unbeirrt herangewachsen. Aber davon war so gut wie nichts in die Geschäfte gelangt, weil auch an diese nicht rationierten Waren nur über irgendwelche Kungeleien und am liebsten über Sachwerte heranzukommen gewesen war. Jetzt aber hatten die Erzeuger das gleiche Interesse wie wir, mit ihren Produkten neues Geld zu verdienen.

Nachdem die No-Fraternisation aufgehoben war und es Kontakte zwischen Amerikanern und Deutschen geben durfte, kam es vor, daß wir gelegentlich auch mit US-Offizieren indischer Herkunft zusammentrafen. Da gab es diejenigen, die uns ihren bittersten Haß und verächtliche Ablehnung spüren ließen. Aber da waren auch andere, die so etwas wie ein wenig Mitgefühl für unsere trostlose Lage aufzubringen schienen. Erst Jahre später erfuhr ich davon, daß in England ein jüdischer Journalist daran gegangen war, eine Art Erste-Hilfe-Aktion zu starten und für uns Lebensmittelspenden zu organisieren. Er erhielt nach Jahren für diese Geste der Aussöhnungsbereitschaft den Friedenspreis des Deutschen Buchhandels.

Schon nach kurzer Zeit taten sich unter uns Deutschen völlig gegensätzliche Einstellungen zur Nazi-Vergangenheit auf. Der evangelische Pastor Martin Niemöller war einer der ersten gewesen, der sich couragiert gegen Hitler ausgesprochen hatte und dafür im Konzentrationslager Dachau inhaftiert worden war. Nach der Befreiung tat er sich mit anderen evangelischen Geistlichen zusammen, um eine Stellungnahme zur Nazizeit zu erarbeiten. So entstand das Stuttgarter Schuldbekenntnis, das die Beurteilung formulierte, das deutsche Volk habe der Barberei der Nazis nicht genügend Widerstand entgegengesetzt. Viele Deutsche lehnten dieses Bekenntnis zu einer Kollektivschuld empört ab. Bis zum heutigen Tag gibt es unter den noch lebenden Zeitzeugen etliche, die jeglicher Diskussion über die Nazi-Greuel damit entgegentreten, daß sie sofort von ihren Leiden und die ihnen angetanen Verluste reden und auf das ihnen angetane Unrecht verweisen. Sie wollen es nicht gelten lassen, daß der zweite Weltkrieg ganz systematisch von Hitler angezettelt worden ist, und daß die Blitzsiege der Wehrmacht mit ihren Überfällen auch auf neutrale Staaten eklatante Verstöße gegen das Völkerrecht gewesen waren. Unter diesen Umständen hatten wir kaum Grund, uns über die entsprechenden Reaktionen der Gegner zu ereifern.

Ich erinnere mich, daß ich teilnahm an einer Versammlung, in der über die Bildung einer Weltregierung diskutiert wurde, um damit bewaffnete Auseinandersetzungen zwischen den Völkern unmöglich zu machen. Jedenfalls galt damals für die meisten Deutschen: Nie wieder Krieg, nie wieder Bewaffnung und Militär.

Aber sobald die neue D-Mark-Währung eingeführt worden war, gab es für alle nur die eine Frage, wie man an eine auskömmliche Berufstätigkeit kommen könnte.

Für uns ergab sich über ein paar Umwege die Bekanntschaft zu einem jüdischen Regisseur. Er hatte noch rechtzeitig emigrieren können und war nun wieder aus Amerika zurückgekehrt, weil er darauf setzte, daß die Bevölkerung nicht nur nach Brot, sondern über kurz oder lang auch nach Spielen und Entertainment verlangen würde. Einst hatte er in Berlin zu jenen jüdischen Künstlern gehört, die dem kulturellen Leben der Stadt jenen einmaligen drive mit dieser unverwechselbaren Originalität gegeben hatten. Also war er auf die Suche gegangen nach

Künstlern aus dem Show-Business, mit denen sich ein recht flottes Revue-Programm zusammenstellen ließ.

Nun ging es darum, mit dieser Truppe eine Tournee zu starten und dafür das kaufmännische und organisatorische Management zu schaffen. Mit diesem Job sollte sich mein Mann befassen und unter den damaligen Umständen kam das schon einem Stück Generalstabsplanung gleich. Wo existierten überhaupt noch unzerstörte Theater? Oder wo fanden sich sonst Ausweichmöglichkeiten in Kinos, in Sälen, zu denen eine Bühne gehörte? Wie ließen sich in den zerbombten Städten überhaupt genügend Quartiere für das Ensemble auftreiben?

Welche Spedition hatte schon wieder den Betrieb aufgenommen, um die Truppe zum nächsten Spielort zu bringen, Instrumente, Kostüme und die wenigen Kulissen zu transportieren?

Das Programm hatte noch nicht Weltklasse, aber die Aufführung war doch schon ganz pfiffig. Als Ballett präsentierten sich vier Mädels von völlig unterschiedlicher Statur und Größe. A- ber die Zuschauer waren nach den ernsten dramatischen Jahren so ausgehungert nach etwas Aufheiterndem, daß sie sich schon daran erfreuen konnten, wie die vier Girls einigermaßen übereinstimmend die Beine schwenkten und auch schon eine fesche Kostümierung vorzuweisen hatten. Wo waren Fräcke und Zylinder aufgetrieben worden für zwei junge Leute, die mit ihren Steppschritten einen Applaus bekamen wie Fred Astair, den man ja durch die Hollywood-Filme kennen gelernt hatte. Der eine ein junger ausgedienter Leutnant, dem es noch nicht gelungen war, an einen anderen beruflichen Einstieg zu gelangen. Ein gestandener Berliner Conferencier führte durchs Programm und mit seiner Routine brachte er die Zuschauer im Handumdrehen in Stimmung. Der Clou der Vorstellung aber war der atemberaubende Auftritt einer Striptease-Tänzerin. Die Nazis hatten solche unmoralischen Auftritte nicht gern gesehen. Aber es mußte schon noch eine uralte Vorschrift eingehalten werden, daß sich solch ein Nackerei auf der Bühne nicht bewegen durfte. Also war von lebenden Bildern die Rede. Dazu stand dann die Barbusige mit ihrer blonden Loreley-Haarmähne mucksmäuschenstill irgendwie auf der Bühne herum. Natürlich war sie ein toller Lockvogel und prangte deshalb auch auf den Plakaten. Doch das ging nicht immer gut. Es kam vor, daß diese

Schamlosigkeit beanstandet wurde, und beim Eintreffen der Truppe am neuen Spielort die Plakatierung verschwunden war. Mein Mann sah sich immer erst einmal danach um, ob die Plakate noch hingen. Denn da war schon der Zusammenhang zum Ergebnis des Vorverkaufs unverkennbar. Es war ja schon erstaunlich genug, daß sich die Zuschauer bei der kümmerlichen Beleuchtung der Straßen überhaupt auf den Weg durch die halsbrecherischen Trümmerfelder machten.

An die Mitwirkenden konnten noch keine festen Gagen gezahlt werden, und ebenso war es unmöglich die Miete für die Bühnen festzulegen. Es konnten nur Vereinbarungen getroffen werden, die Einnahmen prozentual aufzuteilen. Und da die Besucherzahlen ja doch sehr schwankten, war das ganze für die Beteiligten ein unsicheres Geschäft. Aber um es überhaupt mit einem Start aus dem Nichts zu probieren, ließ es jeder darauf ankommen. Nach und nach lief sich das Programm tot.

Doch es gab schon ein neues Projekt. Ein internationaler Elektrokonzern beabsichtigte, sich für die Friedensproduktion bei der Kundschaft in Erinnerung zu bringen. Und für diese Werbekampagne stand auch genügend Geld zur Verfügung, um eine üppige, Aufsehen erregende Revue zu starten. Da konnten prominente Künstler engagiert werden, die dem Publikum noch aus der Vorkriegszeit bekannt waren. Denn auch für die größten Stars gab es zunächst keine Aussichten. Erst einmal mußten die Theater wieder bespielbar werden, und zunächst war ja nicht an ein festes Ensemble zu denken. Die Filmateliers waren leer, und das Fernsehspiel existierte ja noch gar nicht.

Diese Reklame-Lichtrevue konnte damals bekannte, berühmte Show-Künstler engagieren. Will Glahé mit seiner Band, dem es gelungen war, all die Nazijahre über bei einem Anflug von Swing-Musik zu bleiben. Die tanzenden Höpfner-Schwestern, die mit ihrem traumhaften Kaiserwalzer-Ballett Abend für Abend tosenden Beifall auslösten. Rudi Schuricke, der schon bald nach dem Krieg mit seinem Schlager von den Caprifischern einen ersten großen Hit landete. Und zum Schluß des Abends stand dann auch noch Lilian Harvey auf der Bühne, dieses zarte, zerbrechliche Persönchen, von ihrem Publikum Jahre und Jahre geliebt und verehrt. Sie hatte keine geschulte Stimme vorzuweisen, sie brachte nur hübsches, ans Herz gehendes Geträllere zustande. Aber was für eine merkwürdige Stimmung, wenn sie einsetzte "Das gibt's nur einmal, das kommt nicht wieder." Betroffenheit, Wehmut, dieses Gefühl der schmerzlichen Endgültigkeit. Das, was einmal war, kommt nach all dem furchtbaren Geschehen niemals wieder.

Diese Revue gastierte auch im Kursaal von Bad Kissingen, und so lud ich einige der Mitwirkenden auf einen Kaffee zu uns ein. Auch Lilian Harvey kam noch und setzte sich in einer Woge von weißem Pelz neben mich. Sie war zuvor schon bei einer anderen Einladung gewesen, bei einer Hohenzollern-Prinzessin, die das Kriegsgeschehen ebenfalls nach Bad Kissingen verschlagen hatte. Die Prinzessin hatte gefragt, ob sie das Geschmeide von Lilian Harvey näher anschauen und berühren dürfe, und hatte dann mit kundigen Fingerspitzen die zu einer Kette aufgefädelten fast kirschgroßen Edelsteinkugeln aus Rubinen, Smaragden, Saphiren abgetastet, in Erinnerung vielleicht an ein königliches Ereignis, an dem sie solch ein Geschmeide getragen hatte. Das kommt nie wieder.

Lilian Harvey erzählte auf Englisch und blieb auch dabei, als sie sich in mein Gästebuch eintrug. Sie lebte schon seit einiger Zeit in Südfrankreich und wollte sich wohl ebenso distanzieren vom Deutschland Hitlers, wie es später auch Marlene Dietrich tat, als sie noch einmal zurückkehrte. Die Berliner verübelten ihr das aufs Schwerste.

Immer mehr Tourneetruppen machten sich auf den Weg, in der Hauptrolle besetzt mit einem zugkräftigen Star. Einige dieser Tournee-Ensemble hatten ihren Auftritt auch in dem unzerstört gebliebenen Kurtheater von Bad Kissingen. Lil Dagover traf mit solch einer starken Erkältung ein, daß sie für zwei, drei Tage ins Krankenhaus mußte. Die Belieferung mit Lebensmitteln klappte hier und da ja noch nicht zuverlässig, also klapperte ich etliche Geschäft ab, um ihr frische Gurken ins Krankenhaus zu bringen. Man wußte, daß für sie die Gesichtsmaske aus aufgelegten Gurkenscheiben das wichtigste Schönheitsmittel waren. Auch Paul Hörbiger traf mit einem schweren Bronchitis ein, also hielt ich hinter den Kulissen heiße Milch mit Honig bereit, damit er wenigstens mit einem Rest von Stimme seine vom Publikum erwarteten Wiener Lieder vortragen konnte.

Ich hatte Gelegenheit, der Wiener Burgschauspielerin Käthe Dorsch bei Proben zuzuschauen und weiß seither, wieviel handwerkliches Können dazu gehört, ein erfolgreicher Schauspieler zu werden.

Es lief noch immer so ab, daß mein Mann die Gagen nach Ende der Vorstellung auszahlte. Eines Tages setzt sich im Foyer des Theaters Willy Fritsch neben mich, streckt ein Bein unter den Tisch, zieht unbeobachtet Schuh und Socke aus, um die Geldscheine so sicher wie nur möglich unter der nackten Fußsohle unterzubringen.

Als sich unser zweites Kind ankündigte, schafften wir es, unsere Wohnsituation nochmals zu verbessern. Und auch diese Aktion ein typisches Nachkriegsabenteuer. Da hatte ich von einer Frau gehört, die in Düsseldorf mit ihren Kindern total ausgebombt worden war und nun wieder in ihre Heimatstadt zurückkehren wollte. Damit wurde ihre bisherige Teilwohnung frei, drei Zimmer, Küche Bad , alles zentralbeheizt, nur die Toilette mußten wir mit der anderen Wohnungspartei teilen. Allerdings verlangte die Düsseldorferin für die Freigabe ihrs Wohnteils ein Stück Geld, um damit ihren Umzug bezahlen zu können. Derlei finanzielle Kungeleien waren mit der Wohnungsbewirtschaftung strengstens verboten. Aber wer ist schon durch diese harten Nachkriegsjahre gekommen, ohne sich über solche gesetzlichen Regelungen hinwegzusetzen? Erst einmal mußten wir zusehen, vom Wohnungsamt die Genehmigung für diesen Wechsel zu bekommen. Von der Transaktion mit der jetzigen Bewohnerin durfte selbstverständlich nichts durchsickern. Vielmehr mußten wir beim Wohnungsamt begründen, weshalb wir so dringend mehr Wohnraum brauchten. Also legte ich dort die ärztliche Bescheinigung über meine Schwangerschaft vor. Das sollte wiederum bei dem Vermieter nicht zur Sprache kommen. Denn wer weiß, ob er uns dann nicht einen Strich durch die Rechnung gemacht und kinderlosen Interessenten den Vorzug gegeben hätte. Wir konnten erst dann an den glücklichen Abschluß dieses fragwürdigen Manövers glauben, als wir unseren Kram an der Hintertür des Hauses abgestellt hatten. Für die damalige Zeit war diese Wohnmöglichkeit ein Traum. Die warme Sonne schien, und gedankenlos zog ich meinen recht weiten Mantel aus. Der Hausbesitzer steht plötzlich neben uns, und im ersten Augenblick durfte er auch gedacht haben, er träume, als er meinen unverkennbar schwangeren Bauch sah.

Gerade der Mangel an Wohnraum zog sich noch wer weiß wie lange hin und war mit einem schlimmen Papierkrieg verbunden. Zuerst einmal mußte man versuchen, beim Wohnungsamt überhaupt an eine Zuzugsgenehmigung zu kommen und dafür ein ganzes Bündel an Voraussetzungen und dazugehörenden schriftlichen Bestätigungen beibringen, ehe man darangehen konnte, sich nach einer Bleibe umzusehen. Es war üblich, daß ein Baukostenzuschuß verlangt wurde, der bei den damaligen Verdiensten ein ganz erhebliche Stück Geld von mehreren Monatsgehältern betrug. Vor allem in den Großstädten, die ja alle durch die Bombenangriffe mehr oder weniger zerstört waren, mußte die im Krieg eingeführte Wohnraumbewirtschaftung noch über Jahre und Jahre aufrechterhalten bleiben.

Der Wechsel zur D-Mark-Währung hatte der Wirtschaft die Chance eröffnet, nun einen Neuanfang zu starten. Dabei entstanden mit zunehmendem Tempo immer mehr Arbeitplätze. Und weil der allergrößte Teil der Bevölkerung am Nullpunkt beginnen mußte, bekam auch die Konsumgüterproduktion ihren Aufschwung. Jeder, der zu Lohn und Brot gekommen war, konnte sich in relativ kurzer Zeit einen Lebensstandard in Friedensnormalität schaffen. Niemand hätte bei der Verwüstung zu Kriegsende annehmen können, daß der Wiederaufbau so schnell zustande gebracht werden könnte, und es war schon zutreffend, wenn alle Welt vom deutschen Wirtschaftswunder sprach.

Ein paar Monate nach Kriegsende hatten die westlichen Besatzungsmächte die Entnazifizierung angeordnet. Und bei all den ungeheuerlichen Greueln der Nazis, die bei der Befreiung der Konzentrationslager vorgefunden wurden, gab es nichts anderes, als dabei für uns Deutsche harte Maßstäbe anzulegen. Aber es stellte sich bald heraus, daß dies nicht durchzuhalten war. Denn zum Aufbau einer funktionierenden Verwaltung mußten Abstriche gemacht werden. Es war unerläßlich, dazu Staatsbedienstete aus der Nazizeit mit heranzuziehen. Also prägte es sich sehr bald aus, zwischen denen zu unterscheiden, die fanatische Hitler-Anhänger gewesen waren und womöglich noch führende Positionen inne gehabt hatten, und jenen, die als Mitläufer galten, weil ihnen nichts weiter vorzuhalten war als die Mitgliedschaft in der Nazi-NSDAP. So durften auch die Lehrer zurückkehren, um wieder mit dem Schulbetrieb beginnen zu können. Und um sich an jeder Rückfrage nach der NS-Vergangenheit vorbeizumogeln, hatten sie sich ihren eigenen Ausweg einfallen lassen. Über Jahre und Jahre lief der Geschichtsunterricht so ab, daß man beim Schulabschluß eben nur bis zum Ende des Ersten Weltkrieges hatte vordringen können. Welche politischen und wirtschaftlichen Verhältnisse sich nach diesem verlorenen Krieg ergaben, die Hitler immer mehr Zuspruch einbrachten, so daß er bei Reichstagswahlen mit seinen SA-Leuten zur stärksten Partei werden konnte - solch eine Diskussion wollten sich viele Lehrer nicht antun. War dieses Totschweigen normal und verantwortbar?!

Damals kam es immer wieder vor, daß bekannt wurde, welche Leute in der jungen Bundesrepublik verstanden hatten, wieder in leitende politische Funktionen aufzusteigen, nachdem sie während der Hitlerzeit bereits Führungsposten bekleideten und also wirklich nicht zu den einstigen Mitläufern, sondern zu den Mitmachern gehört hatten. Es war empörend, mit welch einer Unverfrorenheit sie gegangen waren, ihre nächste Karriere aufzubauen. Im Laufe der Zeit gab es kaum noch jemanden, der sich darüber ereiferte. Im Gegenteil: Das Pikiertsein dieser braunen Arrivierten wurde immer stärker und dreister: Sie reagierten gekränkt, daß nach so langer Zeit immer noch solch ein Gewese um ihre einstigen NS-Pfründe gemacht wurde.

Auch die Flüchtlinge und die Vertriebenen aus den Ostgebieten blieben bei dem Beklagen des ihnen angetanen Unrechts und den ihnen zugefügten Verlusten. Man tat sich schwer damit, und man setzte sich einfach darüber hinweg, dann auch die von uns Deutschen zuvor angerichteten Untaten zur Sprache zu bringen.

Ebenso kommen von den noch lebenden Zeitzeugen Anmerkungen, die nur darauf abzielten, die kriminelle Machtpolitik Hitlers, all dieses Elend, das er unter Mißachtung von Menschenwürde und Völkerrecht so vielen anderen Staaten, aber auch dem eigenen Volk zugefügt hatte, mehr und mehr zu relativieren. Da heißt es dann, er habe doch die Autobahnen gebaut, und er habe doch die Arbeitslosen im Nu zu Lohn und Brot gebracht. Und bitteschön, er sorgte dafür, daß die Jugend wieder Zucht und Ordnung lernte. Aussichtslos, derartigen Aussagen entgegenzuhalten, daß doch all diese Maßnahmen ganz gezielt zu dem von Hitler betriebenen Aufrüstungsprogramm und zu seiner Kriegsplanung gehörten.

Aber das Schlimmste: Nach ein paar Jahren fanden sich wieder die ersten, die hinter vorgehaltener Hand erneut antisemitische Sprüche losließen. Man solle doch aufhören, von sechs Millionen ermordeter Juden zu sprechen. Wie hätten die denn gezählt werden können, wenn so viele in die Krematorien gegeben worden seien? Und es wäre ja längst soweit, daß es die Juden wieder verstanden, sich in die lukrativsten Positionen reinzumogeln. Und es müsse endlich Schluß damit sein, daß wir uns mit dem Holocaust immer wieder zu weiteren Entschädigungszahlungen erpressen ließen. Nur ein paar Jahre nach Kriegsende, nach dem Untergang des Tausendjährigen Nazireiches, gab es unter uns diejenigen, die schon wieder einen solch ungeheuerlichen Zynismus an den Tag legten.

Nein, ich habe keinen Abtransport von Juden gesehen, und ich wußte auch nicht, was sich in den KZs tat. Die Gräfin Dönhoff, Herausgeberin des Wochenmagazins die "ZEIT" , sagte ebenfalls, daß ihr davon nichts bekannt gewesen sei, obwohl sie enge Verbindungen zum Kreisauer Kreis gehabt hatte, einer Gruppe von Widerständlern, die mit an der Planung des Attentats auf Hitler beteiligt waren.

Jahre und Jahre später, als sich die Historiker mit der Aufarbeitung des Naziregimes befaßten, war die Rede von der Wannsee-Konferenz, die völlig geheimgehalten worden war, von der wir nichts erfahren hatten. Ein enger Kreis prominentester Nazis kam zusammen, um die Einzelheiten der Ausrottung der europäischen Juden abzusprechen. Aus den Protokollen dieser Gesprächsrunden ging hervor, daß über diese Planungen strengstes Stillschweigen vereinbart wurde. Es muß die Überlegung gegeben haben, von diesem systematischen Völkermord nichts bekannt werden zu lassen.

Aber jedermann hatte vor Augen, daß die Drangsalierung der Juden immer weiter zunahm. Ich erinnere mich, daß ich hier und da in Berlin ein verhärmtes Kind mit dem Davidstern vorbeihuschen sah. Ich habe wieder all die Verbotsschilder vor

mir, mit denen die Bürgerrechte der Juden immer weiter einge-
schränkt wurden: "Juden unerwünscht", "Für Juden verboten".
Es verschwanden die Hausschilder von Ärzten und Rechtsan-
wälten. Vater, der tagtäglich zu seinem Arbeitsplatz nach Berlin fuhr, berichtete davon, daß wieder ein stadtbekanntes Geschäft arisiert worden war. Das hieß, daß die jüdischen Inhaber
zur Aufgabe gezwungen worden waren und die Firma gegen
peanuts auf einen reinrassigen Deutschen überging. Rund um
die Gedächtniskirche, den ganzen Kurfürstendamm entlang,
auch in der zum Potsdamer Platz fahrenden Leipziger Strasse
verschwanden immer mehr dieser exquisiten Geschäfte mit ihren Auslagen in atemberaubendem Chic und von dieser einmaligen Eleganz. Dies waren die Dinge, von denen wir alle wußten. So manch ein Altgewordener kann sich noch daran erinnern, wie jüdische Nachbarn abgeholt wurden. Wie ging es
weiter mit ihnen? Wer fragte sich das schon. Oder wollte man
es aus Angst nicht wissen? Denn was man haargenau wußte,
zum Greifen spürte: Was einem selber geschehen würde, sollte
man es wagen, diesem Naziregime mit Fragen oder Einwänden
zu kommen.
Immer wieder fahre ich für ein paar Tage nach Berlin, schaue
mir an, wie der Aufbau vorankommt. Inzwischen ist es überall
deutlich, daß mit jedem fertiggestellten Gebäude immer mehr
des einstigen Berliner Flairs zurückkehrt. Die Straßen füllen
sich immer praller mit Berliner Luft.
Einst hatten Mutters Shopping-Touren kaum nach Ost-Berlin
geführt. Jetzt frage ich mich durch zum Scheunenviertel, diesem Berliner Stedtle, Anlauf-Stadtteil für die armseligen, aus
Osteuropa zugewanderten Juden, die in der Hoffnung gekommen waren, hier ein bissele besseres Leben und jedenfalls etwas Sicherheit zu finden. In der Oranienburger Straße gehe ich
vorbei an der großen, wieder hergerichteten Synagoge, vor der
ich Polizisten patrouillieren sehe. Sind wir schon wieder soweit? Soweit sind wir schon wieder.
Ich hätte es mir nicht träumen lassen, noch den Fall der Berliner Mauer mitzuerleben. Aber auf gar keinen Fall, nie und
nimmer, niemals, egal unter welchen Umständen hätte ich mir
vorstellen können, es nochmals zu erleben, daß wieder Männer
mit diesen Nazi-Hetz-Parolen durch unsere Straßen stampfen..

Grauen, Unfaßbarkeit, Entsetzen, Angst, vor allem Angst, weil ich es miterlebt habe, wie solche Gewaltandroher Furcht und Schrecken einflößen, daß aus Angst ums eigene Leben der Anstand dahin ist. Sind wir eines Tages wieder soweit?!